跨度新美文书系

Kuadu Prose Series

跨度新美文书系
Kuadu Prose Series

雪地与红苹果

Xue Di Yu
Hong Ping Guo

王立宪 著

中国文史出版社

乡土与写作（代序）

村庄是流浪结束的地方。每一个流浪者的长途都是未知的，当杂沓的脚步声在大地上响起，每一步的迈进都伴着人生的梦想，落脚就成了这梦想里最重要的内容。在梦想中，村庄是能够吃饱肚子的地方。就是这样的地方，也不是谁都能够找到，于是人生的寻找便开始了，人的命运在风霜雨雪中显影，往往是经过一次又一次的选择，才找到适合自己的生存之地。

村庄是创造出来的。在空旷无边中立定脚跟，几匹马，几张犁，田垄逐渐扩大，炊烟一天天升高，旭日在梦想中喷薄，夕照在流汗的肩上滑落，群星在掌灯的时候眨着眼睛。就这样，村庄一点点扩大，在创造者的手中被创造出来了。在村庄的名字中，以人名命名的村庄是最多的。

从古至今，生存权都是一个最重要的命题，而土地是生存的保证。在辽远中扎根，在辽远中开拓，人字的结构只有在苍茫大地上才能很好展开，才会有力与美的投影。三千六百垧，地北头，这是两个村庄的名字，无论是土地的辽阔，还是与土地的依赖关系，都可看出土地是生存的基础。

从婴儿呱呱坠地到老人闭上眼睛，从鸡鸣犬吠到马嘶牛哞羊咩，从春天的小草萌芽到夏天的玉米高粱拔节，从秋天的落叶萧萧到冬天的白雪飞花，村庄是不断闪现的画面，是一幕幕难忘的电影。

从乡间出来的人最难忘的是童年，无忧无虑的童年，自由自在地在田野上疯跑，把自己交给蝴蝶和蜻蜓，把自己交给池塘和飘着白云的天空，同一茬又一茬的庄稼一起生长，在与泥土的亲近中塑造个性。

一个在乡土上活到耄耋之年的人，不知他对村庄会有怎样的感觉。一生都没有离开，他一定有这样那样的理由，最大的理由是此处可居。他一定有过大灾之年的饥饿，但他没有逃离，因为天下许多人的村庄也正经历着饥饿。有一句话，叫老天饿不死瞎家雀儿，村庄总会给我们出路的。正是怀着这样的信念，无数人在乡土上稼穑，繁衍子孙。

有人因为出嫁远离了乡土，有人大学毕业到城市工作，这体现了人生的真实，因为人生的过程是不断寻求的过程。哺育自己的乡土具有不可取代性，当然这并不是说那里的一切都是美好的。在远离乡土之后，在经历了人世的风霜之后，对故乡的理解就会更加深刻。我们总愿意将故乡与异乡进行对比，在这种对比中我们寻找着与故乡相似的感觉，能否找到已不重要，重要的是这种寻找的况味，重要的是在寻找中丰富了对自己和故乡的认知，丰富了对世界的认知。

作为写作者的游子，他在思念的意义上加深了对故乡的爱。在闯世界的路上，他与那个生他养他的村庄有一种必然的连接，这连接既有亲人对他的惦念和期待，也有他对故土的思念，他觉得那里永远是他可依靠的地方。作为写作者的游子，他会在必要的时候回到故乡，他在大地上重新获得了力量，那田野、河流、树木、小路，在他眼里永远是亲切的。作为写作者的游子，他在这一次次重回中更深地认识了村庄，但无论现在的村庄有了怎样的变化，都无法取代童年的村庄。由此可见，村庄本身也是有层次的。

也许有人会说许多写作者童年所处的时代是贫困落后的，那样的童年有什么值得回味呢？这是个世俗判断，用生活水平的高低来衡量童年的好赖，这是不科学的。童年的美好主要是精神层面的考量。童年是纯真，是希望，何况还有乡土上的许多美好，这都给经历过人生种种的大人以最大的精神填充。纯真的童年对美好的感知是敏感细腻的，就好比清澈的眼睛，愿意看装满清水的铁桶。儿童纯真的视角与成人视角有明显的不同，发现并爱世界的美，一定意义上说，这是孩子告诉给大人的。

作为写作者的游子，回忆从前乡间生活，这是他生活中的重要部分，他在这些回忆中感恩，感念一个村庄喂养了他的童年，给了他一生取之不尽的财富。

作为写作者的游子，他在闯世界的路上在心里重塑着村庄。他在心底重塑一个茅屋，让炊烟袅袅升起；他在心底重塑一个宽敞的院落，不辜负四季的阳光；他在心底重塑一片园田，让该生长的生长；他在心底重塑一条小路，连着云飘鸟翔的远方……这样的重塑是那片热土带给他的启示，写作者心境的创造总是以故乡为参照系的。

现在越来越多的人闯入城市，当然城市也是许多人的故乡，城市也曾是小村庄。在这个提速的时代，城市的变化是最大的。作为写作者的游子，在城市中和其他普通人一样有生活的满足，也有焦虑。现在一直生活在乡下和暂时回到乡下的写作者实在是太少了，这些有乡村背景的写作者在一定的空间距离上写自己的故乡，既是缓解焦虑的方式，同时也是为了提醒那些淡忘者，告诉那些不知者。

文学是有根性的，这根很大程度上与乡土有关。在城市如何看待自己的村庄，尤其是童年的村庄，这是摆在写作者面前的课题，也在考验写作者的定力。作为写作者的游子，他不会为迎合什么而写作，他的写作是有准备的写作，是绝对发自心灵的写作。有距离感的写作，看重的是时间的沉淀，因为这样的写作能经得住时间的考验。不要以为这样的写作远离当下，它恰恰能引发人们对人生和世界的思考，给生命以前行的动力。

年轻时置身村庄写村庄和离开村庄多少年后写村庄有着太大的差别。异乡多年的生活丰富了写作者的人生经历，这使他们能用看世界的眼光看待自己的故乡，能将故乡的一切在世界的意义上进行观照，这使他们的表达不再单一和肤浅。写作者丰富而深刻的人生体验和不断积累的写作经验强化了他们的写作自信，这使他们能够不断攻克写作上的难题。

几十年前的乡下生活需要的是富于感染力的表现，也就是说它不是一般意义上的历史复现，而是独特的历史表达。从这样的意义上说，这样的写作是有难度的写作，能突显写作的意义。写什么和怎样写，要通过写作来细化。在似曾相识中有自己独到的发现，在陌生中辟出一条蹊径，在幽暗处闪现自己的灵光，这是写作者对自己的要求。

写作者对自己村庄的抒写是带着使命感的，这种使命感来自他对乡土的热爱，也来自内心的故乡荣耀感，更来自心理上对自己的严格要求。这种使命感让他感到他不仅是在写他自己的童年，也是在写无数人的童年，在写那个时代无数人的村庄。文学的魔力来自深深的履历感，写作者带着村庄给予他的质朴写质朴的村庄，让那些淡忘者在回望中感叹，让那些不知者在认识中感动，让匆忙的人有一刻的停歇，就在这停歇中，人们有一种心理的满足和慰藉。写作者希望不仅属于他那个时代的人有重温的感动，而且他们的后辈也会在阅读中有被带入感，从而珍惜现在的生活，知道感恩——感恩大自然，感恩故乡，感恩亲人，感恩所有应该感恩的。

写作者就是在这样的希望里写作，他首先在心理上得到了满足。写作者在精神上回家，让自己回到童年的位置上，那时他就是村庄的中心，村庄就是世界的中心。

乡土与写作，这是一个永远不会陈旧的话题。莫言的高密东北乡，贾平凹的秦岭，迟子建的大兴安岭，阿来的川西北高原……这些作家的创作具有典范意义，说明乡土是写作者永远不该忽视的部分。

在这个飞速前行的时代，写作者应该有一种慢思考，这会使他们在不急不躁中进入写作的状态，在对乡土的关注中进一步强化写作的自信，表达出心底的最强音。

目　录

第一辑　柳丝长

第二辑　一根绳子有多长

第三辑　根性之名

第四辑　遥想炉火

第五辑　蓝边碗

第一辑　柳丝长

柳丝长

读《诗经》中的“昔我往矣，杨柳依依”，遥想两千年前戍卒离家时的场景，杨柳依依其实是人的不舍。这让我想到比《诗经》还远的杨柳（古代泛指柳树）和比《诗经》还远的离别，柳与人的况味让人心动。

当然，并不是写柳树的古诗都和送别有关，像“碧玉妆成一树高，万条垂下绿丝绦”（贺知章《咏柳》），“一树春风千万枝，嫩于金色软于丝”（白居易《杨柳枝词》），“未必柳条能蘸水，水中柳影引他长”（杨万里《新柳》）等，借柳树写自然的美好。

不过，借柳写送别的诗太多了。“柳阴直，烟里丝丝弄碧。……长亭路，年去岁来，应折柔条过千尺”（周邦彦《兰陵王·柳》），“一溪烟柳万丝垂，无因系得兰舟住”（周紫芝《踏莎行》），“萦牵别恨丝千尺，断送春光絮一亭”（王十朋《咏柳》），“杨柳青青著地垂，杨花漫漫搅天飞。柳条折尽花飞尽，借问行人归不归”（无名氏《送别》）……这些作品在柳丝的长度上做文章，将离情别绪表达得淋漓尽致。古代文人有关柳与送别的表达有仪式感，它注重人的情感与自然的融合，并且抓住了物象的特点。古人重情义，明知道别离是必然，还是折一枝柳送别，希望对方能留下来。古代交通不发达，一别之后相见不容易，这就使得折柳送别最能表达留而不能的牵念和惆怅，最能表达情感之苦。

杨树、榆树和柳树是我最早认识的三种树，而柳树以其姿态之美常让我驻足良久，它长长的柳丝常常拂过我的衣袖。

在东北，春之美，一定意义上是柳树之美，它先于其他树种萌芽，那些老柳树有足够的柳丝牵动人的情思。看那树干上的沟痕，就不难理解那柳丝的缠绵，只有从苦难中生出的情感，才这样柔软，才这样悠长。树木对季节都是敏感的，尤其是对春天的敏感，而柳树的敏感在于它以自己的婀娜之身显示存在，并以柳丝之长给人以无尽的遐想。

作为乡间的孩子，我那时还不知道柳树的“柳”与“留”谐音，可以说对它所包涵的文化意义一无所知。那时我故乡的柳树不少，池塘边，道路两旁，小河两岸，而以小河两岸的灌木为多。我曾经以我故乡的柳树为骄傲，但后来小河两岸的柳条地被开垦为田地，柳条丛消失了，池塘边和道路旁的柳树大多被伐掉了。早年我生活的县城有很多柳树，但后来这些柳树大多被别的树种代替，即便是留下来的，也被锯下了树头，据说这样不遮光，长出的树形一致而好看。对此我是不解的。大幅减少易成活的柳树数量，让那些不易成活的树代替它们，年年栽树年年不活，实在是怪事。锯下树头是对树木的伤害，是强行改变树木的自然之姿。我工作的大学倒是有不少老柳树，柳丝细长，引人遐思。柳树在校园相对较小的空间里被保护下来了，但在更大的范围却变得越来越少了，这不能不说是很大的遗憾。柳树之“留”，首先要柳树留下来，否则我们谈起柳树的文化内涵也会伤心，我们也对不起古人，更对不起那些种柳树的人。

读有关柳树的古诗，就像读一棵其大无边的树，每一首都像柳丝上的新芽。这棵大树总让我想到如今的柳树，它们该以茂盛的存在与这棵艺术之树遥相呼应。柳树不择土壤，是成活率极高的树种，特别适合广泛栽种。

最近看到一则报道，得知呼兰河两岸又开始插柳行动，此项行动是两年前开始的，目前行动的规模在逐渐扩大。从前的呼兰河两岸处处是柳树，后来逐渐被开垦成农田，涝年头常常颗粒无收，生态环境又遭到了很大的破坏，其实是得不偿失之举。生活中总该有一些好的改变，来安慰我们失望的心。

最后我想以歌词的形式呼应那些有关柳树的古诗，希望它能有柳丝的韵味，我也诚邀谱曲者，这个人一定是知我心者。

岁月长，柳丝长，柳丝无限牵你我，柳丝缠绵牵夕阳。
岁月长，柳丝长，风扯柳丝风无尽，雨落柳丝珠泪光。
岁月长，柳丝长，也许天涯各一方，也许牵手道路旁。
岁月长，柳丝长，谁的眉毛如柳叶，谁的情丝如柳长……

榆枝高

从乡间走出的孩子，大多以故乡的老榆树为骄傲。

老榆树是村庄的名片，是镇村之宝，很难想象没有老榆树的村庄该是什么样子。

老榆树是村庄历史的见证，是手植者对一个村庄的生命寄托，老榆树与村庄同在的历史是互相依靠的历史，是扎根的历史，是信念愈挫愈强的历史。也有些榆树是先于村庄自然生长起来的，它们与一个村庄的起源大有关系，也许那个创始者就是在几棵榆树下落脚的。

由一棵老榆树回到一棵小榆树，再回到一颗种子，生命的成长经历了雨雪风霜。回想五十年前的乡村孩子，他们在老师的嘱托里拾榆钱，拾榆钱的工具是临时改造的，即把别针弄直。孩子们跪着趴着用细小的别针扎榆钱的边缘，恐怕扎到果核，直到扎成一串放进茶缸，就那样不断积攒，之后种下，变成一棵棵榆树。最初的榆树就像一根针一样细小，直到在岁月里长成参天大树。

榆钱也是饥饿年代的食粮，新生出来的榆钱脆甜绵软，清香爽口，如果熬成榆钱粥味道更好。孩子爬到树上，在母亲的担心里折下一串串榆钱。吃了榆钱的人，饿得发青的脸上忽然有了一丝红润。饥荒年代，别说榆钱，就是榆叶榆皮也可活命。生命里有榆树，人就变得坚韧。

还记得一场远来的文艺演出，村庄里的人围拢来，挤得水泄不通，就有胆大的孩子爬上场地附近的老榆树，在独特的角度上欣赏精彩的表演，与他一同欣赏的还有那弯弯的月牙。就在那美好的一刻，孩子和月牙一同幻想长大。

炎热的正午，老榆树下是最好的选择。老榆树的枝叶遮蔽着阳光，那么多的人在享受着清凉。这让人想到荫庇这个词，所有人都像老榆树的孩子，在接受着老榆树的保佑或照顾。老榆树是祖宗，是尊长，是我们村庄的象征。

当一阵清风送爽，那是老榆树过滤了热风，让热风变成清风，老榆树有强大的过滤和制造功能。那时的老榆树发出很大的唰唰声，仿佛每一片叶子都使出了力量。

老榆树下磨镰刀的是一个光膀子的老人，在旁边围观的是一些孩子。老人也曾像这些孩子一样小，他也曾在这里看老者磨镰刀，直到他也变成了老人。看磨镰刀的孩子会长大的，他们会是老人的继承者，在老榆树下磨镰刀，并且从老榆树下出发，走向麦田，把自己淹没在无边的麦浪中，让镰刀如鱼得水……

现在一些村庄还有一些老榆树，但也有一些村庄难见老榆树，因为那些老榆树被伐掉了，有的剩下了老树墩，有的连根拔出了。村庄最重要的历史见证没有了，历史的那种荫庇感没有了，葱茏的信念感没有了，只剩下一些不朽的村名：双榆树、榆林……这样的毁于一旦，是因为轻率，是因为无知，而这轻率和无知是幼稚病，是造成乡村历史虚无感的幼稚病。这些悲剧的制造者不但没有疼痛感，相反还会有某种得意。乡村历史是一个承上启下的历史，是密不可分的历史，一旦被砍断，将后患无穷。在乡村谱系中，老榆树是一个很大的参照系，它关涉的不仅是环境，还有因这环境带来的诸如恩情、成长、信念等。如此说来，一个东西的价值不仅是实用价值，还有它的思考价值，这一思考价值将决定人们的行动。在当今的乡村，毁掉的很多，再想恢复就不是容易的事。曾看到有的地方为了恢复村庄的样子，把别处的老榆树移来，尽管是百般呵护，包括打针，但结果是这些老榆树都死了。当初把老榆树毁掉了，想到它用处的时候就不顾客观规律想速成，天下哪有这等好事？天下的事情如果不植根于大地，胡干瞎干，其结局都是可以料到的。就在离那个村庄几里远的山上，我看到不少老榆树，但愿那些老榆树不要被心思不正的人移栽到别处。

从榆树盘曲的姿态就可知道，榆树是生长最自由的树。这样的树也许不符合当今某些人的审美标准，因为他们喜欢的是笔直而且树冠造型一致的树。榆树生长缓慢，不像现在有的树生长快，用不了多少年就见成效。此外，榆树的叶子是甜的，常常招来虫子，小树阶段需要喷药维护，有人没有那份耐心。上述原因造成了榆树被砍伐，实在令人悲哀。榆树的盘曲之美没有被人意识到，榆树生长缓慢恰恰说明它的生长是有规律的，没有这种缓慢，就没有它坚硬的木质。

老榆树很高，那些枝条很高，伸展得很远。那是我们需仰视才见的枝条，它们有资格邀明月来，邀星星来，邀清风来，邀鸟们来，邀小路来，邀所有的乡亲来……

愿幸福像高高的老榆树一样活在村庄吧，愿人间所有不应该失去的都像针一样的小榆树苗慢慢长起吧，幸福也要一点点长大。让包括榆树在内的那些树种都在村庄里生长吧，让我们与树互依互存吧。仰之弥高，爱之愈深。

榆根深

这棵老榆树位于一条公路的东侧。我曾无数次从这棵老榆树旁边经过，但在老榆树旁驻足还是第一次。

就在今天上午八点多，我们一帮人来了，在它身边听有关讲解，在它身边照相。我突然感到我早该在这里驻足，不该只是感叹就匆匆而过。

据镇干部介绍，他们最近将请东北林业大学的专家来鉴定一下，确定老榆树的树龄，现在他们估计老榆树有三百年的树龄。他讲到村里一位老人的母亲，说这位母亲活到九十多岁，当年这位母亲回答孩子们有关树龄的提问时，说她很小的时候就好粗好粗，而这位母亲已逝世二十多年。镇干部的估计不是虚言，依我看这还是一个比较保守的估计。

从一棵小树苗到参天大树，老榆树的生长史漫长而充满艰辛。感觉它不是栽植的，而是野生的，在它生长史的前一百五十年或更长的一段时间，这里很可能还是荒无人烟。在孤独里生长，造就了它坚强的品格。

从古至今，在所有对树木的崇拜中，树木都被神性和人格化了。老榆树之老，让人们的崇拜心理有了依托，呵护老榆树的人们，都有希望被老榆树呵护的心理。内心里一旦有了高标或曰图腾，人们内心的游移不定感有了凝聚，于是呵护老榆树就成了人们的普遍愿望。老榆树从被人们崇拜的那天起，它的资格就被承认了。一代代的孩子手拉手看看它到底有多粗，其实这也是拉起了保护链，随着孩子们长大，这样的保护链越来越牢固。由此我想到有一种无形的保护链，那就是人心里的热爱之链。

据有关资料介绍，当一些树受到伤害时，红色树液便从破损处溢出，严严实实地敷住伤口，使破损处慢慢自愈。但榆树是否在列，还未见明确说法。我特意看了几处被锯去了枯枝的地方（当然，这还不能说老榆树被伤害，毕竟去掉枯枝也有利于好枝），上面确实有微微的红色。不知是老榆树自身的敏感，还是为了防止修剪口水分蒸发和防冻防虫而涂上了油漆。我愿意相信这是二者的融合，这一方面说明老榆树之神，一方面也能唤起无数人的保护意识。生命当知敬畏，当这种敬畏到了一定程度的时候，就是崇拜了。

据附近的人介绍，老榆树曾有三年没长叶，人们以为它死了。不知这三年这里到底发生了什么，也许是严重干旱，也许是老榆树自身发生了问题，也许老榆树太累了，需要休养。我们真的很难了解一棵树的内心，不管怎么说老榆树活过来了。

一棵老榆树，它的根都比许多树的树干粗。与其他树种相比，榆树的种植还不具有普遍性，多数是靠自然繁衍。有一棵几百年的老榆树在，当然是一个地方的荣耀。四面八方来的祈福者在树身上缠了许多红布带，可见老榆树的闻名程度，人们想从老榆树身上获得生存的力量。但我还是希望有新的榆树生长，这种不断的繁衍才能保证我们的希望有足够的支撑。

当太多的草在风中不安，大地多需要这样的老榆树来稳住心神。可以想象地下老榆树庞大的根系，俗话说树有多高根就有多深，这根让人想到一个村庄的根和无数人的生命之根。老榆树把我们的精神带到了一定的高度，越是这样，我们越要感谢树根。

要记住，世上所有的漂泊最终都要落脚，世上所有的落脚都要扎根，世上所有的扎根都该越扎越深，这样才能树冠如盖，绿叶如云。

杨眼多

杨树树干上有不少“眼睛”，那是修剪枝杈后留下的伤疤。

在我的故乡，杨树是最多的，有一片树地在我家南面不足百米，以杨树为多。树多鸟就多，春夏清晨最强烈的印象就是鸟噪，那是鸟醒来之后的兴奋感，像是在分享梦境，像是在联欢……真感谢以杨树为主的树林，让我在似睡非睡的时候枕着生命的欢欣。

我常常在白杨树下看书。就在旁边的杨树上，几只红麻料（朱雀）在婉转地歌唱，这是怎样的生命美好。只是在感受这种美好的同时，我也在为自己的前途发愁。那时我正处在高考备考阶段，能考得怎样还不可知。有时也在树地的小路上来回走动背题，无意中看到杨树上的眼睛。那杨树的眼睛可真多，望过春，望来了夏，还要望向秋冬，而杨树是否望着从前的自己？那是成长中被修饰的自己，是留下伤痕的自己。我已是经历过失败的青年，每一次失败就经历一次现实的修饰，我能让这样的伤口成为眼睛吗？我在望向远方，但愿我在望中加深自己的底气，就像杨树在望中加深自己的根须。

二伯曾和我家住对面屋，春夏之时他常去南面的树地溜达。二伯当过兵，身上不仅有战争年代留下的伤痕，还残存着弹片。二伯有严重的肺心病，一到冬天很难熬。记得二伯最后一个孩子出生不久就夭折了，给他和全家带来很大的痛苦。当他的眼睛看向杨树的眼睛，他一定会想到他身上的伤痕和内心的伤痛。由忧伤到乐观的转化是需要时间的，正如杨树的伤痛处变成眼睛也是需要时间的。不管怎样，人总要活下去，不能总沉浸在悲伤中，二伯是很懂得这一点的。

离开故乡快四十年了，这些年在异乡，我看到了太多的杨树林。呼兰河两岸杨树林茂密，我有时从远处望，更多的时候是走入其中。我特别注意到杨树的眼睛，它们和我故乡当年的杨树没有不同。从故乡到异乡几十年的经历，让我把季节和人世望进了内心，让我在看杨树的眼睛时有了更深的沧桑感。

我熟悉的一位老人，他在自己的山庄栽种了好多杨树，他的杨树也有那样的“眼睛”。他是有很多经历的人，年轻时受过不公正的待遇，被下放到农村近二十年。他赶过牛车，一次老牛因受惊而疯跑，他因此而受伤。伤口被结核菌感染，久不愈合。他曾去哈尔滨的大医院看，医生建议他截肢，他没有同意。回到家他用针管往伤口里注射异烟肼，经过痛苦的自我疗治，他的伤口慢慢痊愈了，从而保住了一只胳膊。现在老人胳膊上的伤痕还在，它像老人的另一种眼睛。老人是乐观的，他是善于把伤痕变成眼睛、变成望向生命远处的深情的。其实并不是谁都能把生命中的伤痕变成眼睛，对有些想不开的人来说，伤痕永远是伤痕，眼睛永远是眼睛，二者并不搭边。

生活中受过伤的人很多，这伤有的看得见，有的看不见，此外就是程度上的差别，这就是生活。如何把伤痕变成望眼，这一点太重要了。

杨树的眼睛多，看惯了风云变幻，看过了风霜雨雪，也深深地看自己，人亦然。

当我们经过一片杨树林的时候，请细细地看杨树的眼睛，那时就会有所悟，就会有怦然心动的感觉。

松针美

我很小的时候，故乡有几片落叶松，都在河边。与杨树、柳树和榆树相比，落叶松的叶子是针叶，我对此很好奇。

前辈们栽的落叶松，在我出生前就已长高。由小树苗长成参天大树，我们仰视时目光都透着兴奋，只是那时还没有学会思考，也没有学会表达。

春天，落叶松长出新鲜的针叶，那密密的叶子排列整齐，像松树的睫毛，只是不知道松树的眼睛在哪里。这样想着的时候，松树上传来一阵阵鸟鸣，看不清树上的鸟，因为密密的针叶把它们遮挡了，这样更好，我们可以在倾听鸟声中猜想鸟影。透过树与树的缝隙，可以看到白云，它们也和我一样好奇，仿佛在逐渐贴近树梢。蓝天被树冠分割成一块块，那天蓝得很深。阳光被筛落下来，感觉这样的阳光都有松针的清香，一闪一闪的阳光都像一闪即逝的金针。

大自然就是老师，它胸中有万卷诗书，而这松林只是万卷诗书中的一页，枝条上的松针就像这一页中文字的笔画。

夏日雨后是欣赏松针之美的最佳时机，那时松针上有晶莹的雨珠，在阳光中闪着金色的光芒。一阵风吹来，雨珠滑落，喜欢滴在脖子上那种微凉的感觉。“柳枝经雨重，松色带烟深”，那一簇簇的松针便愈发苍郁。针叶上的露珠容易被阳光晒干，所以要把握住这瞬间之美。

松针在每年秋天里落下来，故名落叶松，在一阵阵秋风里，每一根松针都像轻叹。从绿到黄，季节的转换真快。一根根松针落下来，在夕阳西下的时候，在落月西沉的时候，在我们在与不在的时候。用手接住松针，松针好像在回应我的好奇；鼻子凑近闻一闻，好像要闻出什么秘密；轻轻放到树下，这是它的归宿。

松针年年落下来，积久了就形成了地毯。躺在上面的不光是我，无数的童年躺下来，享受着那种香香的松软，连我们的头发都染上了松针的清香。

冬天，一切被白雪覆盖了。我们从松林旁走过，盼着白雪消融，盼着清新的松针从枝头钻出来。

几十年后，我多次去小兴安岭看红松。由一隅而走向广阔，那么多的松针向我展现红松的魅力。我曾多次在铁塔上看红松，有的红松离我很近，针叶间是一个个正在生长的松塔。红松林里松鼠很多，松针美，长满松针的枝条像松鼠的尾巴，风吹来的时候，那种动感更加深了我对松枝的印象。这些生长在寒温带的树，为了适应气候，为了保护自己，以针形之叶美化了北方，以挺拔之姿昭示顽强，给人以生存的启迪。

由针叶看松树的繁荣，由这繁荣看大地的繁荣，由这大地的繁荣看世界的希望。

还记得某森林公园的工作人员对我说，当年没有采伐，留下了这片林子，才有了这个森林公园，才有了这么多的游人。我理解他的自豪感，有树可看总是很开心的事。

可惜的是，故乡一片最好的松林在十几年前就消失了。我本想在走过一段长路后，再次躺在那松针地毯上，重温故乡的松针之美，让疲惫的心得到一些安慰。唉，我只能在回忆中欣赏那片松林的松针之美了。

向 日 葵

母亲说我小时候爱哭，怎么哄都哄不好，于是她把我放到向日葵地里，然后藏在旁边，偷偷看着我，我马上止住了哭声，用小眼睛极力搜寻着母亲……

村里家家小园子里都种些向日葵。向日葵是高度上的花朵，它们面对太阳时的热烈，是乡村最美的诗意。多神奇的植物，在一定的高度上接近太阳，让那些刚出地面的小花格外羡慕。童年时的我们就像那些小花，仰脸看着那些小太阳一样的花盘。总觉得花盘周围的花就像向日葵的睫毛，而那瓜子就是无数的黑眼睛。

向日葵的叶子很大，从下往上一路跟随着花盘。时间长了，下面的叶子就有些干枯，人们就把它掰掉了。我们有时会蹲在垄沟里，透过向日葵叶子的缝隙望蓝天白云。一阵风来，向日葵的叶子唰啦啦响，像是沙哑派歌者的歌唱。

走向原野，会看到大片的向日葵，快乐的群落带给我惊喜，会让我爆发出阵阵欢呼。所有的向日葵都仪式一样朝向它们的所爱，而太阳也像一朵巨大的向日葵。这是一个金黄而甜蜜的国度，让蜜蜂倾心，让太阳不吝惜阳光的瀑布，让我们这些小小的欣赏者流连忘返。

秋天花盘逐渐沉重了，向日葵开始低下头。从向日到低头，从追寻到沉思，向日葵每一步都很到位。我们够不着葵盘，有时要扳住葵秆，让它稍稍倾斜，跳着抓住葵盘，从中抠出几粒瓜子，看是否成熟。松开葵盘，向日葵一阵摇头，像是说它还没有熟透，像是对我的做法不以为然。不过此时的葵仁儿柔软甜润，别具风味，村头巷尾常常可以看见拿着半个葵头的淘小子别走边嗑。

瓜子成熟时，大人们就用镰刀砍下葵盘，剩下葵秆留在园子里。光秃秃的葵秆是寂寞的，不久它们就枯干了，大人们再用镰刀割下来。

我们往往会把葵秆里的穰掏出，然后在里面灌满土面子，这就是我们的玩具，也算武器。葵秆里的穰白白的，有些像现在的泡沫塑料。有的人家用葵秆夹障子，很结实，即便当烧柴，也比玉米秸秆耐燃。

葵盘会经过短暂的晾晒，然后用木棍子把瓜子敲下来。再看葵盘，那每个小格子都是空的，每个小格子都曾是种子的居所。瓜子经过晾晒，之后用簸箕簸一簸，装入袋子中。有时到仓房打开袋子抓一把生瓜子放到衣兜里，童年总是嘴急的，后来知道瓜子生吃更养生。

多少年后的冬天，我在故乡离村庄较远的河边看到了还没有被割掉的光秃秃的葵秆，那种沧桑感恰好适合我的年龄。葵秆的最上面还留有镰刀的切痕，在飘飘白雪中葵秆已经枯死，颜色变成了酱紫色。谁会来收拾这片葵秆呢？总有一天会有人来的，它们要让出耕种的位置，而人内心的人世沧桑感谁又能收拾的了呢？

现在已是六月上旬，我想故乡的向日葵也长出了小苗，再过一个多月，我就可回到故乡看到高高的向日葵了，只是我无论怎样搜寻，也看不到我的母亲了。

婆婆丁

说到蒲公英，我们这里都叫婆婆丁。如果要把我们这里的野菜搞一个排行榜，婆婆丁无疑是第一位。

婆婆丁家族庞大，树地、草地、田边、河边，随处可见它们的身影。

太多人的童年都和婆婆丁相伴，太多的大人——无论男人和女人——都曾是婆婆丁的寻找者。有的婆婆丁一下子就可看见，有的婆婆丁是躲在树木的枯叶之下，要扒开枯叶才可找到。作为走过了人生长路的人，看到婆婆丁就想到了自己的童年，就想到了大地与自己的联系，就在慢慢蹲下的时候向大地致意。

谁能忘记大地上婆婆丁的小黄花呢？那小小的灿烂是那样夺目，组成了大地上美丽的星群。只是我们太多的人行色匆匆，已很难向那样的小黄花注目，就连匆匆的一瞥都没有。那些小黄花不是为了引人注目才开的，是生命本有的特点使然。向婆婆丁的小黄花投去目光的一定是有情趣的人，一定是深味了生活各种滋味的人，一定是充满了自信的人。望去的一瞬，便会与婆婆丁有一种交流感，有一种默契。

谁能忘记与种子相连的绒毛小伞呢？在风的传播中它们四处飞扬，无论是短途还是长路，无论是白天还是夜晚，它们都没有停歇，处处充满未知，时时面对不测。只要有泥土的地方，哪怕是墙缝，它们都看作自己的家。一棵婆婆丁的历史，就是流浪的历史，就是与泥土相亲的历史，就是不断出发扩大生命领域的历史。轻盈的飞翔未必不连着沉重，所有的完整未必没有创伤，但这不会影响婆婆丁种子的传播，这传播就是婆婆丁的理想。

把婆婆丁作为餐桌上的上品的人，一定是有乡土情结的人。婆婆丁蘸酱好吃，婆婆丁的微苦能给我们清热解毒。

如今，城市的菜店里，连冬天都有卖婆婆丁的，这些婆婆丁来自那些栽种婆婆丁的塑料大棚，价格很高，婆婆丁的高贵可见一斑。

苣荬菜

说到野菜，苣荬菜是仅次于婆婆丁的野菜。春末婆婆丁老了的时候，苣荬菜刚刚拱出温热的地表，感觉野菜好像也有接力似的。

听母亲说我小时候看到粥里的野菜就哭，我想这野菜可能是苣荬菜。不懂事的我，还不知道微苦的苣荬菜等野菜在那时安慰了大人们的辘辘饥肠。

记忆中田地里的苣荬菜最多。小苗刚刚长出一两寸的时候，垄帮上的苣荬菜很多，一片又一片。苣荬菜好挖，不像婆婆丁大多需要择。用清水泡上，蔫了的苣荬菜很快会支棱起叶子。

如果吃小米饭，做上一个菜，再加上苣荬菜蘸酱，这样的一顿饭就挺好了。那时田里不上化肥农药，苣荬菜绝对是绿色食品。

苣荬菜长大后就不能吃了，因为它太苦了，但我们还会每人拿一个旧面袋子去割苣荬菜。锄过的田里依然有苣荬菜，田地之外有苣荬菜的地方也不会被我们忽略。苣荬菜浆会粘到我们的手上和旧面袋子上，很难清洗，这是劳动留下的印记。

孵出的小鸭子和小鹅最爱吃切碎的苣荬菜了，苣荬菜掺小米，那欢快吃食的情景，每每想起都会感到格外亲切。

来到小城生活几十年了，曾经到乡野上挖过几次苣荬菜。妻子父母家的老房子里还有从乡间带来的老镰刀头，正是挖菜的好工具。几次挖苣荬菜都满载而归，更重要的是走出小城感受乡野的亲切，看到了那些熟悉的杨树和榆树，听到了欢快的鸟鸣，无意中发现一条小河，还有草地上的紫花地丁……

就在今天——这个五月末的一天，妻子的父亲和继母从树地里挖回来不少苣荬菜，都给了我们。两位老人挖回的苣荬菜不同寻常，那是带着他们的人生经历挖的，那是带着他们对乡野的爱挖的，这样的苣荬菜就带上了太多的人生况味。吃上这样的苣荬菜不仅感恩大地，也要感恩两位老人。

前些日子妻子还跟我提起她的一位亲戚，在夏天的清晨从郊外来到城里卖苣荬菜，女人清脆的叫卖声像清晨一样美好，那苣荬菜还带着早晨的露珠，像一种美好的心情。那叫卖声将一个村庄和小城联系在一起，让人想起乡野，想起乡间小路，想起一个女人的辛劳。可是这位亲戚后来因病去世了，妻子说再也听不到那亲切的叫卖声了。

苣荬菜根系发达，其繁殖主要靠根系。我们挖菜有时候会带出一些根来，那是黄色的根，有着非凡的韧性。从这个意义上说，苣荬菜的历史主要是根的历史，是在土里左冲右突的历史，所以挖苣荬菜的时候，千万不要带出根来。旱时渴盼雨水，雨来后疯长，苣荬菜和其他植物一样，让自己的家族不断繁衍。

老牛锉

在我的故乡刺儿菜很多，这一簇那一块的，尽显群体性特征，刺儿菜就是小蓟。刺儿菜嫩时可食，但从未吃过，倒是割过烀给猪吃。最突出的印象是刺儿菜开紫花时的那种美，还有秋天带着绒毛的种子飘忽的状态。

要说大蓟，知道的人不会多。要说老牛锉，不知道的人很少。老牛锉，太生活化的称呼了。

老牛锉身上有刺，而有的锉是有刺的，又因为老牛喜吃这种野菜，所以就叫老牛锉了。这当然是我的猜想。第一个叫这名的人一定是看到了自己的牛正在吃这种野菜，于是就起了这个名字，于是就叫开了。自然对人的启发是很大的，也许只需一阵风吹，牧牛人的思维之门便被开启了。

在我的记忆中老牛锉不像刺儿菜那么多，更不会成片生长，在路旁，在河边的柳条丛里，它常常是孤独的存在。我常想老牛锉是不合群的，好像它是有意在一旁待着似的。我曾在松林里看到过老牛锉的身影，也是一棵。松林里有落下的厚厚的松针，似乎不适合它生长。感觉它的种子有好奇感，所以就随风飘到了松林里，好像要欣赏一下这漂亮的松针地毯。种子钻进松针的缝隙，于是有了一棵老牛锉的生长，有了松风的吹拂。要知道并不是所有老牛锉的种子都这样幸运，有的被吹送到流水中，有的被吹落到车辙里，有的被吹刮到如冷脸一样的水泥地面上，有的被吹刮到如诱惑一般的大理石台阶上……看来最可靠的还是土地。

老牛锉一旦被发现，往往很大，让人不能小视。

老牛锉叶子上有刺，但嫩时人可食，有种清新的味道。一旦长成便锋芒毕露，让想吃它的牲畜望而生畏。粗舌头的老牛却敢吃，似乎老牛锉也愿意让它吃，有点士为知己者死的味道。

这种多年生草本植物，我倒对它有些敬意了。

刺儿菜

在乡间，随处可看到刺儿菜，池塘边、道路边、小河边……

刺儿菜最明显的特征当然是它的刺儿了，这使我想到大地上各有特点的植物，正是以千姿百态来征服我们的内心的。

比起那些显得温柔的植物，刺儿菜用刺保护自己，它是自己生命的捍卫者，正像玫瑰一样。刺儿菜是草本植物，而玫瑰是木本植物，并非同类，但都有自己的刺。

也许有人不喜欢刺儿菜，因为它们扎手，但它们并不因为谁不喜欢它们而有什么改变。在这方面它们与有些人不同，他们是善变的，在生活中逐渐失去了自己的锋芒。

刺儿菜是原野上的风景，尽管它们不是大片的，但只要有它们在，就和其他植物一起构成了世界的丰富性。

只要稍有敏感的人都知道，有一种批评指向的是生活中不满意的部分，这时我们就会想到刺儿菜的尖锐性。有些事情需要刺一刺，这样就起到了警醒的作用。

看到开花的刺儿菜，就想到了美刺这个词。歌颂与讽刺在刺儿菜身上是并置的，这使它们的歌颂带着紫色的芳香，这使它们的讽刺正中要害而不偏执。

有时在麦田里突然看到一株异类，那就是刺儿菜，它比麦子高出很多。在麦子的包围中，刺儿菜显得很孤独，但它是一个欣赏者，好像把自己的花开好，自己长得高，它才有资格成为这样的欣赏者。它紫色的花很醒目，是对麦田的赞美；它的刺更尖利了，与尖利的麦芒相呼应。

秋天里的刺儿菜干枯了。风是携带者，把轻盈的种子带向远远近近的地方，来年还会有刺儿菜的生长。

这时在干枯的刺儿菜的旁边停下来，把嘴凑近冠毛用力一吹，便先于风做了传播种子的事情。

刺儿菜，有凉血止血和祛瘀消肿之功效。

西 葫 芦

西葫芦是先于不少蔬菜成熟的，所以我对西葫芦的印象还是挺深刻的。

从嫩手指一样小小的纽儿到小枕头一样可食的果实，时间并不长，正好符合我们内心的期待。在宽大的叶子下发现一个长得大一些的，我的喜悦就不断增长。似乎因为那个大一些的西葫芦的引领，其他西葫芦也都在尽情地长，一天一个样。在宽大的叶子下，那些大大小小的西葫芦都像在同我捉迷藏。看了几次我就不看了，感觉自己打扰了那些西葫芦。

那些宽大的叶子好像是西葫芦的屋顶，在那屋顶之上，有小小的歌者在吟唱，那是我们从原野抓来放到园子里的蝈蝈。蝈蝈有可食的西葫芦花，渴了还可饮露水。有时风吹来，叶子会有晃动，有的也会翻卷，那一刻，真的担心那些叶子会被风扯破，但最终都会平静如初。后来我知道，西葫芦叶子的动是为了缓解风带来的压力，其实不少植物都是这样。后来我也体会到了安静的可贵。阳光照来，月光照来，西葫芦的叶子一动不动，悄悄地庇护着果实，那样的安恬是乡村安恬的一部分，和其他安恬组成了乡村的美好。真希望那样的安恬就此定格，我们只能静静地望，唯恐把那种氛围打破。

那些西葫芦的蔓很长，匍匐在地上，像一根根绿色的绳子被夏天牵引。村庄的路很长，从村里一直通向原野，这长长的路也是蔓，牵着一个村庄的理想。

西葫芦成熟了，它们成了我们的食物。吃不了的就做成西葫芦条晾晒，晾衣绳上长长的西葫芦条，就成了乡村的一道风景。小孩子玩的时候可得注意了，要是碰掉了西葫芦条或是把西葫芦条扯断了，是要被大人骂的，那是我们冬天的蔬菜，它们以脱水的方式完成从夏到冬的跨越。

不长时间，西葫芦就老了，宽大的叶子也逐渐干枯，那一根根绿色的蔓也变老了。当收拾园子扯起那一根根老蔓，就扯起了以往的时光。小孩子们会拿它们当跳绳玩。

剖开老西葫芦，里面是饱满的种子。

倭　瓜

说起倭瓜，一定不要忘记它们很小的时候。当它们还是幼芽的时候，我们用锄头松土都格外小心，恐怕伤了它们的根。它们刚刚有纽儿的时候，还顶着小小的花，那是宣告希望的花。也有的纽儿长着长着就没了，我们习惯说它“化”了，可能是养分不足或受细菌感染所致。乡间有个说法，不许用手摸倭瓜纽儿。

倭瓜的蔓善于攀缘，往往拉得很长，有的爬到障子上，有的爬到柴垛上。真佩服倭瓜顽强的生长力，佩服它们的攀附能力。它们什么时候爬上去的呢？也许是在夜里，就像母亲说我们是在夜里的梦境中成长一样。这样的攀爬是一点一点进行的，需要耐力。当然，并不是所有的攀爬都很理想，有的攀爬需要引导，这一引导就会改变倭瓜的命运。但并不是所有的引导都能奏效，如果种错了地方，如果没有了攀爬之地，引导就成了一句空话。曾经看到有些农人给倭瓜搭架，让院子里的倭瓜攀爬到架上，这就很好。

倭瓜花像一个个金黄的小喇叭，装满的晨露和芬芳让人沉醉，最沉醉的是那些蜜蜂，已经进入忘我的境界。倭瓜宽大的叶子上也有晶莹的露珠，还有蝈蝈趴在上面畅饮甘露，尽情欢歌。蒸馒头、花卷和包子的时候，母亲常常把倭瓜叶子铺到帘子上，起到帘子布的作用。等到这些干粮都蒸好的时候，我们会迫不及待地揭去下面的倭瓜叶，没揭去的部分，就一同吃掉，细腻中那样一点粗粝的感觉是童年中深刻的记忆。

倭瓜的颜色有橘红的，橘红中有黄色的花纹，像是洋溢的喜悦；倭瓜的颜色有深绿色的和灰色的，是谦逊沉稳的颜色。

有人习惯用指甲掐一下倭瓜的皮，看面不面，不过这种做法不够文雅；有人习惯用针去扎倭瓜，如果扎不动，就证明是面倭瓜；有人什么也不用，只把倭瓜托在手上，感到沉实的就是面倭瓜。最好的倭瓜用刀切时很有难度，那是一种夹刀的感觉，仿佛不愿意人们剖开它一样。

烀倭瓜，用土豆炖倭瓜，熬倭瓜汤，都非常好吃。吃面倭瓜就是吃鸡蛋黄的感觉，不过吃时千万不要着急，否则容易噎着。

下霜之后的倭瓜逐渐不面了，而是发甜，这让人想到倭瓜体的逐渐消耗。那些经霜的倭瓜蔓也逐渐干枯了，它们曾有着怎样的挂牵啊！

用刀剖开倭瓜的时候，就知道了倭瓜的秘密，于是就把那些成熟的种子晾在窗台上。成熟的倭瓜子一部分炒着吃，一部分纸包纸裹留起来，等待来年种下。

葱与蒜

留在地里的葱，在经过一个冬天的白雪覆盖后又绿了，这是乡间春天的诗意。这葱叫羊角葱，因葱叶像羊角而得名，乡间对植物的命名总是很生动。

有的人家把冬天没吃完的大葱栽到园子里，这些葱善于更新自己，葱叶和葱白很快就焕然一新了。如果这些葱吃不完，就会长出骨朵，结子儿后又从根部发出新葱，叫蘖葱。葱的奉献是彻底的。

葱在蔬菜中以不怕冷出名，白露一到，万物衰败，找一块收割后的田地，平整好撒上葱子儿，不久就长出了绿针一样的葱苗，是谓白露葱。第二年初夏时节，白露葱已长成可以移栽的小葱，移栽的小葱待长到能吃后可以掐葱叶吃，葱叶是生生不息的。有的人家垄背得很高，这样葱白能更多些。

说到葱白，古人就写过“指如削葱根”，来形容女人手指的白嫩。乡间说女孩美，常说像一根水葱似的。这是葱文化的表现，是葱之美对人的启发。

葱之美，在于叶之美，在于白之美，更在于须之美，只要触及土地，它们便出落成我们愿意看到的样子。人要向葱学习，因为人有时会萎靡不振。

葱一层层包裹了自己，它们的白是由外及里的白。用洁净的葱白一层层强化自己，多么有说服力的葱啊！用葱叶的绿昭示世界，从而诞生葱绿一词。

蹲下来剥一根葱的时候，充分感受了一根葱的严谨有序和坚实有度。人应该在葱面前学会思索，人应该感恩于葱，感恩奉献人类的一切植物。

无论是做葱花还是蘸酱，还是拌饭和拌豆腐，葱都调剂了我们的生活，尤其是做葱花爆锅的那一刻，那种味道是幸福的味道。

乡间每家都栽蒜。蒜是很神奇的，蒜瓣儿紧紧围绕蒜梗，那蒜梗便是一个旗杆，蒜梗之上的叶子便是蒜绿色的旗帜。

大蒜丰收了，编出的蒜辫子挂在屋檐下晾晒，这在乡间是一道风景。

土豆炖茄子开锅时，把鲜嫩的蒜切碎放到里面是很有味道的。把捣碎的蒜放上酱油和醋，那是上好的饺子蘸料。捣蒜是个细活儿，能把一瓣瓣蒜捣成泥，需要耐心。捣蒜的一般都是男主人，当蒜泥捣好的时候，一家人就要团团围坐吃饺子了。希望驱使的人生，让人们走过了多少命运的低谷，人们把岁月的风雪捣碎，把种种不如意捣碎。当蒜泥进入碗中，调剂生活的不仅仅是蒜泥，还有人们经历的诸般东西。

早些年乡间的冬天，有的人家用高粱篾把蒜瓣儿穿起来，做成一个圈，放到盘子里，盘子里放少量的水，这样蒜瓣儿就会发芽长叶。白雪无边的季节，这一盘子的绿是在创造春天。

与蒜相比，葱的辣显得温和一些。暂且不论谁是否愿意吃大蒜，单就大蒜的辛辣而言，与葱一起是人生的必要调配。谁能忘记感冒时喝过的葱姜水呢？谁能忘记炖鱼时放到锅里的蒜瓣儿呢？

车轱辘菜

那时乡间的我还没有读到《诗经》，当然不知道《芣苢》一篇中的“采采芣苢，薄言采之。采采芣苢，薄言有之。采采芣苢，薄言掇之”等内容。如今想来，在几千年前的《诗经》时代，那种叫芣苢的植物就进入了人们的生活，由此可见植物的古老。可以想见在《诗经》之前更远的年代，芣苢和太多的植物就相伴于人们的生活。

要说芣苢，乡间人不知道，但说起车轱辘菜或者车前，没有不知道的。称这种植物为车轱辘菜，并不是说它们只生长于道路边和道路上，而是强调它们给人们的强烈印象。

说到生长于道路边好理解，说生长在道路上似乎不好理解。就说我的故乡吧。道路有常走和不常走的，那些不常走的路，比如离小河不远的土路，那上面就有不少车轱辘菜。那是一条季节性的路，只有在农忙时节，马车才经过那里。这样的路，车辙和车辙之间都有车轱辘菜。农闲时节，这些车轱辘菜就拼命生长。最初长出的车轱辘菜像贴在地面的蝴蝶，在倾听大地的嘱托。随着不断长大，它们的叶子稍稍超出地面，像手掌一样承接着雨露，又像耳朵一样在倾听风吟。当挺直的茎举起花穗，叶子又像是一种护佑。那茎与花穗是高调的，尽管在苍天之下它们是那样纤细，但却标志着它们绵绵不绝的生命力。

那时我们常常在原野疯跑，我们也曾跟在马车和牛车后面，看车轱辘菜的花茎在车底纷纷倾斜，那一刻，我真怕车轱辘菜有什么闪失。当车经过，车轱辘菜摇曳了一下，仿佛受到了惊吓，但很快恢复了原来的样子，稳定了情绪。轱辘菜慢慢适应了牛车和马车经过，它们的种子也逐渐成熟。

我们也是在车轱辘菜的生长中逐渐长大的，看惯了日轮和月轮，看惯了时光的驭手走过春夏秋冬，看惯了时光驭手的风之鞭把云朵的牛马一次次赶远，看惯了星星的乘客在夜里不眠。

牛马踏过，但车轱辘菜不死，它们有神奇的修复功能，它们有汲取大地力量扎得很深的根。

饥饿年代，车轱辘菜喂养了乡亲，让他们在苦难中有了生存的勇气。

还记得小时候蹲下身来捋一把车轱辘菜种子的情景，然后便是扬撒开去。那时我们这些孩子无意间传播了种子，但还不懂得向大地和那些种子致敬。

薤白之白

小根蒜是葱属，概括地说，它有蒜的外表、葱的味道。薤白是中药名，叫法文雅，而小根蒜叫法通俗直接。

最喜欢的是薤白之白，那是黑土养育的白，那是与冬天的冰雪呼应的白。冬天它们沉睡在黑土里，当冰雪融化渗进土壤，薤白有了最深刻的接受和领悟。

比起洁白的花朵，薤白之白是低调的白，它们把自己的蒜头埋进土里，完成由小到大的过程。

那是从里到外脱俗的白，让人想起清水的沐浴，让人想起尘滓都望而却步，让人想起鸡鸣声中天边鱼肚白。

那是根须的白。在路旁的树地里挖，到处都有惊人的发现。小根蒜根系发达，不断扩大自己的地盘，那种默默的群体性令人惊叹。当春天到来的时候，它们绿色的叶子爆出了自己的春天，那所有的根须扎进土壤，那是它们自己生命的锚。

当大雁飞过，那是在雁声中逐渐感到温暖的白；当喜鹊登枝，那是在喜鹊的喜悦里快乐生长的白；当蝴蝶翩翩，那是在蝴蝶的追逐里追逐生长的白；当风吹草动，那是不为所动的白。

所有的纯美都不会被遮蔽，它们最终会被人们认识，就像这薤白；所有的纯美都会让土壤自豪，都会让喜欢更喜欢，就像这薤白；所有的纯美都会入药，就像这蕹白。

感谢土地之恩，感谢上苍的雪和雨，感谢拂过土地的风……感谢这一切给予我们的蕹白之白。

树有粗细，草有高矮，蕹白也有粗细高矮，但它们的白却没有分别，这是它们自己的特色，永远不改。

蕹白之白是蛋清白，是一张白纸的白，是一层一层结构分明的白，是不能再白的白。

把蕹白移种一些到园子里吧，倒不一定就食用。当春风吹来，我们就开始欣赏吧，由此会想到无边的大地，那些蕹白之白在逐渐扩大。

蓼吊子

蓼吊子是乡间常见的植物，在池塘边和小河边，常看到它们的身影。

蓼吊子长得挺高，叶子上有黑色斑点，穗状花序，从上垂下来，起这样的名真是再恰当不过了，很通俗，很生活化。它正式的名称是酸模叶蓼、大马蓼、斑蓼等。

蓼吊子的茎坚硬，这使它有足够的支撑力。蓼吊子分出很多花梗，那么多的花穗子呈集群分布，真的是一个大家族，真的很美。在乡间的许多植物中，很少有人注意这种植物。和乡村的许多植物一样，蓼吊子不是为了引起注意才生长的。它们已经习惯了寂寞，习惯了以自己的成长回应春天和夏天。还有比生长更重要的吗？蓼吊子生长首先是给自己看的。蓼吊子选择水边落脚，这是它们生长的条件，也使它们容易看清自己的影子，自我欣赏。如果自己是美丽的，谁不愿意自我欣赏呢？别人看你，那是别人的眼光，与自我欣赏不一样。有人总是因不被别人欣赏而苦恼，甚至为了迎合别人的欣赏趣味而改变自己，这是何苦呢？人要为自己活着，首先要保持自己的特色。宁可保持自己的特色不被别人欣赏，也绝不迎合别人换来廉价的赞赏，这应是做人的准则。

蓼吊子垂下来的花穗，让人想到垂下来的谷穗和垂下来的黍穗，那是对大地的崇敬和礼赞。比起谷子和黍子，蓼吊子除了有药用价值，更多的是欣赏意义。

在乡间的大地上行走，请不要忽视像蓼吊子这样不被人注意的植物。粉红色的花穗子给我们带来了多么新鲜的感觉，就是为了这种新鲜的感觉，我们也要到乡间去。

苍　　耳

说起老苍子，很多人都知道，它就是苍耳。在路边，在地头，在河边，都可看到苍耳，苍耳不择土壤。

小时候割猪食菜，苍耳也是可选之菜，但要在它嫩的时候割取。曾经尝过苍耳嫩时的叶子，有粗糙感，嚼起来发黏。

夏天里的苍耳长得很快，它高过许多草，而且给人壮实的感觉，是草中的傻大个儿。站在苍耳旁边，它肥厚的叶片会让人想到憨厚，它带刺的种子会让人想到某些不驯服，这让人想到一个人性格中的两面。

谁会在意苍耳的生长呢？在意不在意都和苍耳无关，它只管生长，它不会辜负季节的希望。轻风拂来，苍耳的叶子被感动了；月光照来，苍耳领受着上苍的恩泽；雨来了，苍耳有了最好的沐浴露……

秋天的时候，苍耳的种子成熟了，上面的刺越发坚硬，每一颗种子都像一个小刺猬，每一颗种子都是对自己的护卫。它是大自然的微雕作品，在细微之处见功力。

每当游子从草地上经过，苍耳的种子就会粘上裤脚，像深情的跟随。这时游子就会惊叹种子的依附功能，就会在细微处理解故乡。是否把裤脚上的苍耳种子带回城里，这是一个问题。城市的园林不会让苍耳落脚，所以还是把它们留在乡野。

牛羊从草地上走过，苍耳的种子粘到了它们的腿上，后又被它们的蹄子碰落，踩进了土里，这一踩就决定了苍耳将来生长的命运。也有一些种子从牛羊的身上落到路上，在雨水的浸泡里慢慢腐烂。河边落到地上的种子，被雨水冲进河流。

很难想象所有苍耳种子的命运，即便是在乡野，也不是所有的地方都可以生长，比如长在田里的苍耳，锄头便会决定它们的命运。即便如此，乡野总有它们的生存之地。

再坚硬的躯体也会在秋天里老去，尤其是在一场秋霜之后，苍耳就逐渐茎干叶枯。民间管苍耳叫老苍子，这一叫就叫出了无尽的沧桑感。

牛　蒡

认识牛蒡还是近些年的事。小时候我认识故乡的不少植物，但对牛蒡没有印象。前几年回故乡看到了它，还是父亲告诉我它的名称的。

故乡道路两边除了牛蒡，常见的植物还有蒿草、洋铁叶、扫帚菜、刺儿菜、扁猪牙等。与其他植物相比，牛蒡显得憨憨的。牛蒡铺排大身，在许多草中确实很显眼。牛蒡的茎上有条棱，叶子的反面颜色要比正面浅一些，有的呈灰色。牛蒡很少集中生长，它们多以分散的方式守望着故乡的道路。

故乡的道路上过去走牛车马车，如今走轿车、农用车、摩托，今日的快是过去无法比的。我相信我故乡的许多人在快速经过时不会注意那些牛蒡，也许他们中的一些人和我从前一样根本不知道这种植物的名称。在实用主义盛行的今天，认识和欣赏植物，在某些人看来已没有意义，生存之累已不能让他们抬起欣赏的眼睛，似乎欣赏只是有闲心的人的事。但我要告诉这些人，哪怕只是抽出一点点的时间，这些植物说不定还会给你们一点生存的力量呢。

我怀恋从前的慢，这并非我多么落后于时代，而是说我怀恋那种慢生活中慢慢欣赏的心情。从前赶牛车马车的人和坐车的人，他们一定看到过牛蒡，他们提起那大叶子的植物，甚至会想到那大叶子就像他们家老母猪的耳朵。那些老一辈人，认识故乡太多的植物，在举手和投足之间，轻风把草木的气息吹进他们的生命。他们对那片土地的爱，是从认识与他们相伴一生的植物开始的。儿女们长大后可以远离家乡，而这些对土地不离不弃的古老植物永远是乡野上不变的风景。

每一个有乡土背景的人都应该知道，故乡的每一棵植物都是具体而微的故乡。

几十年后回故乡看牛蒡，对乡土有了新的感知。故乡现在的孩子们，也许和当年的我一样对身边司空见惯的植物缺乏探究和认知，但我知道他们在走出故乡多年而又回到故乡后，对故土上的一切可能会有新的感觉。何处没有牛蒡呢？但长在故乡土地上的牛蒡带给人的感受是不一样的。

洋铁叶

说到皱叶酸模，一般人不知道，要是说到洋铁叶，几乎没人不知道。在田地边，在路旁，在河边，经常可以看到它们的身影。

洋铁叶是草本植物中的大个儿，好像是为了引起别人注意才长得高大，但它恰恰是不被注意的，连牲畜都不吃它。植物有别，植物的丰富性就是大自然的丰富性。需要说明的是，洋铁叶除了药用价值，还有观赏价值，只不过太多的人没有认识到这一点。对一种植物价值的认可，首先看它的食用价值，这是一般人的认识，但也不要忽略它的药用价值和观赏价值。

洋铁叶刚长出的时候是紧贴地面的，好像刚刚离窝的小鸟不敢向上飞翔。所有的稚嫩都会在成长中变得强劲起来，茎上那么多的长叶子真的像翅膀，在风中跃跃欲试。

一场大雨过后，洋铁叶的茎端有不少蚂蚁，不知是蚂蚁对那茎上的花感兴趣，还是为了躲避地里的雨水。如果是后者的话，那洋铁叶的作用就显示出来了。对于小小的蚂蚁而言，一棵洋铁叶就像一棵大树。

看那些在风中翩翩起舞的洋铁叶，让人想到它们在自娱自乐。那时不但是洋铁叶，就连最纤细的草都有了舞动。这样的场景常常被许多人忽略，即便无意中看到，是否受到感动，也很难说。如果在一个夏夜里难眠，看不远处的绿地上有洋铁叶和那些小草的舞蹈，那一定要感谢夏夜的微风。洋铁叶好像带动了那些小草，它们的舞蹈总是有带动力的。在许多人的梦境之外看到这样的场景，应该感谢夏夜的馈赠。

入秋后的洋铁叶变成了铁锈的颜色，就像生锈的洋铁，我猜想这可能是洋铁叶得名的由来。如果说它和生锈的洋铁还有什么区别的话，那就是它通体都是红褐色的，红得很均匀。这是风雨之后必然的红，是一种沧桑的红，是在淡定中坦然接受的红。

一个女人回到她的故乡，她特意到路边采了很多洋铁叶种子，带回她生活的小城，她要用这些洋铁叶种子填充枕头。枕头里散发出故乡的气息，这种气息让人想到故乡的泥土、阳光、空气和雨水，这种气息伴着异乡的梦境，有一种安慰的效果。一个人的喜欢与故乡有关，这是令人高兴的，而这种喜欢来自童年，来自乡间路上那一瞬间的停留，来自那深情的一望。

洋铁叶太多的种子自生自落了，但只要有生长的条件，它们就会生长，虽然许多同类被锄掉。世界之大，它们有自己的用途和位置。

扫帚菜

扫帚菜学名地肤，我是最近才知道的。这名真好，让人想到大地的皮肤，其实哪里的草不是大地皮肤的一部分呢？

有一次在故乡的路上散步，我竟然没认出路边的扫帚菜，还请教了一位过路的老者。小时候熟悉的菜怎么没认出来呢？感谢老者的指教，看来熟悉的也会陌生，陌生了就要温习。

在我的记忆中，故乡的扫帚菜不像灰菜和苋菜那么多，这可能是几十年后见到扫帚菜而有点陌生的原因吧。

扫帚菜叶子很小，小时候割猪食菜，它是其中之一。

同某些植物一样，秋天的扫帚菜是红色的。由绿色到红色，是由希望的生长到希望的成熟，这一过程展现了一株植物的伟大。

扫帚菜分枝很多，老了的时候用来做扫帚，这是多少年前农村的普遍做法，这就叫作自然利用。受一株植物的启发，将它变成手中的工具，不知最初用此物扎扫帚的人是谁。也许是不约而同，目光同样朝向这一植物，割取后乐颠颠抱回家中，再经过晾晒，于一个夜晚完成扎扫帚的工作，物尽其用总是最圆满的结局。

生长时就是扫帚形，可是要扫除乌云？这让我想到一株株植物的理想被人心领神会了，于是把它们汇聚在一起，加工成了一把扫帚。作为扫帚形的植物是向上的，作为工具扫帚是向下的，向上是理想的生长式，向下是现实的面对式。

使用扫帚的人可能是扎扫帚的人，也可能是他的亲人。不管是谁，都把自己的院落打扫得干干净净，这是天下最基本的事情。如果再把院落之外打扫一下，手握扫帚的人和扫帚就不寻常了。

扫帚菜做成的扫帚是有硬度的，谁能想到这样的硬度是来自扫帚菜最初的稚嫩呢？所以不要小看稚嫩的扫帚菜，不要在经过时不屑一顾。

在这个六月开始的日子，我写成了这篇文章，我要走向原野，我要去寻找扫帚菜，虽然我不会扎扫帚。

瓜　园

我童年时每个生产队都是有瓜园的。瓜园一般选在离村里不远不近的地方。一片瓜园，除了靠近道路的一面，其他都被苞米围着，仿佛它的屏障。靠近道路的一面有一个瓜窝棚，是看瓜人住的。

在乡下人的苦日子里，谁能不看重瓜的甜呢？总感觉那些甜瓜是为了安慰我们寡淡的日子才生长的，所以我们经过瓜园时愿意多望上几眼，那眼神是充满期待的。一片静静的瓜园，瓜蔓在时间里一点点拉长，顶花的甜瓜在一点点长大。

侍弄瓜园的都是有经验的老者。他们经常在瓜园里转悠，薅薅这里的草，掐掐那里的尖。哪里有快成熟的瓜，哪里长什么品种的瓜，每个品种的瓜有什么特点，看瓜的老者都了如指掌。

轻风抚弄瓜园，像等不及的孩童。说到孩童，是看瓜者重点防备对象，但在我的故乡，很少有孩子偷瓜。细细想来，还是朴素的乡村教育起了作用，集体的瓜不能偷。

乡村里有一个不成文的规定，就是瓜成熟后，路过瓜园的孩子要是想吃，可以给他们摘几个，但只有一次可以这样。我就曾和两个伙伴去吃过，老瓜头（我们都这样称呼他）就拎着土篮子，在瓜上用手指弹一弹，来确认瓜是否成熟。老瓜头给我们摘了几个，我们在解馋后快乐地离开了瓜园。在我的记忆中，去瓜园吃瓜的孩子并不多，大人几乎没有。善于约束自己，是骨子里的东西。

夜晚的瓜园是什么样子的，有时我会想。老瓜头会在窝棚前点燃艾草绳熏蚊子，他也会点上一袋烟抽起来。深蓝的天空中挂着一轮金黄的圆月，这是鲁迅小说《故乡》中的意境，我想肯定适合我们队里的瓜园，但没有少年用钢叉向一匹猹尽力刺去，有的是一个少年在夏夜里的想象。有月牙的晚上，我就想如果耗子把瓜吃了，那就像天狗吃月亮，只剩下了月牙。我就在这样的想象中睡去，连梦境里都是瓜香。

甜瓜开园后，生产队过段时间就分一次瓜，我们拿上筐或者面袋子去领瓜，过节一般。把瓜领回家，洗净之后用拳头一敲开，甩一甩瓜瓤，这时就会引来不少鸡争抢瓜瓤。大快朵颐，有时连瓜瓤都吃了，让那些鸡白白眼馋。一种叫白糖罐儿的小白瓜特甜，成熟后分量轻，皮不是很厚。金道子瓜也很甜，还有就是那种绿色中有黑道子的大面瓜，牙口不好的爷爷奶奶适合吃。这是集体分的甜瓜，在每个家庭中就不平均了，大人们舍不得吃，大都让小孩子吃了。

分了几次瓜后，瓜秋结束，生产队的瓜园罢园了。听到这一消息的女人和小孩子就奔走相告，拿着筐和面袋子急匆匆向瓜园奔去，好像要赶赴什么仪式。一瞬间，瓜园就被收拾得干干净净，后去的连个瓜蛋子都没看到。其实那些瓜蛋子是苦的，那也当成好东西，回到家洗净剖开，去掉那些苦瓤腌咸菜吃。

瓜园最后只剩那些瓜蔓和瓜叶了，昔日的茂盛转眼就变成了枯黄，它奉献的香甜永久地留在了孩子们的回味里。

六月去看麦田

我们从老榆树下出发，去看不远处村庄的一片麦田。看过了老榆树，根的感觉便很强烈。感觉几百年的老榆树有很强的概括力，它把我的故乡概括进去了。对故乡的热爱并不影响我对其他村庄的爱，也就是说，我对故乡的爱并不狭隘，这使我能走出故乡的边界，放眼别处的村庄。对乡土的思念也会在别处的村庄找到慰藉，这不是我在去看麦田的路上才想到的。村庄与村庄有太多的相似性，这种相似性让我们对别处的村庄有着心理上的认同，就如同我们对老榆树的崇拜。我们从老榆树下出发，我们带着根的感觉出发。

走了天下太多的路，感觉村庄的路更亲切。作为乡村之子，我们很多人走向了城市，这使我们能在城市与乡村的对比中丰富对世界的认知。城市可以改变人，但对于我来说，它没有改变我的性格，没有改变我对乡村的爱。身在城市，心在乡下，这就是我。

三十多年前，我的故乡就没有麦田了。在这三十多年中我曾在郊外看到过只有约一百平方米大的麦田，惊喜随即被忧伤冲淡。

在六月的这个上午我们去看麦田，我们该感谢种麦子的人。这附近有一座酸菜加工厂，麦子收割后就进入二伏了，正是种大白菜的时候。这样的轮种便有了两次收获，也在无意中满足了我们的渴念。我们从县城里来，我们从乡土的背景里来，我们的背后都曾有一片片麦田。

穿过那个叫张平房的村庄，村北就是麦田了。很大的麦田，从我们眼前一直铺向远处。每一棵麦子都是静立的，正是灌浆时节，这静静的生长对每棵麦子都是重要的。它们长得多齐，好像商量好了一样，在太阳下展示群体的一致性。相信我们这些来采风的人也都有一致性，这就是对乡土的认同感。

在静静的麦田旁，我们都看呆了，陷入了很深的回想。我们在望自己的童年，我们在望麦田边小路上走来的自己。那时为抓一只蝈蝈而踩倒了一些麦子，那时还不知道为踩倒麦子而羞愧。

望着这片麦子，过去与现在实现了一次重叠。听说这些麦子都是不洒农药的，都是无污染的，听说这麦子卖出的价格很高。真的佩服播种者的经济头脑，也祝贺我们自己终于看到了麦田，在偶然里完成了一次必然回望。我想不久麦田里将有蝈蝈的鸣叫，麦田是蝈蝈的国度，这里面的喜悦将超越这个国度……

我们站在麦田旁，我们看着麦田上的蓝天白云，我们想着麦子金黄的那一天，我们想着微风把金黄的麦浪推向远方，也把我们的喜悦推向顶点。我们站在此刻，我们把自己从过去拉回，我们把自己从畅想中拉回。今天我们把乡土作为我们的立足点，其实我们的热爱何曾离开过这个立足点呢？

第二辑　一根绳子有多长

犁　杖

写下犁杖这两个字，不禁想起犁杖与牛和木的联系，想起拉犁的牛和做犁杖的木头，也油然生出对造字者的钦佩。

在中国的农耕史里，犁杖无疑是主角。尽管犁杖在这一历史里不断演变，但实用永远是它不变的生命力。

真应该感谢第一个造犁杖的人，他的智慧在上面有了发挥，他的智慧也启发了无数的后来者，让他们的创造有了充分的依据。在此后无数的反思和总结中，匠人的智慧得到了淋漓尽致的表现，农耕史的神韵充分地显现出来。

在比遥远还遥远的历史深处，牛拉犁杖的画面在我的想象里一次又一次地浮现，牛善良的面孔，牛低头拉犁行走中艰难的喘息，都成为这一画面中的神韵，都成为永远挥之不去的大地进行时，都是天边地平线上我眼眸不容忽视的美好。

如果说我对故乡的认识是从对犁杖的认识开始的，我想也是合适的。在春天的田野上，牛脚踏实地的耕耘让我肃然起敬。那时我是惯于在田野疯跑的孩子，我有时会在田边望老牛拉着犁杖向我走来，旁边的赶牛少年和后面扶犁者的形象也逐渐清晰。到了地头拐弯，再由近及远，就这样循环往复。牛、犁杖和人，这是多么精干的耕耘小组，又有着多么好的默契呀，田垄是这个小组的合力之作。牛多么勤恳，它在拉犁的时候从不哞叫，而犁杖多像一个弯腰弓背的人，在循环往复中加深着对大地的爱，扶犁者亦然。头顶是故乡的云朵，远远近近是不断起落的鸟，鸟的歌唱和泥土醉人的气息，让我兴奋得不知如何表达。正因为如此，我要成为一个善于表达的人，这是故乡田野和田野上的牛犁以及人给我的动力。

事实上，犁杖有很多时候是休息的，无论是在地头还是生产队的库房里，抑或在生产队的房山底下。但为什么浮现在我的头脑里的经常是耕作的画面，可见作用于生命里的东西总如浮雕般清晰。

一张犁，它让牛拉老了自己，它也把牛累老了，它也把扶犁者累老了。一张犁，犁辕的裂缝可是在释放疲惫？当年赶牛的少年渐渐长大，他成了扶犁人。

小时候，故乡最初拉犁的牛后来逐渐被马所代替，但牛的功劳永远不会被忘记。还记得马拉着木爬犁去田野耕地的情景，爬犁上是犁杖，那时它是乘客，当乘客的时间是短暂的，很快它便是田野上的劳动者，在马和人之间，在天地之间，在我们的脚踏实地和对未来的遥想之间。

一个小马槽也会被拉到田野，歇息时农人会把麻袋里的草料倒入其中，这是在给马增加营养和体力。这时的犁杖会倒在地边休息一下。农人中午回家时会把犁杖留在田野，那时的犁杖会不会感到孤独？在离开故乡多年之后，我曾在美国作家威拉·凯瑟的小说《我的安东妮娅》中发现了有关犁的描写：“天上没有一丝云影，太阳在清澈、镀了金似的天空往下坠落。正当那通红的圆盘底边紧靠着地平线，停歇在高处的田野上时，一个大黑影突然之间显现在太阳的表面。……在某个高地的农场上，有人把一把犁留下插在田里。太阳正好在它后面下沉。水平的落日光越过一段距离把它放大了，突现在太阳上，而且恰好在圆盘之内；犁把、犁尖和犁头——在那熔铁似的红色背景上乌黑乌黑的。就在那里，放大了许多倍，成了画在太阳上的一幅图画。”我被这精彩的有关犁的描写震撼了，留在地里的犁在落日的映衬中有了别样的意味，有了令人追思的魅力。对犁的体味是需要时间的，尤其是像我这样虽生在乡村而对犁体会不深的人。说体会不深，是因为我从来没有赶过拉犁的马，更没有扶过犁。虽然干过几年农活儿，但我还不是一个合格的农人，至于干与犁杖有关的活儿，我不行，那是需要技术含量的，要老把式才行。命运没有把我推上扶犁者的位置，这让我永远羡慕那富有经验的扶犁者，让我在敬畏中永远保持着对乡土的向往和由这向往而生出的热爱。那张落日中的犁，在与大地的依偎中突显伟力，它是耕耘者在入梦之前的一个蓄势，或者说它为梦想提供了一个美好的影像。尤其要说明的是，犁不是孤立的存在，除了它与落日的搭配关系，还有人的望眼。剪影在人的望眼里更显多情，犁与人，犁与大地，构成了亲密的关系，是相互融合的存在。我甚至想，我要是那张犁多好，只要有人望我，只要依偎大地，我就不孤单，我就有梦想。

没有忘记那些犁铧，它们最知道大地的秘密。在我故乡的大地上，一百多年前的开荒破土，犁杖曾是怎样如醉如痴，土地曾是怎样涌起土浪，拓荒者又是怎样扶犁望远，这些常常在我的人生猜想里成为重要的内容。把握犁杖的人胼手胝足，而那些犁杖也在岁月的风雨里走向衰朽。看看犁铧上的土，就会知道土对犁杖的亲近和犁杖对泥土的眷恋。看看那些纵横的田垄，就会知道最初的拓荒者的遗产多么丰厚，我们的继承又该需要怎样的爱。

我的高祖父叫王廷让，当年他领着一家人从辽宁来黑龙江，该需要多大的勇气呀！几经辗转，他领一家人来到了一条河流边上，那黑油油的泥土就这样收留了流浪之子。从高祖父那一辈到我祖父这一辈，除了个别因买官做官而客死他乡的，王家主体还是农民。农民也有农民的安好，比买官做官强多了。从父辈到我们这一辈，王氏家族成员有的到城市生活，但现在王氏家族的主体还是农民。尽管打工潮一浪高过一浪，但土地永远是农民生活的根基。

看到城市惊人的发展速度，我还是有些担忧。大量的土地被占用，一些人正在失去生存的依靠。我并不否认一些农民进城后生活有了改善，但有相当一部分人到城市生活后却背负了更多的生活压力。

近些年，我日益向往乡村的生活，也在回味乡村中追寻农具的背影。说到犁杖，以前我只注意到了它弯腰的形象和被磨得锃亮的犁铧，而对其他构件并不了解，这对一个曾短暂当过农民的人来说无疑是一件羞愧的事。于是我在网上查阅了一些资料，还请教了熟悉犁杖的人。

犁杖由犁辕、犁箭、犁梭子、犁底、犁铧、犁梢等部件构成。

犁辕的后半部弯曲，所以又叫曲辕犁。犁辕多用榆木和柞木做成。犁箭是犁中部上接犁辕下接犁底的木方。因为犁辕弯曲像弓，这个木方上端在犁辕的弯曲部分与犁辕相接，就像一支箭套在弓上，所以有了犁箭这个命名，真是太奇妙了。犁梭子是用来调节犁箭长度的装置。犁梭子中间有个沟槽，犁梭子前面是厚的，后面是薄的，所以往前移动犁箭就长，犁铧耕得就深，往后移动犁箭就短，犁铧耕得就浅。犁箭在犁辕和犁底间有一定的自由度，所以犁梭子的调节就很见效。犁梭子上面有个限位的方木条，以保证犁箭在调节后固定住，我们这里叫“别头簪”。犁底也称犁床，其前端安装犁铧，犁铧是用来翻土的铁器。犁梢是犁杖后面的部分，是一根像圆锥体一样的圆木，安在犁底和犁辕尾部，上端安有一短横木，是犁的手柄，犁梢中部安装一短木方，是用来提起或放下犁杖的把儿，我们这里叫“瞎摸儿”，是不用看就能摸到的意思，名字绝妙。为什么强调瞎摸呢？因为扶犁要注意前方，所以“瞎摸”就行。犁梢的命名应与“梢公”（艄公）有关。梢，古同“艄”，是船尾的舵之意，让人想到掌握，想到操控。此外还有犁托等，犁托安在犁辕前头下方，起导向作用。为了搞清犁杖的结构，我还请教了妻子的一个叔叔。他先是画了一张图，用手机发来。我看了之后，不明白犁梭子的原理，再一次向他请教。他在视频电话中不厌其烦地按图讲解。讲了半天，我也没听明白，我真是一个笨人。后来妻子又请教他老爸，然后妻子又给我讲解，我终于明白了。榫与卯眼的结合，让犁的各个部分构成一个整体，令人感叹工匠的巧手。真的惭愧，小时候在故乡没有细看这个装置，几十年后才想起研究，要知道，现在这样的犁杖已很少见到了。

随着农业现代化，我故乡的木犁退出舞台好多年了，但这并不意味着我们可以忘掉木犁，并不意味着我们可以忘记那些与木犁相关的岁月。作为传统农具的重中之重，作为躬耕者，犁杖从遥远的岁月中走来，携带着乡村的历史，成为乡土记忆的重要部分。

我是乡村之子，我与乡村有永远无法割舍的情缘。在人生的田野，我是拉我自己木犁的马，我也是自己木犁的把握者。犁杖之杖，让我想到把握。人生的田野，意蕴无边。

锄　　头

锄头的形象是一种探问的形式，这种探问是高调的。可以说，镰刀也是一种探问的形式。不用镰刀时还放个刀套，与锄头相比，镰刀显得低调、含蓄、内敛。锄头被农民肩扛着，很少有被拎着或被拖着的时候。我们说大个子锄头，真是形象生动，谁能不感叹这绝妙的拟人特点呢？

收割时的镰刀即便是不断甩动，也常常被掩藏在庄稼之下。锄头抬起落下，即便锄板会被逐渐长高的禾苗掩藏，但那锄把儿被前移后拉的情景突显了画面感，戴草帽的锄地人的侧影也更加突出。

把握锄头，人与锄头的结合让田地有了锄后的干净，有了保持这干净的信心。乡间锄地是要三遍的，所以就会时常看到田野上缓缓移动的身影。如果只是一个远处的观望者或者近处的欣赏者，你对锄头的理解肯定不会深刻。唯有亲自握起锄头一次又一次体验，你才会真正理解锄头。锄头是要锄掉那些草而不是苗，握锄头的人稍有不慎，就可能伤及禾苗。有时锄头要翻过来，慢慢对准与苗套近乎的草的根部，把它们剔除。每个锄地的人都会有让人不满意的时候。当年锄苞米地，我锄的一条垄就曾被队长检查为不合格，原来我把一些草留在了苗旁。草真是多啊，我们常说草都把苗“糊”上了，真是再恰当不过了。有时把大部分草铲掉了，为了赶进度就毛糙了。

从锄头遍地到三遍地，加上间隔的时间，时间不短。正是炎热的时候，锄地的辛苦可想而知。除了早晨和傍晚，白天的其他时段都是炎热的，皮肤被太阳晒得黝黑，刚刚中学毕业的学生甚至都被晒爆皮了。田垄长长向天边，直起腰舒一口气的时候，年轻的学生发现那些老农很少直腰望远，老农的远方是在锄头的一点点拓展中到达的。到地头的时候，又一个远方在极望处。几个不知疲倦的人找一个树荫处打扑克，有的在树荫下枕着自己的两只鞋休息，那时锄头也在地头休息。如果休息处没有树荫，就躺在地边用衣服盖上自己的头睡一会儿。有时在靠近河边的地方锄地，洗完澡后还会在河水中把草帽浸湿，之后戴在头上，能凉快一会儿。这些抗晒方式让人想到最简单的生活，让人想到大地上某个角落极其细微的部分，也会让人在劳苦中找到对生活的合理的理解。

歇气的时候也是送水人来送水的时候。送水人往往是年纪较大而身体不太好的人，看来当年的农村领导还是挺人性化的。送水人肩挑扁担站在地头的荒道上，慢慢弯腰把两个瓦罐轻轻一放，一边摘下草帽当扇子扇风，一边吆喝：“水来啦——”锄地人立即围拢来。瓦罐里都是井拔凉水，就是从井里刚打上来的拔凉拔凉的水。你一碗，我一碗，他一碗，喝得身心分外凉爽，拿起锄头就分外有劲。

我们那里管沿着田垄锄地叫抱着一条垄锄地，真的是极具形象感，由此说明人与田垄的关系。老农要是看着年轻人常直腰观望，就会说：看啥呀？抱住一条垄就往前铲呗。太需要时间熟悉田野上的劳动节奏，太需要握紧锄头低头正视草苗俱在的现实。

如果是雨后不久，锄头常常粘土，锄地人就拿下挂在腰间的刮锄板儿刮锄头正反面的泥土，有的泥土还粘在刮锄板儿上，锄地人就用刮锄板儿敲打锄面或锄颈（锄钩子），以使泥土掉下来，那敲击声简洁，听着亲切。挂在腰间的刮锄板儿，在锄地时会一摆一摆的，好像一个乐于悠荡的顽童。

从锄头遍地到三遍地的间隙，人与锄头会得到休息。农人会把锄头挂到仓房的墙上，或者倒置靠到墙上，这是两种不同的休息姿势。如果有的锄把儿不行了，还要及时换掉。记忆中锄把儿有的是从村里供销社买的，有的是用村里的水曲柳做的。锄裤处有小眼儿钉钉子，但时间长了，锄把儿在锄裤里的部分也会腐烂，这样就得换新的。从一把旧锄把儿到一把新锄把儿，需要一个适应的过程。在这适应的过程中，有对旧锄把儿的怀恋，有对握紧与松开那些时光的怀恋。握紧的时候，锄把儿也是紧张的，人的意志作用于它，它当然会紧张。锄头在不断的铲中证明了自己，人在不断的铲中也不断理解了锄头。松开的时候锄头轻松了，人也是一样，越是劳作紧张，越说明休息的必要和珍贵，而休息也是为紧张的劳作蓄势。适应新锄把儿的过程是重新体会磨砺的过程，手中的老茧又会增厚。

又一个锄地的劳作就要开始了。在晨光熹微时肩扛锄头走向田野，白杨滴翠，鸟语声远，柔风拂面，脚步匆忙。禾苗在一天天长高，风吹动禾苗，无数苗叶像无数翻飞的翅膀。

当一天的劳作结束，农人肩扛锄头走回家，在牛哞羊咩的声音里，在袅袅炊烟的召唤里，弯弯的锄钩好像要钩住白天最后的时光。

在乡间，没有玩具的孩子们有时会拿着锄头玩，比如握着锄头往前推，或拉着锄头往前跑。如果不慎在跑中被土块绊倒，孩子就哭了，锄头就会被晾在一边，仿佛那跌倒是锄头带来的，心想再也不玩锄头了。大人是不愿意让孩子玩锄头的，因为无论是锄板还是锄把儿都有危险。如果被发现，孩子就会慢慢拉着锄头回家，仿佛那锄头也犯了错误似的。

也许就是那把玩过的锄头，后来就长久地握在了手中。即便不是这样，那锄头也是一种故园情结。

还有两种锄头，一种是锄板有梯形的漏口，叫漏锄，一种是扒锄子。前者可能是为了省铁与轻巧吧？它与无漏口的锄头作用是一样的，但这样的锄头数量不多。扒锄子是大锄头的微缩版，主要是侍弄小园子用，一般不安把儿，蹲着使用。在大锄头进不去的地方，扒锄子可有用武之地了。

在乡间，我曾看到农人用破旧的镰刀头给老旧的锄头刮刃的情景。翻过来的锄头，在经历一次更新的过程，这是被重塑和再造的过程，于是迟钝很快变得锋利，像返老还童的感觉。也有在石头上磨砺锄刃的，比如在石头碴子上磨，可以想象那种粗嘎的声音。

乡间的人在回答别人有关职业的问话时常说自己是撸锄杠的，言语之中似有自谑与自贬的成分。与这些人相比，有的人会有先天的优越感，并因此生出同情感。有的人并没有优越感，相反会有羞愧感，感觉有什么对不住撸锄杠的。后者大部分是从农村中走出来的，有撸锄杠的经历，他们对土地有虔敬感，他们对农民的敬重就是对从前的自己的敬重。

对有些人来说，松开锄把儿已经很久，因为他们已到城市生活，他们在手的屈伸中回味握紧和松开的过程，那锄头在他们生命的背景里已成为永远的注释。回望乡村，真的希望我们有些迟钝的情感能经过一次重塑和再造，这样我们的心就会变得敏感，我们对乡土的热爱就会变得更加深厚。

一位八十多岁的老人告诉我，他在乡间最早使用的锄头，锄板和锄钩是分离的，要安在一起。如果锄钩安到锄板的沟槽里有松动，就加上铁片，或者把融化的矾倒入缝隙。把矾放入铁锅中或者铝勺子中加热使之融化，让矾显示强烈的凝固作用，由此看出乡村的经验和智慧。老人还告诉我，锄板在泥土中经过无数次的磨砺之后变小了，那也舍不得扔，直到变成一个小碴儿，才用斧锤把它敲下来，之后再换上新的。

农人在干旱时望天问天，再让锄头以探问并进入泥土的形式完成无数次的劳作，可见探问不是空洞的，也不是表面的，它永远以杂草杀手的身份出现。锄头以铁性的坚决诠释了护佑的含义，同时又使板结的土地变得疏松。板结的土地也许会有酸痛感，锄头为它解除了这种酸痛，锄头真善解土地之意。对于乡村的守望者，彻底松开锄把儿的那一刻就走完了一生。那些他们握过的锄头会被人重新握在手里，大地上的耘田会代代不息。

镰　刀

据有关资料记载，史前时代就有镰刀。最初的镰刀是用动物的牙齿骨骼制作的，后来又有了石镰。由石镰到铁质的镰刀，这一进步是人类的标志性事件。可以想象镰刀打制的情景，炉火闪耀，铁锤叮当，光着膀子的打铁人汗珠被铁锤震落，镰刀就在这样的锻造中诞生了。

我最初看到的镰刀是那种带裤的，在裤上安一个把儿。使用时间长了，镰刀把儿就会松动，那就垫上一块皮子，有时还会钉上一个铁钉以阻止镰刀把儿掉下来。有的镰刀把儿实在不行了，就换一个新的，要是镰刀太老了，也要换新的。记忆中淘汰下来的镰刀会用来削土豆皮或挖菜，一用就是好多年。

二十世纪七十年代初，曾跟爷爷在黑河的山中打榛柴。榛柴扎手，弄不好手会被扎出血的，爷爷就戴着手套小心翼翼地割。那时我还是一个观望者，所谓披荆斩棘还在遥远的未来，我只能冒着严寒，拉着爬犁帮爷爷往家运榛柴。

还有一种半月形的镰刀，刀的一部分插到刀把儿里，用铆钉固定，工艺上又有了进步。二十世纪七十年代后期，这种镰刀逐渐代替了那种老式镰刀，当时供销社卖的绝大部分是这种镰刀。需要说明的是，供销社卖的还有左撇子镰刀。

中学毕业后去生产队干活儿，割地的活儿最累。

记得上工前，父亲总会为我磨刀。我家有两块磨石，一块粗的，一块细的。半碗水放在身边，父亲戴着手套坐在炕沿上，用一条腿压住刀把儿，一只手扶住刀片，一只手用磨石磨刀，还不时用刷子蘸水加在磨石上。粗磨石磨刀的声音粗厚，给人以直率之感；细磨石磨刀的声音细柔，如耳语叮咛。磨了一会儿，父亲用指甲试一试锋刃，如果不行就接着磨，直到磨好为止。两块长方形的灰色磨石，中间在无数次的打磨后已有大的凹陷。

那时苞米种植面积大，割苞米的时间最长，为了赶进度，有时还要夜战。夜里割苞米难度不小，借着月光干，每人割三条垄，要割完一个来回才能收工。多少年后，当年和我一起干活儿的同龄人说我割苞米如何快，但割得不够好，就是茬子留得太高了。

割大豆我总是割不好，豆荚扎手，要戴手套才能割。不知是刀的问题，还是技术的问题，我常把豆秧连根拔起，这使我很苦恼。再说大豆是矮棵植物，需要大弯腰才能行。父亲不在身边，我只好自己磨刀，磨得不够理想，但我知道刀最终还要自己磨，好刀也需好方法磨，磨得好是需要年龄的。对于一个割地技术娴熟的人来说，那唰唰的声音是好刀的絮语，有种说不出的痛快。

割谷子，我是一个落伍者。都说割谷子是最累的，谷棵子粗，谷穗子沉，一次要割一大把，需要很大的力气。我左手揽着谷子，右手奋力割，可就是进展缓慢，一向惯于低头沉思的谷穗似乎都在嘲笑我。歇气的时候我躺在田边，有种眼冒金花天旋地转的感觉。那一天，我不知是如何走回家的，双腿被沉重的疲惫拖得很慢。回家后不愿吃饭，一宿都睡得很沉，第二天早上依然浑身酸痛。回想当年的情景，我知道十六七岁的我臂膀还跟细弱，所以无法支配一把好镰刀。

大约是在参加工作后，我在故乡的河边割过一次自家的麦子。那一天骄阳如火，我和弟弟的肩膀都被太阳灼痛了，我们带的一壶凉水也被喝个精光。灼痛和干渴，就是几十年后想起依然真切。与割其他庄稼比，割麦本身并不难，苦的是炎热的天气。割麦子的声音很好听，那样的节奏感是诗意的，只是炎热和干渴把这种诗意消减了。

我在故乡收割，谁在收割我的青春年华？如今，老家仓房的墙上还挂着镰刀，但早已不是当年的镰刀。但只要有镰刀，我就觉得还有人替我在故乡收割。镰刀在一年的很多时候都处于做梦状态，一旦它们被使用，就会发亮，由此知道磨砺镰刀的不仅是磨石，还有大地上的庄稼。镰刀与土地，说到底是一种亲密关系，而这种关系是由人来做媒介的。无论收割什么，镰刀飞动的一刻，土地都有微微的颤动，只是这颤动容易被我们忽略。

一根绳子有多长

乡村的历史有多长，一根绳子就有多长。

一根绳子经过高祖父的手掌，经过曾祖父的手掌，经过祖父的手掌，经过父亲的手掌，如今正经过儿子的手掌，它也将经过儿子的儿子的手掌，不断接续，一辈辈延长。

这根绳子经历过时间的磨损，但它有自然的修复功能。这根绳子在乡村辛苦的里程中，可以为套，可以为缰，可以为煞绳，永远不断。不管怎么说它都是坚韧的，就像乡村人的性格。

这根绳子可作为纤绳，在希望之船搁浅的时刻，每个乡村人都是船夫，在时光的河滩上留下赤裸的肩膊，留下船形的脚窝。越是在困难的时刻，绳子拧得越紧，这让人相信乡村不老，你看他们在低头向前，然后抬头望向远方。

这根绳子似乎概括了乡村，它让人想到细长的乡间小路，想到藤蔓年年生长。

这根绳子，缩小开来似乎就在村人的腰间，扩大开来就像是遥远的地平线，地平线上有太阳，有月亮，有星光。

这根绳子有时是具体的，有时又是抽象的；这根绳子有时是平静的，有时又是不平静的。平静中也有征服的力量，不平静中更显对岁月的忠诚。

在加大的力量中，这根绳子是笔直的、紧张的；在休息的时候，这根绳子是弯曲的、随意的、松弛的。

这根绳子可以鞭挞，可以嘲讽，可以带起一阵风，这根绳子是虚假的死敌。

这根绳子可以为蛇，纠缠季节不放松；这根绳子可以为梦，执着于丰收显身影。

一根绳子，让人想到乡间的力量，想到一支歌久远的旋律，想到绵延的山岭……

由一根绳子退回到几根经子，由几根经子退回到扒麻的时刻，由扒麻的时刻退回到田野上线麻的生长，退回到线麻最初的根须。大地的生长年年不断，绳子的历史年年延长。

一根绳子有多长，它拧进了阳光和月光，它拧进了冷雨和寒霜，它拧进了绵绵不尽的风，风有多长，绳子就有多长。

想起几十年前看打绳子的情景，在生产队的院子里，几位老者，有的操纵着摇把子，有的操纵着把几股绳聚在一起的“木瓜”……一根绳子的完成有赖于几个人的配合，一个乡村的梦想有赖于无数人的参与。尽管现在我们已看不到这样的场景，但在我们心里它却是永恒的。从看到一根绳子的完成过程开始，那根绳子就在我的情感里实现一次次超越，上升为寓言。

我相信生活的寓言性，我更相信乡村的寓言性，而这寓言性是由许多个乡村场景构成的，打绳子的场景只是其中之一。这样的场景为什么常常浮现在我的脑海？它对于我究竟意味着什么？这是一个多么绝妙的意象，它融进了我深深的情感。作为乡村之子，对朴素的事物一向怀有深情，这使我不会沉迷浮华，这使我在深情的回望中感受民间力量，感念大地之恩。

一根绳子有多长，一头让我们回溯，一头让我们展望。

时间的更漏子

那个木质的倒三角形大漏斗，在我们回溯的时间深处。

大漏斗挂在碾柱上，父亲说它能装一斗谷子。

父亲说当年我奶奶在碾房里碾过谷子。我吃惊了，为什么不是爷爷？那时劳作是不分性别的，爷爷也许还有更重要的活儿，比如冬天他和别人上山拉木材。很难想象奶奶一个人在碾房里碾谷子的情景，那时她还年轻，发髻被头巾掩上了。奶奶会用簸箕把谷子倒入大漏斗，从漏斗里漏出的谷子正经历碾子的碾轧。

那时碾房外的白雪正铺向天边，大地正在白雪下安睡。那里曾有多少谷子生长，从谷子秀穗到谷子低头，轻风拂去谷叶沙沙响，明月照来梦里思绪长……

奶奶向漏斗里添加谷子。这是丰收的一次聚集，所有的谷粒都在农人的辛苦里成形，都在聚集里成为生存的力量，所以奶奶向漏斗看去时，内心的幸福是满满的。

那个小小的插板是管调节的，要根据实际情况来调节谷子下漏的多少。插板听从手的调遣，让那些谷子适度漏下，好像从人的指缝漏下。那是时间的更漏子，在北风的尖啸里，在马蹄声里，在老马的喘息声里，滴着冬夜的悠长。

奶奶会用刮板把漏到碾柱下的谷子向外围刮一刮，或者用小笤帚扫一扫，和此前铺到碾盘上的谷子掺到一起。碾谷子时，除了将一部分铺到碾盘上，其余都要通过那个漏斗漏到碾盘上，铺到碾盘上的谷子是确保漏斗里漏下的谷子不至于因为少而被碾碎，而如果不通过漏斗都铺到碾盘上，那就太厚了，无法碾轧。

随着谷子从漏斗漏下来，多少谷壳变成糠，多少米粒扑鼻香。

随着谷子从漏斗漏下来，外面的谷草垛又落了一层雪，顶着雪冠的谷草垛将成为草料把牛马喂养。

随着谷子从漏斗漏下来，远方雪野上的野兔也出来觅食，那些刨食的野兔上哪里去寻找菜根呢？找不到菜根，也许要经过那一片片谷子地……

后来父亲长大了，成了奶奶碾米的帮手。那一刻奶奶一定是高兴的，那个大漏斗的高度是成长的高度，是用簸箕倒谷子的高度，是一个村庄憧憬的高度。那时，所有的母亲都梦想自己的儿子快快长大，都梦想自己的儿子能用有力的臂膀端起簸箕，往那个大漏斗倒进谷子……

在奶奶之前，在奶奶的奶奶之前，一定会有无数的奶奶在碾房里碾谷子。漏斗里装过多少年代，漏斗里装过多少寒凉，漏斗里装过多少生存的喜悦，粮食是老百姓的天，天露曙光到脸庞，原来生存的喜悦和希望被人世的经历包裹，一如小米被谷壳包藏。

很小的时候跟父亲碾谷子，说是帮手还算不上，顶多给递个小笤帚，或者钻到装糠的仓子里把糠一簸箕一簸箕装到袋子里。即使是踮起脚，我端起的簸箕也够不着那个漏斗。

在乡村生活中，我有时是个参与者，有时是个旁观者。有时总以为自己是个孩子，对有些东西熟悉与否都无所谓。现在想来，很是后悔。

关于碾谷子的细节，关于碾柱上木质的倒三角形大漏斗，我请教身边的亲人，还打电话请教了二百里之外的父亲。

那些不知道那个大漏斗的人，或像我这样知之不多的人，应该了解我们先辈的生存智慧。在这个快速发展的时代，不要觉得过去的东西都不值一提，那是一段历史，一段无法清除记忆的真实存在。当然，我们应该知道的，不仅仅是从前碾柱上的那个木质的倒三角形大漏斗。

斗与升

乡间的斗真的不小，一种倒梯形的装粮食的容器，中间还有一个手柄。

秋天是斗大显身手的时候，用斗装粮，用斗分粮。尽管臂膀会酸痛，握斗的小伙子还是幸福的。用木锨往斗里装粮食，斗给人以吃的感觉，往袋子里倒的时候又给人以吐出的感觉。如果装多了，就用一个刮板（俗称“斗蹚子”）刮平，这就是公平。听凭小伙子的调遣，在粮堆和袋子之间，斗是一个过渡者。

所有手握斗柄的人都该是小伙子，因为这是个力气活儿。小伙子变成了老者，又有一批小伙子成了继承者。对丰收的渴望是所有乡村人的渴望，斗就成了这渴望的象形。

如果把斗的柄横过来，斗很像一个日字。斗与粮食的联系，让我们想到每个日子都是粮食撑起来的，每个日子都该是手与心的把握。

斗转星移，不变的是乡村之斗。如果把斗的柄竖过来，就是器字的异体字，这个字早已废弃不用。尽管乡村之斗现在已不容易看到，但它存留在许多人的记忆中，成为回望故园时的一个聚焦点。

升的形状与斗一样，但比斗小，没有柄，十升为一斗。我们可以说它是斗的微缩版，但不如直呼其名，它就是升，它有自己的名字。由此我们应该敬佩古人，让物各有其名，以示区别。

在乡间求借是常有的事，借米就用斗或升，装好后用刮板一刮，归还时也如此。

有的地方有这样的习俗，谁家办婚事都用升装上五谷和筷子，以表示快快生子。民间多有聪明之人，他们用五谷表示人与大地的依存关系，他们用升的盛装表示对大地恩泽的领受。他们很好地利用了这个容器，再加上筷子，使表意有了多重效果。过年的时候，村人习惯在升上贴上福字，那是升的喜气。

最近在网上看到了一个升的图片。一个老旧的升，上面用锔子和麻绳固定。这让我想起那个做升的木匠也许早已不在人世，升是他留给人间的一个作品，而这个作品也已经进入暮年。感谢那个抢救这个升的人，尽管这样的抢救方式有些粗鲁，但毕竟留下了一个容器的身影。

在乡村，升也许被弃置在仓房的某一角落，在慢慢朽去。也许农妇会拿起一个升扤麻袋里的苞米，去喂她的鸡。也许在极个别的地方，斗和升会荣幸地进入展览馆的某个角落，让参观者驻足。不管怎么说，斗与升都已退到了乡村历史的深处。但我还是希望现在的孩子——不单单是乡村的孩子——能了解斗与升以及与乡村有关的物件，这样我们才能在细微处了解农耕文明，才能让我们的后代有农耕文明的历史充实感和奠基感，才能让我们的后代以更大的自信走向未来。

斗与升的盛装多好啊，尤其是刮板一刮，不但去掉多余的，也让里面的空隙得到弥补。一斗一升曾装着我们的岁月。

大 笸 箩

在乡间的柳编工艺中，大笸箩是引人注目的。这当然是因为它的大，制作需要的时间长。如果编一个柳筐，不需要多长的时间，但编一个大笸箩就不同了，如何给柳条去皮，如何浸泡，如何编织，不仅是一个时间的问题。

大笸箩的编织是细密的，可见它制作工艺的严格。从这个意义上说，用来打水的柳罐与它有相似性，尽管形体上差别太大，但工艺应该是一样的。

记忆中大笸箩的边沿绕一圈木板，有的还用皮子包裹，以保证大笸箩坚固耐用。

那时每家都有大笸箩。冬天的夜晚，人们会把大笸箩放到炕上，围坐在旁边搓苞米。一个人用苞米穿子在苞米棒子上豁出几道沟，然后大家抢着拿这些苞米，用一个苞米棒搓另一个苞米棒，苞米粒很快就搓下来了。有的小伙子为显示手劲大，双手握住苞米棒子来回一拧的工夫，手里就只剩穰子了。苞米粒落到大笸箩里哗哗的声音和一串串说笑声，更增添了冬夜的寂静。大笸箩一会儿就满了，赶紧用簸箕装到麻袋里，然后继续，大笸箩一副永远吃不饱的样子。

去碾房碾米，大笸箩是必带的工具之一。筛米的时候用大笸箩在下面接着，最后用风车出米的时候还得用大笸箩。在风车出口下边，大笸箩静静等待着，当糠进入别处，米通过出口进入大笸箩，大笸箩在承接粮食的小瀑布。用簸箕从大笸箩往麻袋里装米的时候，那种喜悦就像敞口的麻袋，紧紧呵护着米。最后把大笸箩掀起敲一下，剩余的颗粒也抖搂到簸箕里，再装入麻袋。

春天里晒粮食，少不了大笸箩，不时翻动，粮食的气息粘满手指。秋天里用大笸箩晒干菜，比如豆角丝和萝卜片。

近日在我们楼群附近，棚户区的房子都被扒掉了。有一天妻子路过，发现了一个被弃置的大笸箩，她还拍了照片。那个大笸箩静静地躺在路边，它的半个边沿已经坏了，它的灰色再也不会变成从前的白色。大笸箩曾经装着美好的乡村记忆，一定是主人把它带到小城，让它继续完成盛装的使命。但它毕竟老了，在主人仓房的某个角落又放了许多年，不忍扔掉。当留着它的仓房和比仓房更好的房子都不能留下，它当然就被弃置在路旁。几天后妻子又从那里路过，我问她大笸箩是否还在，她的回答是肯定的。

一天晚上我从那里经过，找到了那个大笸箩，还拍了一张照片。夜晚的路灯下，大笸箩躺在砖头瓦砾之中，它盛装的是我们看不见的孤独和绝望。砖头瓦砾不会还原成一座座房子，大笸箩也不能回到它从前的结实和完整。不远处是一座楼明亮的灯火，显然照不到大笸箩躺着的地方，我身边的路灯可以照到大笸箩，但更远的地方就照不到了，也就是说，那些被扒掉的房子的大部分区域还处在阴影之中。我慢慢抬起双脚和那个大笸箩作别了，但昨天属于乡村的一切又如何作别呢？不要问那是谁家的大笸箩，那是属于我们所有从乡村里来小城的人乡村记忆的一部分。

簸　箕

“簸，簸，簸簸箕，你躲了，我过去。”这是一首童谣。两个孩子面对面站着，互相把着手臂，上下抖动表示在簸，中间有一个孩子就是簸箕里的“豆子”。有时中间的孩子还短暂地躺在两个孩子的手臂上，这簸箕簸得还挺有难度的。

在乡村簸簸箕的劳动中，孩子们始终是观望者，在观望中受到了启发，才有了上面的游戏。当然，我的表述省略了一些细节，各地簸簸箕的游戏肯定会有这样那样的差别，但有一点是共同的，那就是这一游戏显示了它与劳动的不可分割性，是伴随着劳动而产生的。这一游戏的面之广是令人惊叹的，它已把簸簸箕的劳动艺术化了。

在北方，簸箕是柳编的，它的边沿是竹子的，它的舌头是木质的。簸箕有大有小，经常用的是大一些的。

无论是簸豆子、苞米，还是麦子，都要选择有微风的天气，借着风势，那些杂质被簸出去了。簸簸箕的，多是一些岁数大的人。他们的经验让他们在风中收放自如，他们能让那些粮食集中到簸箕的后半部分，让杂质集中到簸箕的舌头部分，进而慢慢抖掉了，前者可称为“收”，后者可称为“放”。在簸动的过程中，靠的是臂力和腕力，要会使劲儿。

年轻人学簸簸箕先从看开始，这看不是一次两次，而是伴随着整个童年和少年时代。祖父和父亲簸簸箕也不是有意的示范，而是自然的劳动。年轻人最先使用簸箕肯定是臂腕僵硬，而且不敢抖动，恐怕把粮食簸出去。年轻人慢慢找到了感觉，他们知道这一劳动与其他劳动一样，是不可回避的，这一劳动当然也是继承者的劳动，是富于使命感的劳动。去除杂质，留下粮食，年轻人的劳动如祖辈和父辈一样，带着很深的情感，是心手一致的劳动。

簸粮食时一些鸡鸭鹅会围拢来，它们试图从那些杂质中找到可食的东西，还因为争食而偶有追逐。多么真实而亲切的情景，簸箕是这一情景的核心。

拎着簸箕去碾房，这是我们很熟悉的情景。碾米的过程中要用到簸箕。碾苞米要用小笤帚把碾盘上碾碎的苞米和糠扫到簸箕里，再倒到筛子里筛选，剩下的还要倒到碾子上再碾。用簸箕把大笸箩里的米和糠一同倒入风车的斗子里，完成米糠分离的过程。在乡间，簸箕是家庭必备的物品之一。如果不慎把簸箕落到碾房，那得赶紧跑去找回。

多少个寂静的冬夜，生产队马厩里的喂马人用簸箕往马槽里添马料，那一抖一抖的动作，仿佛抖落的是他身体的一部分。

有的簸箕太旧了，那就用来装灶坑里的灰，直到最后连灰都不能装了，那就交给炉火。

作为柳编物之一，簸箕的记忆是乡村记忆的一部分。现在的乡村还可看见保存完好的老簸箕，看后常得到一种慰藉。随着田地的开垦，有柳条的地方越来越少，柳编资源缺乏，柳编物也越来越少了。乡村柳编工匠大多已经离世，这门手艺有失传的可能。

回老家，看到的簸箕竟然是用洋铁打制的，这固然结实，但却少了乡土的味道。

草　绳

说到草绳，不禁想到绳床瓦灶和瓮牖绳枢，想到生活的简陋和日子的贫穷。这里的绳是否草绳不得而知，但不能排除草绳。

我听老人讲过用草绳保留火种的事。在清末以前的东北，普通百姓有的用火镰击石取火，有的钻木取火，有的用凸透镜聚光取火，还有一种便是用草绳保留火种，这种草绳叫“火绳”，用艾蒿搓成。那时荒原中艾蒿很多，搓出的火绳也很多很多。艾蒿绳以燃烧的方式把火种保留下来，一粒火种是一粒希望，连着悠远的炊烟。

小时候夏天的晚上，曾看到一家用火绳熏蚊子，形成的烟雾让蚊子远遁。那时在我的故乡，火绳已成稀罕物。我好奇地看着那盘成团只伸出一段的火绳，猜想它该是谁的手艺。火绳是那样耐燃，好半天才烧出一点点，那时我还不会说那地上的灰烬是消逝的时间。为了节省火柴，爱抽烟的老爷爷和老奶奶会把烟锅凑近火绳把烟点燃，之后深深地吸一口，那一刻，他们非常惬意。

在我的记忆中，故乡的草绳大多来自外地。是谷草编的草绳，还是稻草编的草绳，已经记不清了。

记得出去买坛子，看见一些坛身被草绳缠着（碗碟也是如此），那一定是为了防止在运输过程中出现磕碰，或者说有弹性的草绳有一定的减震功能。曾看到从外地买来的红瓦，被草绳捆成一捆捆。

曾看到贫困年代里那些衣衫褴褛的乞讨者，腰扎一根草绳，拄着一根棍子，谁想起那形象，谁的心都会难受。由此想到一些作家写到的落魄者，往往扎一根草绳，这标志性的捆扎让人无言，让人叹息。也有一些患精神疾病的人，说不上在哪里弄到的草绳，反正扎在腰间四处游走，让人无奈。草绳是这些人命运里的蛇，一旦盘上便很难去掉。那些乞讨者腰间的草绳，不排除有装点和渲染的作用，但主要还是源于贫困。至于落魄者和患精神疾病的人，腰间扎的草绳没有半点有意的成分，是自然使然。不管怎样，这三种人都是值得我们同情的。

作为没有特殊经历的人，我们不能说都没扎过草绳。比如某一次劳作时把衣服扣子弄掉了一两个，恰好身边有根草绳，就自然地把衣服扎上了，这样能防止风往心口钻，尽管不好看，但它的作用是显而易见的。

用草绳前最好把它淋湿，这样能增强它的柔韧性。我们用草绳捆束大葱，我们用草绳捆束烟秆子，我们用草绳拢住破旧的柴扉……实在朽烂了，才做烧柴。

如果是一个简易的渔家窝棚，渔人离开窝棚前，会把草绳拴在木门的把手和门框的钉子上，以防风把门吹开。真是再简易不过了，就是系一个死扣也容易解开。

我在故乡的时候，印象最深的是用谷草绳捆用报纸包好的酱块子，有的人家还把它们吊在棚杆上，成为农家冬天的一景。女人做好的酱块子由男人来捆扎，男人在女人的注视里小心翼翼把酱块子挂到棚杆上，这样的场景美好而令人回味。

谷草绳还可以拴在烟架上，掰开绳子股，把烟叶插在缝隙里，麻花般的绳子就夹住了烟叶，这真是巧妙的晾烟方式。绿色的烟叶与金黄的谷草绳互为映衬，直到绿色的烟叶也变成金黄色。

这几年，我在不少地方看到刚栽种的树木被缠上了草绳。这既防止树皮破损，也能起到保湿作用，减少水分流失，还可防止树木冻害。善良的人给树木缠上了善良的草绳，如此的呵护，让人感到世界的温暖。

我常想起古代结绳记事也是少不了草绳的，草绳的朴素由来已久，草绳在今天依然有着顽韧的生命力。想起遥远年代草绳的制作者，他们的双手由细嫩变成粗糙，但他们的目光永远是专注的，就这样一代代忙碌不已。如今，制作的手段早已不同于过去，但制作中的憧憬是永远不变的。

我的故乡近几年已有水稻的种植，这让我经常想起稻草人，也想起稻草绳。如果把稻草绳当作稻草人的辫子，那该是多么美的诗意，仿佛焕发了青春的母亲。稻草人守望着稻田，就是守望着自己的后代，无论怎么说都是无边的诗意。

关于草绳的历史，无论怎样追溯都不为过。我知道草绳的延长度，在未来无尽的时间和空间里。但愿未来不再有那些腰扎草绳的乞讨者、落魄者和精神病患者，但愿与草绳相连的都是美好。

麻　袋

麻袋和乡村的关系，可以追溯到很远的年代，直到二十世纪九十年代，麻袋还被广泛使用。

麻袋是袋子中的老大，装的粮食多。当时粮库收粮的季节，专门雇能扛麻袋的人。扛麻袋是极累的活儿，一般人受不了，能经得住考验的人不多。即使能坚持下来，最后大多被压伤了。

那时每家都有不少麻袋。最难忘过年碾米排号，每家袋子都用毛笔写上姓名，好多家的袋子都摞了又摞，其中不乏带补丁的，有明显的沧桑感。

一次次去碾房看自家麻袋在什么位置，轮到自家碾米的时候，找到袋子心里就想：你在这里久等了。碾完米把米装进麻袋，父亲把着麻袋口，我便用劲扎，绳子缠了好几圈，死死系住，那时有无限的满足感和幸福感。

炎热季节的中午，小孩子常会把麻袋铺到大树下和墙根旁，躺在上面睡觉，三五个老太太，也喜欢找一个阴凉处坐在麻袋上闲聊。

甜菜叶子是喂猪的好东西，几位农妇趁中午的时间去河边的甜菜地掰甜菜叶子。在这些人中，给我印象最深的是我的一位姑姑。一麻袋甜菜叶子压在她的肩上，她低头看着自己的影子，在酷热和疲惫中一步步挪向家的方向。那些汗珠子不住地滴落，像是要逃离她的命运。姑姑因病而过早离世，我想肯定与过度劳累有关。那些甜菜叶子后边的故事，竟然有那么多的艰辛。

秋天起土豆的时候，土豆把一个个麻袋撑圆了，麻袋就那样在地里站着，凸显的丰收谁看了都喜滋滋的。拎起袋子蹾一蹾，扎上麻袋嘴，装车回家，坐在麻袋上心情畅快。

用麻袋去买猪崽，这在乡间是常有的事。妻子跟我说，小时候她家猪崽子要卖了，一窝猪崽关在厨房里，怕跑了就把屋门挂上。一个买猪崽的人就从她家的窗户进屋，用麻袋装走了猪崽。每一个买完猪崽的人，回到家赶紧把猪崽从麻袋里倒出来，看着心里便洋溢着喜悦，赶紧喂食，盼着猪崽一天天长大。

那时放马放羊放猪的人都带着麻袋，不但可以铺到地上休息，而且可以当雨具用。把其中的一角往里推，麻袋就有一个窝，正好可以容下脑袋，披上就是一个雨披了。如果雨不大，这个雨披还是有一定作用的。披着这样的雨披，会感到被雨水淋湿的沉重，但总比没有好。在微雨中回家的放马人，宁可被雨淋，也要把麻袋披到老马身上。那时贫困舍不得买雨伞，麻袋是我们雨天上学放学使用的雨具。即使雨停了，麻袋上还是有无数个晶莹闪亮的雨珠。

如果一个城里人到乡村想坐马车去赶集，老板子会把麻袋铺到车上让他坐，这是他对城里人的尊重，朴素的方式令人肃然起敬。如果一个曾经的乡下人从城里回来，能坐在铺着麻袋的马车上就是他最大的幸福，那麻袋曾经连着他们一家人的生活，那麻袋的粗糙感却代表了老板子细腻的心思。

装粮食的袋子有的会被老鼠嗑破，有的被磨出了窟窿，所以补麻袋就成了秋收之前的一个活儿。家庭主妇就会拿起针线，细心缝补。谁家都不会轻易扔掉一个麻袋的，用缝针一个个补好，有补丁的麻袋照样用。

如果看到装粮食的麻袋刚卸下车就被老母猪咬漏了，那也不要吃惊。用一团苞米叶子暂时堵上就是了，那地方马上就会有一块补丁。

筛　　子

在乡间，几乎每家都有筛子。外面是筛圈，里面是铁质的筛子底，筛子眼有大有小。

很爱看大人们筛粮食的情景，他们双手晃动，晃出一个又一个圈。筛子里面的东西是被动的，似有千军万马在里面碰撞，但都跳不出筛子圈。对于这些筛子里的东西来说，这是决定命运的过程。杂质筛出去了，留下的是粮食。筛选真是一个特别好的词，它生动传神，它让我们悟出了人间真谛。筛眼也是一个特别好的词，它形象而凝练，有一种铁定的标准，不可改变。

用碾子碾粮食，比如碾苞米，都要用筛子反复筛，每次把粒稍小些的和糠筛到大笸箩里，把留在筛子中的再倒入碾子上碾轧。在上风车前，筛子在摇动中形成雨瀑。如果想碾出更小粒的，就要用眼小一些的筛子。马在碾道上一圈圈走，筛子在手中一圈圈摇，年年如此，是一种环绕年轮的感觉。

生产队里有上面说的筛子，也有长方形的筛子，由两个人操控，两边有把儿，有可挎在肩上的绳子。两个人让筛子动起来，真有点摇动大船的感觉。杂质（主要是土）漏下去，那些粮食留在筛子里，两个人同时把筛子倾斜，再抖一下，粮食就被抖到了一边。两个人筛粮食讲究的是配合，旁边往筛子里装粮食的人也要配合好。

还有一种大眼筛子，筛子眼有栗子那么大，既可两人用，也可一人用。如果一人用，就用支架支上，使之处于倾斜状态。碾轧过的苞米或用悠荡槌子打过的苞米，一部分苞米穰子被耙子搂下去了，剩下稍小的穰子就得用大眼筛子筛。随着木锨扬出去，苞米纷纷经过筛子，剩下的就是那些苞米穰子。大眼筛子看似粗心，实则有自己的选择标准，非标准者不得入其眼。

多年前看过十九世纪法国画家库尔贝的一幅画《筛麦的妇女》。穿红衣裙的妇女跪在地面的垫子上，她的膝盖肯定是发酸的，但她已顾不得了。年轻健硕的臂膀正在晃动筛子，筛子稍向身体的一侧倾斜，高度与头部差不多齐平。这是情感的高度，让人物提升了劳动的美感；这是艺术的高度，让高度与地面有一个空间。画家把她的背影给了我们，可以想象她专注的神情。她的红裙有些堆积，但它的每个褶皱里都没有暗影，青春的明丽尽在这艳红之中。她翻过来的鞋底曾怎样吻住大地。此时，女人的左侧有一位戴白色头巾比她年纪稍大的妇女，正疲惫地倚靠在粮袋子上挑着盘中的麦粒。她后面的袋子有的扎上了，有的没有扎上。没有扎上的袋子，余下的部分耷拉下来，好像有些疲惫，又好像有所期待。地上的两个空盆子和旧木柜上一大一小两个容器，好像也有所期待。筛子圈与麦粒有着近似的颜色，整体色彩是协调的。右侧一个男孩正在翻看旧木柜，似乎想找什么东西。《筛麦的妇女》充分表现了劳动之美，尤其她的跪姿，自然地表现了对大地的虔敬，对生活的投入，令人感动。

由《筛麦的妇女》想到劳动的久远，想到筛之眼看到的丰收时刻，想到因筛选而留下的秋之精华。

由筛选的美好瞬间想到乡村生活的许多个瞬间，没有用笔表现的还有很多。这样一想，内心还是有很深的惭愧。其实写作的过程也是筛选的过程，但愿我思想的筛子选出的文字粒粒饱满，带着土地的气息和太阳的光华。

锨与锹在手中

小时候冬天的村路上，常有孩子拿着铁锨玩。一个孩子把住锨把儿靠下的部分蹲在铁锨上，他的玩伴抓紧锨把儿的上端在覆雪的村路上欢快地拉着他。两个孩子互为“车夫”和“乘客”。前面的孩子有时跑在锨把儿的左边，有时跑在右边，有时又把锨把儿放在两腿之间，好像那锨把儿是他的马，铁锨是他的车。铁锨在冬天的村路上成全了孩子们的游戏。

小时候那些冬天的早上，躺在被窝里常听到铁锨嚓嚓嚓嚓铲雪的声音。雪下得大，非得用铁锨铲雪不可。雪最大的时候都很难开门，男主人就得试着推开一条缝，先用屋里的炉铲子一点点把门口的雪铲开，出门之后便用铁锨铲。别看那些铁锨平时靠边站，下大雪时可派上了用场。如果是一般的小雪，就用扫帚扫一扫，再用铁锨把两三个小雪堆清理到院外。

那时每家都有好几把铁锨，铲雪最好用的就是大板锨。经过无数次的摩擦，铁锨刃已经有些发快，铁锨通体已经发亮，尤其是下半部分，要是院子里哪个地方有冰，用铁锨剁一剁，冰就会被剁碎。

和不少孩子一样，少年时代的我也学会为父亲分担，扫雪就是其中之一。即便是戴着手闷子穿着胶皮鞋，时间长了也会感觉冻手冻脚，但我也不停止铲雪，心里想挺一会儿就好了。

在乡村，有些老人也愿意出来扫雪，其实家里用不着他们，他们可能是在屋里待不住吧。有时他们会拄着铁锨喘口气，漫无目的地望着周围。多少年之后我才想起，老人们铲掉了院子里的雪，但生命里的雪已经无法铲掉。

在乡村，平时铁锨就靠在障子边或土墙边，似乎随时准备被人挥动。我们这些小孩疯跑时常常把它碰倒，如果不是大人提醒，我们很少会把它扶起。有时我们这些小孩子会为大人经管铁锨，它有时会被放在门边，开门时就容易碰倒，咣当一声，旁边的猪和鸡会被吓一跳。这回大人就会问谁放的，还会责备啥啥没地方。小孩子马上就会跑到跟前，把铁锨拿走。就是在这样一次次的纠错中，孩子们逐渐长大了。

由在家铲雪到去中学铲雪，时光又走了一段，我们眼里有活儿了，我们的主动性增强了。劳动后有的同学会主动扛起好几把锨，铁锨在那一瞬会有相碰的声音，像是劳动后在痛快地交头接耳。铁锨放到了黑板旁边的墙角，上课时我们偶尔会偷看一眼，铁锨像引颈静听的学生。

中学毕业后便到生产队干活儿，因为干活儿时间长，再加上握锨不得体，手上磨出了血泡。晚上我疼得睡不着觉，感觉血泡里一跳一跳的。我在屋里走来走去，无法走出痛苦的夜晚。在另一个屋子睡觉的父母也醒了，他们心疼得再也睡不着。生产队里的劳动不同于在家里和学校里的劳动，它要求快而好，不允许自行调配时间，这是我这个刚出校门的人所无法做到的。第二天早上，我还是去了公社卫生院，让大夫把血泡挑开，然后上药包扎。

有一种筒状弯曲的铁锹，称为筒锹，也叫挖锹。我曾参加过修水库的劳动，亲眼看到那些比我大的人一锹锹挖土的情景，那是一种唰唰唰的感觉。握锹者一手握住锹把儿的下部，一手握住上面的横木，双臂向下用力，半蹲然后站起扔土。在这样的重复中，劳作变得紧张而疲惫。握锹者干一会儿，就用小铁铲刮掉上面粘上的泥，这样能保证铁锹畅行无阻，也能省力。那些筒锹是小伙子们手中的武器，也是让他们交出汗水的武器。如果太累了，那只能手脚并用，用脚猛踩铁锹为手助力。

在雨后拿着一把铁锹疏通房前屋后的水沟，或者去庄稼地里疏解涝情；在扒炕抹墙时用铁锹装土，用铁锨卸土，和泥时用铁锨将泥翻转来翻转去，往泥盆里装泥……

锨与锹在手中就不寂寞了，就想想还有什么事需要去做；锨与锹在身边心里就有底了，不至于活儿到来的时候两手空空。

还有一种圆形尖口的锹，我们称为勺子锹，用来挖沙挖土，这种锹在我们那里不是每家都有，使用率不高。

从郑重地握起一把铁锨或铁锹开始，人生的劳作就开始了，这就是经历。这样的经历有时无法预知，有时无法回避。攥住铁锨或铁锹的人手上攥出了血泡，这哪里只是我一个人的经历？铁锨和铁锹听命于人，也就是说，把握它们的人决定它们的命运。当你在世界的路上肩扛着铁锨或铁锹走，那铁锨或铁锹何尝不是另一个自己？那把儿上有你的手温，有你的汗水，有你劳作时的思考。你手握着铁锨或铁锹，谁又握着你呢？

小笤帚

女儿小时候回故乡待一段时间，回来常模仿她奶奶说的话：笤帚疙瘩呢？

笤帚疙瘩，这种表述带着乡土气。小笤帚第一次使用前，为耐用主人会在中间缝上一层布，像给它穿上了裙子。同样作为扫除用具，扫帚靠在院墙上，大笤帚靠在屋内墙角，而小笤帚则躺在炕上。天气晴好的时候，阳光透过窗子照在炕上，女主人坐在炕上做针线活儿，旁边有蜷缩的小花猫打着呼噜进入梦乡，而小笤帚就在小花猫旁边守候着。这真是安恬的画面，小笤帚作为画面的一部分，让人有特别的亲切感。

要是孩子不听话，大人会说要找笤帚疙瘩，这时小孩就听话了，当然这是面对两三岁的孩子。如果是七八岁的孩子犯了错误，母亲就要打了，就在她取小笤帚的时候，那孩子早逃之夭夭了……

一日三餐，炕桌撤下后扫炕，焐被前要扫炕，小笤帚扫过日影，扫过月光，扫过饭粒，扫过轻尘，晚上小笤帚就躺在柜盖上或柜盖上的烟笸箩里，守着我们的梦乡。

有一种用小笤帚占碾子的说法，但在实际的乡村生活中却很少见到，因为早已排好号了，不是谁想抢先就能抢先的。

冬天很长，碾房很大，碾盘很大，碾磙子很大，风车子很大，而小笤帚与它们对比真的是太小了。在碾房里，小笤帚要从碾盘上往簸箕里扫碾好的米，好像从巨大的手掌上往出扫，而那碾盘上的沟痕就像是掌纹。

冬天，当父亲冒着风雪从远方归来，儿子马上拿起炕上的小笤帚出门，给父亲扫后背上的落雪。这时父亲心中会涌起一股暖意，他后面的儿子长高了，他后面的儿子在用小笤帚认识世界的风霜。

在岁月的磨损中，一把小笤帚会越来越小，真成了疙瘩，但还会有新的小笤帚产生，成为后继者，反正每家每户都在园中的一边种一垄笤帚糜子，男人们差不多都会扎笤帚刷帚。在手握许许多多个小笤帚之后，农妇的手粗糙了，青丝中也出现了白发。

乡村小笤帚以其做工精致给人留下深刻的印象，尤其是那种歪把儿的小笤帚，更有特色，更有美感。我想到那些扎小笤帚的人，他们的手劲和心劲都用在了他们忙碌的夜晚，用在了他们的每一个作品中。

现在城里人扫床大多用竹把儿塑料丝的刷子。真想买一把小笤帚，拿到家收藏，只要看一眼，便会扫除内心的杂念。

用扁担挑水

记忆中的扁担是柞木的，扁担钩儿是用铁链子拴的，铁链子上面是用通过扁担孔的粗铁丝固定的，粗铁丝卡住了扁担。

水桶一响，就知道大人们又要去挑水了。那时有的人家是把水桶扣在柳条障子上或土墙上，因为筑土墙时为防鸡飞狗跳上面插上了一排柳条，所以扣水桶当然不成问题。那声音是摘水桶的声音，是水桶放到地上的声音，是扁担钩儿挂到水桶梁儿上的声音。

夏天的清早，家家的窗子打开了，老井边水桶相碰的声音，挑水的男女戏谑的声音，白杨林里婉转的鸟鸣，不断传到孩子的枕畔。半睡半醒的孩子感到了早晨的清爽，紧接着就是由远及近的脚步声，挑水的父亲回来了，然后是水倒入水缸的声音。就是在这样的声音里孩子们逐渐长大了，不再贪睡。

也有中午到井边挑水的，尤其是夏天炎热的中午，有时还会蹲下来喝柳罐里的井拔凉水，非常解渴。回到家，把刚从园子里摘的黄瓜扔到水缸里，拔好后吃，那是带着凉意的清香。

多少个冬天，在吃完晚饭后的一段时间，挑水人便出去挑水。有这样一个人，他低着头，帽耳朵翻卷，完全不怕冷，叼着卷烟，抄着手，就这样慢慢往前挪移，好像在享受这样的过程。挑水人的扁担有时会有所挪移，那一刻真担心扁担会从他肩上滑落，但事实证明这样的担心是多余的。挑水人总是有准的，他的肩膀就是一个调节器。

一年四季挑水，留给孩子们的印象会有所不同，但孩子们都想为大人们分担，这一点是共同的。

十四五岁尝试着挑水，这是许多人都经历过的。扁担铁链子长就挽一扣，一个挽向左边，一个挽向右边，以保证扁担的平衡。第一次挑起空水桶，会高兴地跑两步，那时两个水桶就悠荡起来，像荡秋千的顽童。第一次为挑水摇起辘轳把儿，与以前摇辘轳把儿玩然后把柳罐放下不同，其态度是郑重的。水打上来，要迅速抓到柳罐，将水倒入两个桶中，这对孩子来说是一个考验，得慢慢适应。第一次把两个半桶水挑回家，这对孩子们来说是很大的喜悦。快到屋过门槛的一瞬要前脚慢入，后脚轻抬，以免被绊倒。跨过门槛的少年也许并不知道，从这一刻开始，他们肩上的责任逐渐重了。

晚上睡觉的时候就感觉肩膀疼了，但第二天还是想挑水。后来就逐渐尝试挑大半桶。少年被扁担压得直不起腰，不得不迈着碎步前行。每个碎步都是沉重的，少年咬牙忍着默默无语，唯有肩上一颤一颤的扁担吱吱嘎嘎响。一个村子里有几口大井，有的人家离井近，有的人家离井远。离井远的人家的孩子，挑一回水要在途中歇几次。

挑水的少年长大了，有的个子不高，所以他们有时会戏谑自己个子矮是当年挑水压的。这倒不一定对，但能说明挑水的压力之大。

小伙子是家里的好劳力，习惯于在早晨挑水。冬天障子上或土墙的柳条上扣过来的水桶已挂满了霜，他们即便戴着手套摘水桶，也能感到水桶的凉意，他们已习惯了这种凉意。他们走向老井，看村里负责镩井的人先于他们把井里的冰镩到了井里。严寒的冬天，井里易结冰，多了就使井口狭窄，所以要及时除冰。那些挑水的小伙子感谢那个镩井人，老井也是需要维护的。把水与冰挑回家，倒入缸中时发出哗啦啦的声音，冰在缸里像银鱼游动。

小伙子去对象家会主动找活儿干，挑水就是其中之一。小伙子脚步稳健，腰板挺直，连一滴水都不洒到地上，他知道有个妙人儿注视着他，一些人在考验着他。

在乡村，拎起水桶往水缸里倒水的情景是富有诗意的。人看着缸里，倾倒的水瀑在缸里旋转上升，就这样循环往复，直至水满。从井到水缸的路是一年四季的路，是扁担吱吱嘎嘎的路，是村人一生必经的路。

我想象一个人，他在年轻时习惯于早晨去井边挑水，他在中年时习惯于中午去井边挑水，他在晚年时习惯于晚上去井边挑水。他也常常在月亮高照时想起井中的月亮，那是光照千古的月亮，那是故乡的月亮。他会看着那条祖传的扁担，想一条扁担的前世今生，想左肩右肩转换来又转换去的扁担，想一颤一颤安于天命的扁担。我想象那个人就是我，但仅仅是我吗？

用木锨扬场

在这扬场的塑料锨随处可见的时代，我更钟情于那种老式的扬场木锨。长方形的木锨，锨体是用胶合板制成的，前端有微微的翘起，锨柄也是木头的。木锨轻巧，便于扬场。

在故乡务农时，曾经在羡慕中操起木锨扬过几下子，但更多的是看别人扬场。

扬场要选择有微风的天气，所谓选择时机，先试着扬几下以辨别风向。在蓝天和白云的背景下，一道道弧线被扬起，于是麦粒落下，或者谷粒落下，或者豆粒落下，而那些壳和尘土会随风落到籽粒的边缘，或者稍远的地方。人充分利用了风，人的经验决定了出手的成功；风也充分利用了人，让人的手臂得到最大程度的高举，让人的眼睛聚焦于粮堆和木锨之上。仿佛人与风有着无比的默契，仿佛风也有敏锐的眼睛。

用木锨扬场，在那个宽敞的场院，装不下的快乐随风传远。场院离村庄不远，离老榆树和白杨树不远。用木锨扬起的一道道弧线便同村庄的鸡鸣狗吠相接，让乡土的记忆悠远。

下午扬场更有总结感，尤其是在夕阳西下的时候，尤其扬场的和拿扫帚的人都是老者。所有的丰收时刻都像那黄金的时刻，那无限长的光线会带着人的喜悦穿越无尽的时光，给我们永久的回味。

扬场的人带着草帽，顺木锨扬起的方向望蓝天深邃，顺籽粒落下的方向想大地悠远。而他旁边那个戴草帽的人，会不断地用扫帚把籽粒边的虚浮之物扫去，这时喜悦会漫过两个劳动者的眉间。

曾经看到一幅画。两个头戴草帽的扬场者，其中一个人把毛巾搭在肩上，他们扬出的弧线竟然交织成天上的彩虹。是麦子还是谷子抑或豆子已经不重要，重要的是他们的喜悦已在天上交织成绚烂之桥。可以想象那是阳光灿烂的日子，在阳光的映衬和喜悦的作用下，那样的交织就显得非常自然，那样的交织就是必然。另外两个人手拿扫帚，正把那些糠秕扫远。不远处一个穿蓝色衣服一个穿花衣的小姑娘每人握一个小筢子，好像随时准备搂去那些虚浮之物。这是多美的扬场场景，这是多么美的乡土教育！两个看扬场的小姑娘会长大的，将来她们也许不会拿起木锨扬场，但这一刻的场景会在她们记忆的脑海里一次次放映，让激动的心在回溯乡土中更加激动。她们稚嫩的双手会在人生的风雨里变得粗糙，但她们对丰收的渴望永远如花，她们对人生丰收的渴望亦如花。

在这脱粒机早已普及的时代，不知还有多少人在用石磙脱粒，在用木锨扬场。我在网上搜集了一些相关图片，还大有人在。有在村边的小空场上用木锨扬场的，旁边是现代化的路灯；有的也是在村边，扬场的竟然是两个戴头巾的老女人；有的扬场者穿红色的衣服，他扬的是红红的高粱，两红辉映，美不能言。也许小面积种植某种农作物没必要机械脱粒，也许出于他们的劳动习惯，也许是为了享受劳作的快乐。在这一过程中，他们人生的喜悦就如纯粹的籽实，他们的那些杂念和忧愁就像那些虚浮之物被风吹远。

那个圆圆的小地方是扬场者开辟的，那个丰收落脚的地方是扬场者梦寐以求的，那些用木锨扬场的人是值得尊敬的。在这人间，所有的朴素都有自己的存在方式，所有用朴素的方式生活的人都是我们不该忽略的。

乡村之鞭

乡村之鞭，最醒目的是马鞭。马鞭很长，鞭杆子上半部分是竹制的，就是把三根竹子拧到一起的那种。竹子具有柔韧性，是制鞭杆子的最好材料。木把儿和竹子的结合处，是用皮线缠的。当时县城都有皮具社。皮线有白颜色和红颜色的，大多是牛皮的，很结实。在缠鞭子前要把皮线浸湿，缠在鞭子上的皮线干了后变紧，更结实了。鞭绳上面有一红缨，好像是鞭子的刘海儿，它在某种意义上葆有了鞭子的童年。红缨耀眼，如果你从远处看那点鲜红，你就会感到乡村的律动，在嗒嗒的马蹄声中，一辆车就离你不远了。

手握鞭子的人与马应是朋友的关系。马真是不容易，在人的役使里，马经历了太多的坎坷和风霜。赶马人能与马结为朋友是需要境界的，这并非一般人能做到，因为人常觉得自己是万物之灵，因此就凌驾于马之上。有这样境界的人，马鞭即使在马之上，也该是一种护佑。在赶车人的吆喝里，马不紧不慢前行，人的心态也不急不缓，鞭子就停在赶车人的手中，这样的意境真好！

如果遇到一匹暴烈的马，哪个赶车人能不生气呢？所以就会把暴烈的马单牵出来，拴在生产队院子里的木桩上，接着便用鞭子一阵阵抽打，马左跑右跑，马竖起前蹄，就是无法挣脱，最后被彻底驯服了。马带着鞭痕走在拉车的路上，人是否后悔自己挥鞭向马的一刻？

马听懂了赶车人的指令。“驾”是表示向前走和快走，“吁”表示停车，“趺”是表示向左转，“喔”表示向右转。还有“忒儿”，是绳套弄到了马腿里侧，让马抬腿的意思。我曾看到赶车人用鞭杆子把绳套压下来，让马抬腿，让绳套回到马腿的外侧。此外，“哨”是倒车的意思。这些由赶车人发出的口令伴随着鞭子的动作，伴随着乡村的行程。

鞭子不动时是蛮有诗意的。秋天之时，装满麦子或装满苞米等粮食的车走在回村的路上，赶车人手中的长鞭指向蓝天白云，那红红的鞭缨与蓝天白云相映衬，那一刻有无限的安恬和静美，而这样的安恬和静美又在车轮缓缓的移动中，可谓动静结合。疲劳的赶车人也许有几秒钟的打盹儿，静止的鞭子好像也在打盹儿。睁开眼睛，赶车人轻轻挥一下鞭子并吆喝一声，好像不是为了提醒拉车熟路的马，而是为了提醒一下自己。有一位乡土诗人曾在自己的诗中写到蝈蝈跳到静止的马鞭上的情景，生活的奇妙和浪漫的想象，使这样的表达充满了大地之思和自然之爱。

甩鞭子是赶车人的拿手好戏，但他们很少这样做。倒是那些和赶车人关系好的人（多半是半大小子）有时会把赶车人的鞭子拿出来，在生产队的院子里甩来甩去，甩出一串串鞭花。鞭花是一个多好的词，一个与声音有关的词似乎让我们有了视觉感，这让我想到民间词语的丰富性。鞭花是如何产生的呢？它是鞭子快速抖动而与空气摩擦产生的爆破音。鞭绳上下飞旋，像是一条狂舞的蛇，而那鞭鞘便是引发这声音的蛇信。鞭鞘是用皮条做的，多为狗皮，极富韧性。有的人甩鞭子并不是为了好玩，可能是一种愤怒情绪的发泄。这让我想到人情感的复杂，他们要找到发泄情感的东西，那握在手里的鞭子简直就是他们自己。需要说明的是，甩鞭子要选择马被拴在槽头的时候，而且要远离马，否则容易惊动马，那就危险了。

妻子在一篇散文中写到村子迎接送亲的大车的情景，本村的车老板儿从外村的车老板儿手中接过鞭子，甩出一串串鞭花。这鞭花是喜庆的鞭花，是喜庆的极致表达。

就在前几天，妻子问我马鞭子除了基本的用途之外，还有什么用途。我跟她说可以打狼啊。早些年荒原狼多，如果人与马受到了狼的包围，老板子完全可以把鞭子作为武器。

在乡村，除了马鞭，还有放牛用的鞭子。这是一种小鞭子，有的做得挺精致，有的很随意，比如用柳条随便拴上一根绳子。小男孩喜欢小鞭子，房前屋后甩着玩是常有的事。有的小男孩甩鞭子吓唬小女孩，炫耀自己。随便折一根柳条就是一根鞭子，这样的鞭子不是用来打牛马，而是配合吆喝的一个临时道具。

在乡村，现在很少看到鞭子了，尤其是精致的马鞭。几十年前，当我们羡慕别人手中马鞭的时候，无论如何想不到有一天它会淡出我们的视野，退出乡村的历史舞台。怀念乡村之鞭，怀念那与鞭子相伴的乡村岁月。

乡村之缸

乡村之缸应该是就近买的，因为这东西沉且怕磕碰。在车上把缸放倒了再用大绳拢上，再加上人把着，车老板儿小心赶车，一口缸就能安全到家了。

在乡村有大缸和二缸之称，就像谁称呼自家的儿女一样，显得很亲切。但没有称为三缸的，有小缸和缸腿儿之称，缸腿儿是最小的缸。

在乡村，正屋一进门的厨房里有水缸，屋外园子里有酱缸，有的人家还有浇园子用的大水缸，冬天里有酸菜缸，仓房里有冬天装猪肉、豆包和冻饺子的缸，可以说缸无处不在，是镇家之宝。

厨房里的水缸一般不大不小，也有少数人家用大缸。水缸放在离灶台不远的地方，比如屋门后。一般是晚饭后和早饭前挑水，也有中午挑水的，时间不绝对。不管怎么说，水缸挑满水，就有一份安然。过年时是最讲究的，水缸一定要挑满水，预示着财源滚滚。当村庄进入梦境，明月透过窗子照耀着水缸盖儿，那样的情景该是多么有意境，水缸伴梦境，盖帘下缸里的水平静如睡去一样。

屋外酱缸是乡村标志性物件。最有诗意的是夏日黄昏，打耙的母亲一耙一耙打下去，那有节奏的声音衬托出黄昏之静，酱香传得很远。母亲做的酱最好吃，在城里生活的儿子每年要回家取两次大酱。酱缸蒙子上缝上红布条，四角坠有铁圈，前者是用来辟邪的，另外还有用洋铁皮做的如斗笠一样防雨的酱缸帽子。刚刚下酱的时候，母亲不让别人打耙，唯恐酱变味，好像大酱也挑人似的。在民间，这已成风俗，虽不见得科学，但民间都尊重这一风俗。集体性的尊重成就了风俗，一代代延续下去。

天旱时园子里的水缸就派上了用场，把水一桶桶挑回家倒入缸里，晒温后才可用来浇园子，怕苗儿遭冷水激着不爱长。也有的人家把大缸放在屋檐下接雨水，旱了就浇园子，不旱就用来洗手洗衣刷鞋。雨水爽滑，沉淀之后很清澈，往缸中一看，缸水就成了一面镜子。

酸菜缸在冬天是一景，尽管酸菜味弥散，但人们已不在乎这一点了。酸菜缸装得满满的，秋天腌酸菜时每放一两层菜都要把麻袋放在上面一顿踩，所以缸装得很实。有的人家怕不够吃，往往腌两缸。为了保证酸菜发酵快和卫生，有的人家还在上了尖的酸菜缸上抹上和好的黄泥，上面插一个红萝卜，需要通气的时候就拔下来，如同一个圆圆的塞子。菜腌好了再把泥盖儿去掉。那时贫穷，酸菜是招待客人的常菜，你要是去人家做客，看见人家拿盆捞酸菜，那就是开始做饭了。

冬天仓房里的大缸装满了过年时吃的东西，那时小孩最关注这个大缸，母亲去取冻货，他们常常跟着看，听饺子、馒头、豆包落入盆子里的清脆声音，他们都觉得是享受，内心的馋虫就蠢蠢欲动。

过年时所有的缸都贴上了福字或连年有余的横批或竖批，寄托生活的美好。

那时村庄有会锔锅锔缸的人，多为上了年纪的人，有沧桑感的人锔有沧桑感的大缸，那是一种和谐的感觉。在乡村，锔过的大缸随处可见。一口大缸被挽救了，花有限的钱解决了大问题。也有的缸锔的地方太多了，已不能用了，但也放在院子一个角落，像一个退了休的功臣，舍不得抛弃。

乡村之缸大多为酱紫色，少数为黄绿色，前者深沉，后者是希望的颜色。

有的人家从乡村到了城里，水缸伴他们进城，近些年大多数人家上楼，缸已很少被使用了。妻子父母家就是这样。母亲去世后，父亲上楼了，留下大大小小的缸在老屋内外。使用率最高的是一口大缸，供夏天浇园子用，还有两口中号缸在屋檐下接雨水。外面花墙边和仓房墙根旁有几口缸腿儿，都已倒扣，处于闲置状态。屋内一口水缸已形同虚设。我和妻子来老房子侍候园子，看着这些缸心情复杂。在异乡保留了从故乡带来的缸，但不知这些缸最后会有怎样的命运。

乡村之筐

乡村里最小的筐如一个大碗，这种袖珍圆筐常常是老祖母的作品，它是用细榆树条编的，特别适合孩子拎。小筐可以装樱桃，可以装菇蒗儿（酸浆），可以装黑悠悠（龙葵）……小人儿拎小筐，小筐装小东西，真是太和谐了。

再大一点的圆筐也是用榆树条编的，一般装饼干和糖之类的东西。小筐挂在房梁上，孩子够不着，要大人去取。馋嘴的孩子常常向小筐望去，当他们把东西吃到嘴的时候，往往是大人们为他们听话而奖赏他们的时候。有的时候孩子哭了，小筐里的东西就成了大人哄孩子的东西。贫困的年代，饼干和糖之类的吃食要抻悠（控制着不使过度）着吃。

还有一种筐叫猪腰子筐，也是用榆树条编的，长方形，两边翘起，形似猪腰，故而得名，这种筐有大小之分。几个穿花衣的小姑娘拎着小筐，在春天的原野寻找婆婆丁，忽而站起，忽而蹲下，直到婆婆丁装满小筐。大的猪腰子筐有二尺多长，可以在割猪食菜、上园子摘菜和掰苞米时用。上述榆树条编的筐，筐梁儿都是编上去的，有麻花梁儿和辫子梁儿等。

乡间使用最多的是土篮子，除了装土，还可在扒苞米时装苞米。供销社卖的土篮子大多是苕条编的，很结实。除了买的，当时土篮子大多是自己编的。当时柳条很多，编筐的材料充足。父亲虽是乡村小学教师，但编筐还是很内行的。他把割回的柳条稍加修理，编筐就开始了。打底是编筐的开头，父亲打的底是一个米字形，这样框架就出来了。一根根柳条，一圈圈盘绕，父亲边编边往下压一压，以求柳条间的紧凑。编筐窝篓，全在收口，这是编筐的终结性工作。父亲拧筐沿显示的是一种水到渠成的自然感，他把力量显示在最后的拧动中。在我的印象中，土篮子的梁儿是买现成的。篮子的梁儿像弯弓，固定它的是篮子底下如弓弦一样的绳子或铁丝，有一种无形的力量之箭透过篮底发射出来，那是篮子的力气，也是劳动者的力量。在水利工地挑装满土的篮子，所谓健步如飞总有些夸张，因为劳动总是沉重的。扁担吱吱嘎嘎，土篮子也吱吱嘎嘎，我们在向劳动者致敬的同时，也该向扁担和土篮子致敬。从装扒下来的苞米到把苞米装到马车上，土篮子都是不可少的。最难忘戴着头巾的姑娘媳妇们从田野归来的情景，那时扣在她们背上的土篮子就像一个个疲惫而睡着的孩子。

有一种筐叫花筐，是当时供销社卖的。花筐有很多方洞，穿进绳子能背东西，拾柴火时能装苞米叶子，还能背茬子。当年，年过八十的曾祖父就常背着花筐拾柴，他走在村路上，就连一个脱过粒的高粱穗子都捡到花筐里。

还有一种筐叫端筐，或者叫耳子筐，因为两边把手如耳而得名。这个筐比较大，主要用来抱柴，比如装豆秸、麦秸、苞米穰子和一些搁挠（细碎的苞米叶、豆叶、黄豆皮子等），以防柴火拉拉到路上。用完后的端筐经常扣在屋内柴堆上，有时也放在外面的柴垛下。

那些用榆树枝编成的大大小小的筐能使好多年，而其他筐使用寿命就短一些。就说土篮子吧，由于使用频率高，坏得就快。尽管有些筐底加上了一块麻袋片子，用铁丝绑好，但还是无法改变一只筐的命运。折梁儿的，掉底儿的，耍圈儿（边缘一圈一圈地脱落）的，柳条变得发灰，一点点朽烂，最后只好烧火。一只老掉的装柴装灰的端筐，最后变成了柴火和灰。

一茬旧筐去了，一茬新筐来陪伴我们的日子，就这样周而复始。乡村里的人一生中有无数的筐陪伴，人也在无数的筐老去后变老。

不管怎么说，大大小小的乡村之筐都曾装过我们的生活。

酱　秆

在乡间，我们习惯把高粱秆梢的部分称酱秆，原来那上面多呈酱色。需要说明的是，我们看到的“箭秆”是说像箭一样的秆，强调直，表意有区别。

秋收结束，家家户户都分到了一些秫秸。我们这些小孩就把一些酱秆撅下来，放在一起，然后拿起一根秫秸穿向那些酱秆，我们管这种游戏叫“打穿”。酱秆后面有一道画出的边界线，谁要是打出的酱秆多，谁就胜利。手中的秫秸听从我们的调遣，一次次射向酱秆堆，就这样乐此不疲。

用秫秸夹障子是当时乡村的普遍做法，障子也是乡村一景。障子有柳条的和秫秸的，后者主要是用来围拢柴火垛。秋收后每家的柴火垛都增大了，夹障子是为了保证柴火垛不被牲口破坏。夹障子前要用筒锹挖好沟，夹时要注意秫秸均匀，也就是薄厚标准一致。障子两边的中间部位要横过一把把秫秸，然后用秫秸捆绑好。障子夹好了，柴火垛就像穿上了一件新裙子。

用酱秆穿盖帘，那时每家都这样。包好的饺子和豆包摆满一个个盖帘。新盖帘带着酱秆的清香，总让人想到秋天田野上随风摇曳的高粱，那早霞和晚霞都像是那火红的高粱点燃的。我们与田野有着很深的情缘，尤其这圆圆的盖帘，端起来的时候总是满心幸福，迈向仓房的时候总是小心翼翼。冻好的饺子和豆包要贮藏到大缸里，敲一敲饺子和豆包就哗啦啦进入大缸，每个饺子和豆包底部都印上了盖帘印，那是乡村的印章。

母亲穿盖帘还缺几根酱秆，她要去东邻的障子边去折，却被东邻的狗咬了。这意料之外的事，让全家人焦急恐慌。因为本地没有狂犬疫苗，父亲只得火速去哈尔滨。那时的交通还不是很发达，但父亲还是在规定的时间赶了回来，母亲如期打上了疫苗。母亲平安了，但腿上却留下了永久的伤痕。不知那个盖帘后来是否穿成，在我的思想里还是未完成式。

妻子出生在乡间，十六年的乡间生活带给她的是永远的眷恋。如今她父母住过多年的老屋里还有一个已经颜色发灰的盖帘，那是她家从乡间带到小城来的，那是老祖母的作品。一个盖帘再也不能擦拭如新，那穿盖帘的老祖母也已离世多年。静静地望着盖帘，想那穿盖帘时老祖母双手的温度，想穿好盖帘后左看右看的双眼，想端起盖帘的老祖母把盖帘传给了稚嫩的双手，老祖母把一种情感传给了她的后代。我因此理解了妻子对乡土的情感，她在一次次端起盖帘中长大，在离开故园后一次次回望。

春节前在街上看一老者卖盖帘。老者从几十里外的乡下赶来，他的自行车还挂着风霜。他说他家种一些高粱，秋天就用酱秆穿盖帘卖。对于乡间的盖帘，我有一种久违的感觉，那种亲切感无以言表。我买了一个盖帘，高高兴兴带回家。

作为从乡间走出的孩子，母亲那未完成的盖帘常让我不能平静。儿子总应设法弥补母亲的遗憾，想象中我一次又一次设法补充那未完成的部分。又一个春天到来，我想有一块自己的田地，我要在那里种一些高粱，我要有自己的酱秆。

第三辑　根性之名

有一个地方

那里有一个大院子，院子靠南的地方有一个大粪堆，多为牛粪和马粪。每年初春的时候，粪堆的中间都要弄出一个大坑，坑里面都要点火，因为不这样，粪是不能发的。粪烟从里面一点点升腾，很久都不消散。那时还没有化肥，农家肥是增强地力的唯一肥料。淘气的半大小子有时会跑到粪堆上，振臂一呼，那些伙伴会听从他的调遣，一拥而上。站在粪堆上，会好奇里面的燃烧，好像要解开什么谜。那些孩子会望向很远的地方，那些白云和飞鸟，那官道上来来往往的车辆，都在童年的远望中变成一种说不出来的感慨。

那里常有麻雀飞来，尤其是无人打扰的时候。麻雀来找吃的，它们先是飞到粪堆南面的谷草垛上，一会儿便飞到院落中。这些乡村的精灵，蹦蹦跳跳的，总是在竭力寻找果腹的东西，它们有时也飞到粪堆之上。

那该是怎样的院落啊，牛马无数次踏过，坚硬的地面有无数的谷草屑，它们和泥土混合成一体。蹄子坑到处可见的院落，让人想起院落的风雨。在我们深深的记忆里，牛马的足迹是乡村的戳记。

在乡村的动物中，马总是被欣赏的。枣红马、白马、黑马、灰马，每个马都有独特的名字，它们构成了色彩的美。但最美的是它们矫健的身姿，是它们昂首的一刻，是它们偶尔在草甸子上驮着骑手飞奔的一刻。由小马到成年马，由成年马到老马，马的一生更多的是埋首耕耘和拉车，而欣赏马的人何尝不是这样辛苦呢?

夜晚，马厩里的马终于轻松了，它们被人拴到了槽头。槽头的马会有尥蹶子的时候，那是相邻的两个马脾气的大爆发，喂马人赶紧上前吆喝，马的暴烈马上止息。槽头的马安静地嚼着草料，嚼不尽的是黑夜里的分分秒秒。木头柱子上，一盏马灯亮着，它微弱的光照不亮马厩所有的角落，大部分的马站在阴影里。马厩的老墙上有马的影子，那影子凝然不动。冬夜漫长，马站着睡觉，马也会做梦吗?马一定很冷吧?偶尔有马抬蹄又落地的声音，与隔壁喂马人屋中墙上老钟的钟摆声相应和，增添了夜的寂静。

小小少年，他看到了生产队屋子里那摞起的豆饼，那是属于马草料的一部分。他知道马吃了豆饼才能长膘，才能干动活儿。喂马人会小心地用铡草的刀把豆饼一片片削下来，那一刻豆香扑鼻。真想管喂马人要一块豆饼，但还是把要出口的话咽了下去，连同馋嘴的口水。

当一天的早晨到来，那些把马拴到槽头的人，又把系上的扣解开。解扣还需系扣人，这是小小少年当时看到而没有想得深的话题。许多年之后，当他再次想起的时候，他深感在乡村的许多生活中，他还是一个旁观者。比如他无法像别人一样把马套上车，更无法去赶车。他熟悉套包、鞍鞯、套绳，但从未亲自操控过，他觉得自己还不是一个合格的农民。他因此感到羞愧，对马和车的敬畏一直在他的心中。他常常想起当年卸车的情景，尤其想起那摘下来的套包，那是苞米叶子编成的，它的作用是防止车轭磨破马脖子的皮肤。有时也想：重轭之下的马太辛苦了，它们为什么不趁机逃脱呢?曾听说逃跑的马又回来的故事，不知那马是怎么想的，难道这就是宿命?乡村的许多事情他还没有想透，越是这样，越感觉乡村对于他有着永远的吸引力。

在那里，他曾长久地凝望那卸下的马车。那被磨光的车辕和车板，那松弛下来的车套，都让它想象车和马紧张的时刻，都让他回想一个村庄的装载。

他经常一个人走向那里，有时那里除了他，就是喂马人。喂马人问他干什么来了，他会说就来闲溜达。就是在无数个闲溜达的瞬间，那乡村很重要的一部分在他心中成为永恒。

我们这个村庄

我们这个村庄，狼来过，猪圈里的猪受到了攻击，让狼翻墙而逃的，是那老旧的沙枪。

我们这个村庄，猫头鹰来过，落在屋顶，落在柴垛，落在障子上。在乡人的意识里，它是不祥之鸟。猫头鹰进宅，无事不来。大人们急忙用土块轰赶，但猫头鹰似乎并不情愿飞走，它们徘徊了两三天后才陆续离开，我们才逐渐消失了恐慌。

在一次次的驱赶中，村庄逐渐壮大起来，我们的臂膀也不再是稚嫩的臂膀。

我们这个村庄，随便在路上画上方格就可以走五道，随便捏个泥人就交给晾晒的阳光，随便用几根麦秸就能编一个蝈蝈笼，随便枕在鞋底子上就能进入梦乡。

大人们用秫秸给孩子扎眼镜，用钢笔在孩子手腕上画手表。孩子们用一张白纸做面具，只露出眼睛、鼻子和嘴。折一根柳枝制成柳笛，柳笛有一种苦味，但这样的苦味却能变成声音的快乐。

挽在裤脚里的是一只只蝈蝈，但到家后却发现有的蝈蝈掉了一只腿，少年感到对不起蝈蝈，干脆把它放到园子里，希望掉腿的蝈蝈能够再次歌唱。

麻经子用纺车来纺，直到缠满整个纺车，仿佛是一种风骨，怀抱着伟大的理想。一股股经子经过用来聚拢的叫木瓜的农具，经过摇把子的摇动，变成了一根根粗粗的绳子，变成一股股结实的绳套。

用木头磙子轧刚刚起好的田垄，还有石头碾子和石磨，都在马辛苦的行走里，成为那个年代鲜明的意象。

滚滚麦浪是大地梦中的奔跑，长长的豆荚是大地丰收的铃铛，长出地面的萝卜怕被埋没，躺在地里的苞米经历了一次风霜。

大地是草木的母亲，天空是草木的乳娘。在或大或小的雨声里，天地的合作是经典的，所以有雨后彩虹的欣喜，有大地醉人的芳香。

茬子垛被码成圆锥的形状，我们就绕着茬子垛追赶玩伴；麦秸垛像铺开的阳光，我们这些孩子钻进里面藏猫猫。

用马尾毛刺激熟睡人的耳朵，用绰号代替大名，用鞋底子教训犯错误的孩子，用双手捂住红肿的眼睛。

我们这个村庄，苦闷和忧伤可以用升舀，用斗量。我们这个村庄，善于用烟袋和烟卷儿排遣苦闷，善于用歌声驱散忧伤。

我们这个村庄，针鼻大的事也瞒不住，磨盘大的事也要扛。

护过灯苗的母亲不再惧怕吹来的北风，啃过冻豆包的孩子不再惧怕拾柴时的寒凉，挑过豆子的人最能辨别好赖，磨石磨过的镰刀不再惧怕前方的荆棘，身经百战的锄头不再惧怕草荒。

脆弱的瓦盆哪怕有了豁口，也要用清水邀来圆圆的月亮。

我们这个村庄，善于用笑话给时间加上幽默，善于用谜语引发人们的猜想，善于用闲聊打发寂寞，善于用饮酒加深情感。

过年的饺子里包进糖块，留下悬念让人揭开；白菜叶包进小米饭、葱末、香菜、辣椒油和大酱，让午餐回味悠长；纸包纸裹的腊肉，要等到客人来时才能品尝。

我们这个村庄，善于用话语指出一条路，善于用美言搭一座爱的桥梁。

出嫁的姑娘面对母亲热泪盈眶，怀孕的女人像饱满的花朵溢出芬芳。所有的美好都像红盖头一样需要揭开，所有的希望都在包孕里让人幸福地猜想。

我们这个村庄，用猪胰脏做胰子（洗涤用品），用草木灰过滤的水洗衣服，用旧报纸糊棚和墙，用苞米叶子当卷烟纸，用马粪和黄泥做火盆。

洗过的被里儿和褥里儿缩水了。那是春节前的晚上，抻被里儿和褥里儿的工作就开始了，或者是姑嫂，或者是母女，一个站在南炕，一个站在北炕，忽而把折叠好的被里儿和褥里儿往前送，忽而往后拉，忍不住的笑声在那一刻也被拉长。农家不宽裕，买布时尺寸算到不能再算，解决布缩水的最好办法就是抻而又抻，否则被褥就做不上了。还记得被里儿和褥里儿晒干后那清新的味道。

我们看墙上和棚上的旧报纸，我们看窗上的冰窗花，我们看屋檐下的冰溜子，我们看远来的杂技团登大缸，我们看大雁从头顶的天空飞过，又像箭一样追阳逐暖向远方。

这就是我们这个村庄，一处记忆中的难忘之地。

根性之名

几十年前的乡村，没有乳名的孩子不多。孩子一出生，就要起个乳名。也有提前酝酿的，这种酝酿的过程如同一个仪式。

乳名大多是孩子的父母起的，也有请人起的。

乳名就是小名，如小丑子、小扣子、小横子、小咬子，这些都跟小联系在了一起。小丑子、小扣子都有轻贱的味道，似乎名起得越不好，平安性就越高。小扣子让人想起小小的纽扣，是一个很生活化的命名。小横子之名是希望天性柔弱的女孩命里有硬的东西，这样凶神恶煞就会躲得远远的。锁柱、拴柱、石头是给男孩取的小名，关注的是孩子的健康。父母希望他们的儿子和柱子联系在一起，长得像柱子一样结实就无法被动摇；石头的小名寄托了生命的坚硬之气。早些年医疗条件差，家里给孩子起的名大多寄托平安之意，用乡人的话说就是好养活。像锁柱、拴柱、石头等乳名早已被重复使用了无数次，可见平安健康是所有父母的共同愿望。也有的父母给男孩取名狗剩子、花子（要饭花子），这种命名与小丑子、小扣子的命名有相似之处，看似表示轻贱，实则用心良苦。也有一些父母给男孩取了女孩的名字，比如三丫、小丫等，据说也是为了好养活。

还有一些女孩的乳名叫招娣、兆娣、带娣、唤娣、盼娣等，用字稍有不同，但想生男孩的愿望却是共同的。

这些乳名被父母叫着，被家里的其他人叫着，后来又被村里人叫着，由局部性的称呼变成了广泛性的称呼，在无数心底扎下了根，所以我们可以管乳名叫“根性之名”。

谁在孩子很小的时候把孩子紧紧抱在怀里，并长久地凝视，看着孩子的樱桃小口，甚至数着孩子的每一根睫毛？谁在一遍遍地叫孩子的乳名，并逗孩子微笑？谁用乳汁哄住了孩子夜晚的哭泣，在给孩子断奶之后又是深深的不舍？给孩子起乳名的人，喂养孩子的不光是乳汁，还有对孩子永远的关爱。

在孩子有病的时候，谁在小声叫孩子的乳名？于是孩子睁开眼睛，看一只大手轻抚额头，看一个药勺子递到唇边。在孩子受到惊吓的时候，谁在喊着孩子的乳名一遍遍招魂？在孩子惹祸的时候，谁在生活的劳顿中被气得掉泪，呼着儿女的乳名伤心失望？

在炊烟的余韵里，母亲在喊孩子的乳名，让孩子回家吃饭，乳名就这样裹上了柴草香和饭菜香，乳名就这样在黄昏的气息里变得格外生动。在母亲的呼喊中，那些被孩子们钻出洞的金色的麦垛都在倾听。

邻居家女孩的乳名叫小耳朵，因为出生时耳朵折叠显得小，母亲就给她起了这个乳名。在她长大之后，她父母依然这样叫她，我们也时常这样亲切地叫她。小耳朵后来嫁到了几十里外的村庄，现在她已成了祖母。人生几十年倏忽而过，但我常常想起她的乳名，她是妹妹的玩伴。

每一个乳名最初都带着母亲的乳香，虽然人已长大，但父母依然没有忘记孩子生命之初的样子。这根性之名就像一棵植物经得住岁月的风雨，这根性之名就是叫上多少次都不厌倦。

当年乡间的那些乳名很有特色，特别是女孩的乳名，那么通俗上口，叫人一记难忘。如果说女孩的乳名大多给人小的感觉，那么男孩的乳名常给人大的感觉，父母希望他们成为顶天立地的男子汉。

我是一个没有乳名的孩子，说起来还有点遗憾。

乡村绰号

在我们小时候的乡村，有绰号的人还是很多的。不叫大名而直呼绰号，已是一个习惯。

绰号与人的身体特征有关，如王趴鼻子、张歪嘴子、李歪脖子、王长脖子、王马咬、三黑子、张大胖子、曹大晃、虎不拉、于秃爪子、朱大麻子、周大下巴等。王长脖子，天生的。有一些本来身体好好的，因为有病或意外事故而导致残疾。王马咬因为小时候撩逗马而被马咬坏了脸，留下了终生的痕迹。于秃爪子被生产队的磨米机伤及两个手指头，于是有了这个外号。曹大晃的绰号是因为走路身体摇晃，至于虎不拉是说此人长得不好看，像虎不拉（伯劳）。在乡村人的印象中虎不拉不好看，于是就用它来形容人，纯属主观臆断。周大下巴是我家的邻居，我管他叫二姑父。记得那时他在生产队里做豆腐。他的大下巴烘托了他的微笑，好像他的大下巴就是为微笑而长的，况且他本来就是个幽默的人。二姑父在冬天的早晨端着方盘卖豆腐，街上经常响起他与买豆腐的村妇的说笑话声。

有些绰号与人的性格和行为方式有关，如王包了、火车头、张白帮、王二合适、刘大文章、李四吹等。人的脾气秉性有别，这些绰号通俗幽默，褒贬自在其中。王包了和火车头都是生产队队长，前者恨活儿，不包了不能收工，后者当然是起领头作用。张白帮是因为他乐于助人，不计报酬，才有此名。王二合适排行老二，做事情处处想划算，于是有此绰号。刘大文章概括了某人出口成章的特点，看来这人也是读过一些书的。

王干捡这个名是因为他干捡了一个媳妇，这里有命运的欢喜。当年一个女人被她丈夫抛弃，在返回娘家途中遇到了他，他对这个女人表达了爱慕之情，两人很快走到了一起，于是男人便有了王干捡之名。干搁也是一个人的绰号。大队妇女主任去公社开运动会，因为丢了钥匙，锁上的自行车无法打开。回家时同村同来参加运动会的一个男人前来帮助她，他让妇女主任在前边推自行车，他在后面把后轮搁起，因此得名“干搁”。这两人的绰号有幽默感，也有让人感到温暖的东西。

有些绰号是玩伴们互相取的。本来大人们会告诉孩子不要给人起外号，可孩子就是不听，于是便开始了挑逗式的起外号和报复式的取外号。边叫边拍掌取乐，不少孩子都有过这样的恶作剧，之后便会被玩伴追得往家跑。

乡村绰号的使用率很高，这使它远远超越一个人正式的名字，或者说一个人正式的名字被隐在了背后，有些人甚至根本不知道那些人的大名。乡村绰号一旦与人的外貌特征联系在一起，它便容易被记住，因为它太形象了。与性格和行为方式联系在一起的绰号大部分形象性不突出，但由于概括准确，很快会被认可。形象性和准确性又决定了它的稳固性，一旦产生就不可改变。给别人起绰号当然是故意的，但这种故意性又和自然性紧密联系在一起，也就是说是和绰号拥有者的外貌特征、性格特点和行为方式分不开的。有些绰号的产生具有偶然性，像“干搁”就是如此。绰号有浓重的历史痕迹，从中可见人生百态。

有些绰号不便于在绰号的拥有者面前说，这些绰号的拥有者并非不知道，但他们对此还是有一种宽容的态度。他们知道，这样的绰号就像别人给的一顶帽子，戴与不戴，帽子都在那里。

绰号的口口相传在乡村是自然的事。如今乡村的年轻人中很少有绰号了，年老的那些人的绰号已退到背景的位置，而更老的一些人的绰号大多已邈远如鸟影，只有从一些村名上还能知道那是从前谁的绰号。少了绰号的乡村，似乎少了一些乡村的味道。

乡村的厚度

乡村的厚度是一块土坯的厚度。在乡村，脱坯的活儿是很累的。把和好的泥往坯模子里一摔，用手抹平，之后把坯模子一抬。如此周而复始，在烈日的暴晒下一块一块地脱出来。那时盖茅草屋砌墙搭炕都用土坯。

乡村的厚度是茅草房墙上的厚度，外墙年年秋天要抹，以保证茅屋的寿命。

乡村的厚度是屋内报纸和书纸糊在墙上的厚度，既显得美观，又能保暖。墙上大胖小子骑鲤鱼的年画，总是在强化连年有余的梦想。

乡村的厚度是一面院墙的厚度。在蟋蟀声中，在夜深明月照来的时刻，土墙上有做梦的牵牛花。

乡村的厚度是袼褙的厚度。说到袼褙，不要说城里，就是现在乡村的许多孩子都是陌生的。做袼褙先要收集铺衬，根据铺衬的情况剪成正方形、长方形和三角形等，喷水捋平。之后把一张窗户纸铺到面板上或八仙桌上，打袼褙就开始了。窗户纸上最先用糨子粘的是一块较为完整的布，然后将整理好的铺衬贴上，根据铺衬的形状贴到相应的位置，一层糨子一层铺衬，一般贴到四层为止。接下来把打好的袼褙钉到茅屋外墙上晾干，在乡村的土墙上，一大片袼褙就像一幅怪诞的抽象画。

乡村的厚度是鞋底鞋帮的厚度。每个家庭的母亲都负有为全家人做鞋的使命。做鞋帮，纳鞋底，打好的袼褙派上了用场。那些恋爱中的姑娘，偷偷量了自己心上人鞋子的尺码，然后便偷偷为他做鞋，想给他一个惊喜。走在长路上，穿鞋的人每一步都在感知母亲或恋人千层底的厚度。

乡村的厚度是棉袄的厚度，是老羊皮袄的厚度。每年入冬前，每个家庭的母亲都要为每个人的棉袄絮上新棉，那轻云一样的新棉絮进的是深沉的爱。老羊皮袄很暖和，无论怎样贫困，妻子都要给经常在外的丈夫买一件或吊一件老羊皮袄。在屋内墙上钉一根钉子，老羊皮袄就挂在上面了，看一眼就感到安心，就不担心一家之主在外面干活儿奔波寒冷了。

乡村的厚度是大饼子的厚度。在白面大米稀缺的时代，大饼子是我们每天必吃的食品。还记得母亲做大饼子的情景，她把盆里发好的苞米面揪出一块，在手中迅速一团，往锅里一拍，锅正在火候，贴上就迅速粘牢。一圈金黄的大饼子，下面炖的酸菜正咕嘟咕嘟冒着气泡，像是在互相烘托。大饼子真够厚的，但暄软可口，孩子们最喜欢那层金黄的嘎巴，常常是母亲转身的工夫，半盆饼子一半被揭了嘎巴。

乡村的厚度是土豆片的厚度。在经常烙大饼子的地方换上了土豆片，锅的热度决定了它们不会滑下去。下面炖的不是酸菜，而是豆角。我们在吃土豆片的时候，常常在想象中把一个个土豆复原，想象一个土豆的厚度和重量。

乡村的厚度是一面鼓的厚度。在一声声的敲击里，这厚度里迸发出的强音感染了人们，人们扭秧歌的舞步便格外轻盈。

乡村的厚度终究是大地的厚度。人与牛马的辛苦，羊的咩叫，草的荣枯，悲悲喜喜，都与这大地有着深远的联系。

乡村的厚度人一生都体会不尽。

乡村的环绕

从老祖母的顶针，我知道了乡村的环绕。那环绕着老祖母手指的，是无数的辛苦，是无法去掉的心思。无论是铁质铜质还是银质的，都有那蜂窝状的凹点，都是助针奔走的痕迹。

从腰间的长绳，我知道了乡村的环绕。除了盛夏，出门的人都喜欢在腰间扎一根绳子，有时目的性不是很强，反正它有防风钻进衣服的功能。碰见柴火就可以拾上一捆，碰见有人需要帮忙，保不准就派上用场了。城里人有句顺口溜：老农进城，腰扎麻绳。这话虽有轻蔑的意味，倒也是客观描述。可见绳子的利用率极高。由腰间到臂膀，我们走了太远的路，而乡间土路也像一根绳子，环绕着四季。

从女人的头巾，我知道了乡村的环绕。头巾的装饰性较之实用性总是次要的。一个女人的一生从一方鲜艳的头巾开始，直到暗淡、破旧，她们摘下去，露出被风吹老的脸和被雨漂白的发。那些时光就在自己环绕村庄和田地的脚迹里溜走了。

从金黄的草帽，我知道了乡村的环绕。那戴草帽的是无数个祖父和父亲，在挥锄挥镰中让汗水沾湿了草帽。麦秸编的草帽，是乡土的环绕，它遮挡着骄阳护佑着人，也让凉爽中的人思绪飞远。这让我想到金黄的向日葵，那被花朵围绕的种子是向日葵的思想。

从一捆青草，我看到了乡村的环绕。用青草捆青草，那背着一捆青草回家的人，他的思绪环绕着他家的小羊和鸭鹅。

从一个草戒指，我看到了乡村的环绕。一个村姑的编织，是巧思和美丽的编织，这让她与土地有了一种联系，这种编织最有可能指向未来，指向她谁也不能告白的憧憬。

从一捆麦子、一捆谷子、一捆苞米秆，我知道了乡村的环绕。用麦子捆麦子，那捆麦子的人，把一捆捆麦子立在身后，之后那麦捆又变成麦码子，那丰收的喜悦一定在他心间缠绕。用谷子捆谷子，那捆谷子的人，低头的姿势有点像谷穗，此时他把衣服缠在腰间，像是要缠住快乐的自己。拧要子是个技术活儿，要拧得像绳子的样子，比如麦子，要在麦穗处拧成一个结，自然分成两股来捆捆。用秫秸捆苞米秆时最好把秫秸的非节处轻轻折几下，这样不至于断掉。捆苞米秆是不大好捆的，因为捆比较粗，相接处要多绕几下，最后把秫秸头别在秫秸的下面。我刚学农活儿时捆得不好，装车时有的捆散了。捆捆在乡村生活中具有收束作用，让分散变得集中，变得严谨，这在乡村的农事中颇有总结感。

从拉麦子的大车，我看到了乡村的环绕。那一大车麦子装好后，赶车人和跟车人要合力用被称为煞绳的粗绳子把麦子拢好，最后用绞锥牢牢固定住绳索。装麦子的马车慢慢悠悠地走回村子，坐在车前的老板子偶尔会摇动一下长鞭，鞭绳会摇成一个圈儿，那圈儿很悠闲，赶车人有一丝丝的懒散。躺在麦捆上的跟车人则眼望着天上的云朵，云在飘，车在走，倦意袭来，跟车人闭上了眼睛，进入短暂的梦乡。

拉谷子和苞米秆等也是要用煞绳拢的。马车装苞米穗子，事先要在车四周的凹槽上把四块板子镶好，这就是沙箱了。苞米穗子装好后，还要用煞绳把沙箱四周拢好，以防松动。

还有那些圆圆的筐，那些粮囤，也是一种环绕，环绕着辛苦得来的丰收。在我的乡村记忆中，父亲很会编筐和粮囤。这样的环绕总让我的思绪穿越筐和粮囤的边沿，飞到无边的田野。

还有井绳缠绕的辘轳。当一柳罐的水被打上来，那缠绕是一种责任的缠绕。当井绳放下来，柳罐进入水中，还有一部分井绳缠绕其间，那是为了水深的时候柳罐能够抵达。正因为如此，辘轳甘愿井绳缠绕自己。

还有那些可爱的母亲，她们在两个手腕上缠上麻批子，让两股麻批子分别搭在幔杆上，她们的女儿就在下面转动拨拉棰子，于是两股合成一股，纳鞋底的绳子缠满了拨拉棰子。这样的缠绕连着一只只鞋底，连着道路和远方。

还有正月时的秧歌表演，那扎在腰间的彩带是喜悦的环绕，人们把秧歌队围起来，在鼓声和唢呐声中，一个乡村的围绕让幸福达到高潮。

乡村里的脚步

在院子里，在路边，鸡母亲领着一帮小鸡，鸡母亲迈着大步，小鸡迈着小步。小鸡的脚步太小了，但它们就是在这一步一步里长大的。

麻雀用更多的飞翔省略脚步，落到地上总是一蹦一蹦的，觅食的麻雀在地上找到了力量，它们的飞翔就很自然了。在枝条上，麻雀依然是蹦蹦跳跳的，跳过了一个又一个季节。

鸭子和鹅的脚步常常是匆忙的，在从池塘返回家吃食的路上，它们一拐一拐的样子，毫不懈怠。在池塘里，鸭鹅的脚步我们看不见，但可以想象它们用脚掌拨清波的情景，那些涟漪就是它们的脚掌印。鸭鹅也有脚步迟缓的时候，那是它们吃饱喝足的时候，步态悠闲，尤其是鹅，颇有绅士风度。

猪的脚步常给人紧张感，无论是跑出院子合群的一刻，还是从村外回来跑向自己家的一刻，猪的急性子都可见一斑。

奔跑起来的马总是有诗意的，它们的脚步有一种跨越的美，那无边的草原就像是为它们准备的。骑手的骄傲是不言而喻的，他让马实现了大跨越，马也让他分享了驰骋的快意。然而乡村之马大多在劳作中度过时光，纵横驰骋的机会对于它们来说太少了。冬天拉木材的路上，或者拉人去医院去串门的路上，马的脚步总是紧张而有力的，寒冷中响着悠远的蹄声。马的脚步在犁地时不急不缓，这使它们的定力保持在很长的时间里。马的脚步在回家的途中因疲惫而显得沉重，但在靠近家的地方却开始加速，因为它们要到井边饮水，要回马厩补充草料。身边的小马走几步才赶上老马一步，所以它们常常跑起来。

让牛快走起来不是一件容易的事，所以还是要尊重老牛的习性。正是因为牛慢悠悠地走，才有了耐力和韧性。不要说牛的脚步迟缓，牛有自己的速度和尺度。

无论是马还是牛，刚生下来的站起和迈步都格外重要，所有挣扎中的站起都意味着生命的坚强，所有向前迈出的第一步都意味着生命的希望。

牛马会在雨后的乡间土路上印下蹄印，蹄窝里有雨水，有夜晚的月光星光。牛马走过一个又一个雨季，伴着通向远方的车辙，伴着农人丰收的梦想。

猫和狗善于奔跑，脚步轻盈。有时会看到狗在雪野上漫无目的地奔跑，这里闻闻，那里嗅嗅。比之于狗，猫的脚步更加轻盈，连脚步声都不会留下，像经验丰富的侦探。

看看乡村里人的脚步吧。种地时的脚步，锄地时的脚步，收割时的脚步，不能笼统地用快来概括，如果用沉稳来表达，那是很恰当的，因为每一个沉稳的脚步才能预示到达，每一个沉稳的脚步都会组成拴住丰收的链条。当然，去田野时的脚步是匆忙的，那是为争取劳作的时间。

每一位辛苦劳作的母亲，她们的脚步都是匆忙的。在我的记忆中，母亲房前屋后忙碌，常响起她噔噔噔的脚步声，喂完了鸡鸭鹅又去喂猪喂狗。那时我太小，还不懂为母亲分担什么。尤其是雨天，家里只有一双雨靴，母亲在雨后的院子里忙来忙去，脚步溅起泥水。当母亲用舀子从缸里往外舀烀好的猪食菜，饥饿的猪跟在母亲身后，母亲一边呼喝着猪，一边去猪食槽边，脚步连着脚步。

无论冬夏，深夜里从学校备课归来的父亲脚步总是匆忙的，他的每一步都像订书钉，装订了星光闪耀的一刻，装订了我们的记忆。

冬天的深夜或早晨，我们都会听到村路上或雪地上走过的脚步声，还不时伴着犬吠。那深夜的脚步声该是夜归人的，那早晨的脚步声大多是捡粪人的。

在屋内听屋外的脚步声，可猜出是谁。比如脚步匆遽的是那位直言快语的王家大嫂，走路缓慢的是那位气管不好的李家大叔，跳来跳去的是邻家小妹……

乡村里的脚步，有观望时的停顿，有走一段后的踟蹰，有向前的坚定，有回头后向着归路的果决……

乡村细节

在小学校操场篮球架子上，篮板竟然是旧课桌桌面做成的。那上面有一个孩子的名字，是那个孩子自己用刻刀刻成的。篮球打到篮板上，经常打到那个孩子的名字上，这样的碰撞让人联想到课桌前两个孩子胳膊肘有意的碰撞。

“大班长，干积极，脑袋扣个西瓜皮。西瓜皮两瓣儿了，大班长掉蛋儿了。”后进生的嫉妒显而易见。从学校到家中，孩子们经常喊着这首童谣，还边喊边跳，要是班长在身边，就会被气得干瞪眼。

梳头的妇女梳得很急，一个地方通不开了，她把梳子放到唇间，蘸口水梳理，那情景就像要吹口琴。

曾祖父为重孙女梳头，他梳得很慢，八十多年的道路在他的手掌上纵横，他哼着歌，不像是梳子在梳头，倒像是歌声在梳头。

小伙子惯于用五指做梳，他梳得不紧不慢。在风中，他的头发愿意竖起眺望，他用手指一遍遍安抚，但头发就是不听。头发被雨淋，安静地伏在头上。小伙子稍稍用五指梳开头发，让雨后的太阳把它们晾干。

春夜里风来了，男主人披衣而坐，想着外面有什么声响，于是他穿上衣服，推门而出。原来是院子里一块废旧的塑料布被刮来刮去，老木门上半部分的塑料布也呼啦呼啦与之呼应，挂在障子上的猪食瓢落到了地上。大黄狗看见主人出来，赶紧向他摇动尾巴。回到屋中的男主人坐卧不安，他听到风吹柴垛沙沙响，听到风过茅草房顶走得急，他怕房顶茅草被卷走，他在屋中走来走去。

一场大风卷着黄云，还带着土粒敲打窗玻璃，大风中的枯叶被卷进了沟壑，一阵窸窸窣窣的声响，那是枯叶在絮语。路上的人被推着前行，似乎几步就走进了夏季，走过了半生。

雨来前，风刮起，吹动着晾衣绳上的被单，像吹动着一面船帆。

雨来了，铲地回来的人赶紧往家跑，那被雨激起的一串笑声好像是空中的涟漪。

雨突然到来，母亲叫我们赶紧盖酱缸，我们赶忙跑出屋，把洋铁盆扣在酱缸上。雨点敲击着洋铁盆，那是好听的打击乐。

道路实在太泥泞了，骑自行车出远门的人回返时遇雨。刚刚躲过雨，得趁雨空儿回家，他不是骑着自行车，而是让自行车骑着自己。

那些鸭鹅在雨中曲项向天，它们祖先的基因让它们为大雨的到来兴奋不已。

我们正看着地上此消彼起的雨泡，忽然冰雹来袭，母亲赶紧扔出一把破旧的菜刀，据说这样可以震慑秃尾巴老李，让冰雹停下来。

农家常在院前的道路上脱坯。有一年，一个男童去他同学家玩，他被他同学的邻居怀疑踩了未干的土坯，而且还让他比照了脚印。脚印一般大就是他踩的吗？无论怎样解释，他都被看成是踩坯者。真的太冤了，男童内心的阴影几十年后都不散。

孩子吃完饭后饭碗里还有几个饭粒，老祖父急忙用筷子扒拉到口中。

大碴子的保温法比较特别，煮熟后灌到暖瓶里，第二天早上一点点倒出来，热度不减，新鲜如昨，这样既省事又省柴。蹲在墙根旁，一碗一碗地吃下去。有时着急，便用筷子一圈圈搅动，搅成一个涡旋，让热量散发，容易入口。

刚参加劳动的学生娃锄地不得要领，不会掌握握锄杠的松紧，弄得手心起泡。只好把手绢缠到手上，那样可以减少血泡破裂带来的疼痛。

一个少年，他给人的印象是好望天，有人说天有什么好望的。其实是他鼻子出血了，暂时望向天空，直到妈妈拿来棉团。

大雪到来的时候，大地都被冻出了裂缝，只是它不容易被我们看见。有一个少年蹲下来，他用手闷子扒开积雪，看到了很深的裂缝。他选择另一处，蹲下来在雪地上写着一个他喜欢的女孩的名字，那名字还带着他手指的温度。

乡村之薄

乡村之薄是窗户纸之薄。在五六十年前的乡村，许多人家还糊着窗户纸。为了结实耐用，双层窗户纸之间粘有纵横成格子状的麻线，之后再刷上豆油，这样可以防止雨淋。即使这样，窗户纸仍不是理想之物，比如淘气的小孩用手指一捅，窗户纸就破了，只好再粘上一块纸。

乡村之薄是塑料布之薄。早些年的冬天，每家都在窗外钉上一层塑料布来保暖。近些年窗子都是塑钢或者铝合金的，封闭效果好。我发现不少人家在房前搭了一个铁架子，用塑料布蒙好，这样就形成了塑料小屋，把太阳的光请进来。可不要小看这塑料布，它为人们搭建了冬天里的“第二小屋”。

乡村之薄是蛋壳之薄。那些鸡蛋、鸭蛋和鹅蛋，所有生命都与外面隔着一层蛋壳。就说鸡蛋吧，当老抱子孵化鸡崽的时候，那蛋壳需要小鸡在最后一刻啄破。有的小鸡啄破了，有的小鸡没啄破，蛋壳内外命运截然不同啊！孵鸭鹅都是人工孵化，炕上放上棉被和毛褥子。每天要观察几次，还要注意温度的适当。女人的手抚摸一个个鸭蛋鹅蛋，给它们翻个儿，那带有女人生命体温的蛋最后不是都被啄开。有时人们会在着急中捅开蛋壳，发现里面的生命已经死了。

乡村之薄是一片绿叶之薄。一个乡村演奏家，他以绿叶为乐器吹奏他的自然之爱，让所有的听者都感到了美妙淳朴的乐音，都感到了土地的厚重。

乡村之薄是西葫芦叶之薄。当酷热袭来，随手折下的西葫芦叶就成了头顶的遮阳之物。别看它薄，还是让人们有一点凉爽感。只是它在人们手中的时间太短暂了，不久它就因枯萎而被人们扔掉了。

乡村之薄是锄板之薄。无数次泥土中的磨砺，让锄板一点点消泯自己。只有经过再造，它们才能回到从前的自己。锄板薄了，握锄头的人生命的光阴也消失不少，而不断增加的是他们手上的老茧。

乡村之薄是煎饼之薄。摊煎饼的女人在鏊子上把煎饼摊得越来越大，那半月形的刮板摊出的是金黄的圆月，让我们这些看热闹的孩子感觉好极了。摊煎饼的是一个山东女人，多年前她和亲人从山东来到这异乡之地，早已把异乡住成了故乡。在她摊煎饼的时候，她也把世路的坎坷摊平了，也把自己不平静的心情摊平了。薄薄的煎饼是乡村的美食，是乡情里的深厚部分。

乡村之薄是脸皮之薄。这使人想到那些容易激动的人，一个玩笑他们都可能当真。也有一些孩子，大人的一句话可能使他们眼泪下落，或者哇哇大哭。所以无论对大人还是孩子，说话适度才对。

乡村之薄是嘴唇之薄。“薄嘴唇，说四邻，四邻打仗装好人。”这两句顺口溜讽刺了某些爱评论别人的女人。这样的薄说明了人情之薄，但并不具有普遍性。嘴唇之薄是生活的真实，是谈起乡村的人不可回避的部分。

乡村之薄是逝者脸上的一块布。就是这块看似很薄的布，却隔开了生死。

乡村之喜

当有人拿着水桶到谁家说哪家要办婚事的时候，谁家就给捞几棵酸菜，有时还要拿出几个碗，供办事的人家使用。在贫困的年代，有事大家帮，婚事就办成了。

人家办婚事，可把小孩子乐得不知怎么样才好，他们房前屋后一阵欢跑。

当送亲的马车赶来的时候，男方的家人赶紧迎上来。这时新娘并不下车，而是等男方的家人给压车钱。压车男童得到了对方给的钱，一般给两次，总共不超过十元。站在一边的男孩子用羡慕的眼光盯着那个下车的压车男童，也许会想：压车的要是我该多好。

鞭炮响起，空中弥漫着幸福的味道。在新郎新娘下车走向婚房的一刻，随行人端的盆子里有斧子和大葱，寄寓着幸福和充裕的愿望。还有那些手拿五谷杂粮的小伙子，会嬉笑着向新娘抛去，这个仪式叫“打新媳妇”。遮着红盖头的新娘对此已有准备，而新郎会呵护着新娘。这时的五谷是空中跳舞的五谷，新娘经过五谷之雨的沐浴，迈进了新婚的门槛。大地看似沉默，但那五谷难道不是它欢喜的祝福吗？那些抛撒五谷的小伙子难道不是大地的使者吗？一个人的五谷丰登，也该是所有人的五谷丰登。

农家小小的院落忽然有了一种宽敞，因为这一天祝福激发了欢喜，激发了盼望，未来正像远方的云朵在招手。

新娘进了新房后会“坐福”，就是新郎把新娘抱到炕上，并脱掉她的鞋，让她坐在一个绣有福字的垫子上。小孩子们就争着趴窗去看新媳妇，大人则站在离窗稍远的地方看。也有些孩子在院子里争抢落在地上但还没有燃放的小鞭炮，到没人的地方燃放。

当婚宴即将开始的时候，新郎和新娘要一桌桌地去敬烟。在新娘点烟的时候，好搞恶作剧的小伙子会有一两次吹火，让烟点不着。见此情景，新娘表现得相当有耐心，还不断微笑，小伙子见好就收，引得一桌人欢笑。

那时的婚宴场地除了在新郎家，还有邻居家。可忙坏了那些端方盘的，好在一会儿就端齐了菜。凉的热的，一共十多个菜。那时柴火紧张，有的人家晚上不睡人的炕都不烧，那些孩子就在这样的凉炕上吃席，并不觉得冷。

婚宴结束了，那些孩子也在满足里回到了家。

那些为办婚事人家帮忙的人，把借走的碗还回来了，但那多半不是本家的碗，有的还带着豁口。主人心疼自家的碗被弄到了别人家，但也不会说什么，因为理解是乡村最大的政治。

十多年后，当年那些看新媳妇的孩子也成了新郎新娘，也有一帮孩子像当年的他们一样在看着热闹。只是除了热烈，婚礼的形式已有了一些变化，当年一家家给办婚礼的人家捞酸菜的事不再有了，但这也少了一些味道。

不管怎样，乡村之喜总是难忘的。在这大喜中乡村的血脉不断沿续，生生不息。

怎么也不会忘记当年抛撒五谷的情景。当院落平静下来，在鞭炮的碎屑和五谷中间，有麻雀飞来，它们啄着五谷，也啄着乡村的喜气。它们似乎并不怕人，在飞到障子上后，又欢喜地落下来。

乡村之细

一根针是细的，一根线是细的。从为眼花的老祖母纫针的女孩身上，我看到了乡村之细。

春天里从窗缝中挤进来的风是细的，好像一个古怪的精灵被好奇心驱使一定要进屋，被挤得只能发出细弱的声音。

柳丝是纤细的，像长长的钓丝垂向一脉流水。一把钓竿上的钓丝长度是固定的，但柳丝却可以生长，如人间绵绵情丝。

麦子是细的，这一纤细的群体却是富于智慧的。在风到来的时候，它们随风而动，虽左右摇晃而不失根基，而不容易被折断。麦芒是纤细的，但它们是麦子的利器，像随时准备刺向来犯之敌。

豆角、苦瓜和牵牛花的蔓是细的，凡是可攀缘的地方都可见它们的存在，那细小的顽韧展示着生存之美。就说那些苦瓜吧，在细细的蔓上越长越大，真担心那些蔓会承受不住，但苦瓜的生长史告诉我，这些担心是多余的。

一根马尾毛是细的。胆大的男孩偷偷靠近马尾，迅速薅下一根。逃跑的男孩停在槽头外看着那匹马，善良的马宽容地摇动着尾巴。男孩想用马尾毛做套去套鸟，那时他只顾自己玩得快乐，马的疼痛在他的考虑之外。

泥土里的蚯蚓是细的，泥土里的耕耘者，沉默中的耕耘者，在我们知道和不知道的地方。

秋天，麻雀身上新长出的毛是纤细的，这就是秋毫了，有了它们，麻雀不再惧怕寒冷的冬天。

勒着细嗓的曾祖父唱出的歌如同女人细细的声音，那高低之音的变化，就像有一根针带着细线钻入高空而又缓缓落下来。曾祖父以这样的细声征服了观众，再加上影人儿与歌唱的结合，使他的表演令人难忘。

从细小的墙缝中和地缝中传出的蟋蟀之音是纤细的，或者说是细弱的。餐风饮露的歌者，这样的声音年年不绝，它告诉我们泥土深处的秘密，它与日月星辰有一种神秘的对应。有一年冬天，老家厨房的墙缝里有一只老蟋蟀，它常在夜里鸣叫，像是在回报灶火的温暖。

在乡村，刷帚和笤帚的每一根糜子都是纤细的，但人的把握让它们的合力得到了最大程度的发挥。竹扫帚最先头的部分最细，在一次次的扫动里，这些最细的部分渐渐消失，直到剩下了一个扫帚把儿。

在辛苦的劳作里，在对儿女的牵念里，乡村母亲的腰身渐渐瘦小。

在乡村，所有的纤细都容易被忽略，所有的纤细都会引发我们对大地和人生之思。

乡间的鸡蛋

要是喂得好，鸡在初春就开始下蛋了。真应该感谢这些母鸡，在春寒料峭时就情不自禁了。

一个鸡蛋的形成是有一个过程的，感觉母鸡每一天都在为一个鸡蛋的诞生而努力，它们努力吃食，努力刨食，真让我们敬佩。每一个鸡蛋壳里的蛋黄都像一个微缩的太阳，那是生命诞生的地方，这让人想到鸡向太阳望去的时刻。但鸡不是幻想者，它们更多的时候是低头觅食，所以它们会有自己的太阳。每一只鸡在下蛋之后都显得红头涨脸，这是它们兴奋所致，大多数鸡会咯嗒咯嗒叫，那是在传达激动。这样的高调会让人更加喜欢这些鸡，乡村的气息就在这咯嗒声中越来越浓。

每一只趴在鸡窝里的鸡都是诗意的。鸡窝或者是用稻草编的，或者是用谷草编的，或者是用马莲的叶子编的，或者是秫秸加泥垒的，让人感叹乡间每一位父亲母亲灵巧的双手。也有的鸡窝是用土坯搭建的，是格子连着格子的。有些鸡窝具有临时性，比如在一个旧火盆里铺上麦秸。为了吸引鸡来下蛋，有时还要在鸡窝里放上“引蛋”。引蛋有助于吸引有蛋母鸡的注意力，这也最大程度地减少了鸡丢蛋。有个别母鸡走到哪里下到哪里，就是我们常说的拉拉蛋，也有的下到它自己选择的地方，比如自家的麦秸垛里，或者别人家的什么地方。如果鸡早晨把蛋下到园子的冰碴儿上，那也不要吃惊，赶紧捡起来就是了。上面说的都是下哑巴蛋，就是下蛋后不叫，这是在下自由主义的蛋，不管主人是否看见，这样的低调和随便不足取。对于鸡的管理，主人要细心。经过观察，哪只鸡不愿在鸡窝里下蛋就掌握清楚了，于是就把它圈起来，比如在端筐里放一点麦秸，上面再扣上一个端筐，强制下蛋。但有时这样做，鸡宁肯憋着就是不下蛋，它要找到它认定的地方，看来要想改变一只鸡下蛋的习惯是不容易的。

个别鸡蛋上留有血迹，这是难产的鸡蛋，让人想到鸡下蛋也不容易，让人对这样的鸡充满同情。极个别的时候，鸡会下软蛋，那咯嗒咯嗒的叫声像是充满了歉意。倒是主人应该有歉意，因为没有喂好鸡，致使鸡缺乏钙质。

在乡村，关于鸡蛋的故事很多。

过生日时，母亲会把煮好的鸡蛋放到孩子后背上滚一滚，说这叫滚运，希望孩子运气好。

公社开运动会时，母亲都会给自己的孩子煮几个鸡蛋。揣在衣兜里的鸡蛋，在孩子们走出很远的时候还热着，这热里有母亲的手温，孩子们一遍又一遍抚摸着，都舍不得吃。

端午节时家里会煮不少鸡蛋，那时会尽情地吃一顿。要知道除了生日、运动会和端午节，平时吃鸡蛋的时候并不多。

那时每一个家庭都舍不得吃鸡蛋，把节省下来的鸡蛋卖几个钱来贴补家用，这是每个家庭的愿望。每家在鸡上架后都有摸蛋的习惯，这样就知道第二天会有多少鸡下蛋。在困窘的日子里，母鸡的奉献实在应该重重地记上一笔。

谁家女人生孩子了，亲戚都会去“下奶”（送礼），表示祝贺，而鸡蛋是少不了的东西，被认为是产妇最重要的营养品。

乡间的鸡蛋也有被小孩偷的时候，那多半是人们睡午觉的时候。乡人还是宽容的，他们会认为那孩子会拿着一个鸡蛋去供销社换糖球吃。

春季是鸡下蛋的旺季，到天气炎热时有一个休止，立秋以后又要下一阵子。冬天是鸡沉寂休养的时候，但只要天气稍稍转暖，鸡就不会辜负养它们的主人。一只鸡一生能下多少蛋，没人计算，鸡对农家恩德无量。

多少年过去了，乡间的鸡蛋还是宝贝。有不少人家还是舍不得自己吃，依然卖钱贴补家用，一元五毛钱一个，货真价实。在这样的时代，尽管这样的钱都是小钱，但乡村人珍视这样的小钱，因为这是他们养鸡所得，每一分都是干净而问心无愧的。也有的母亲舍不得吃鸡蛋，为生活在城里的孩子积攒。

小小的鸡蛋，大大的恩情。

苞米花

说到小时候的苞米花，在冬天是常吃的零食。苞米是特意留下来的，大多是自己家的小园子里种的。那是粒子比较小的橘红色的苞米，我们称之为火苞米，它与粒子适中的白苞米不同，与那种粒子大的“大马牙”苞米更不同。

留下来的苞米穗子秋后挂到了檐下，炒前要把苞米搓出来。

炒苞米花大都选在夜晚，窗台上放一盏煤油灯。炒时要掌握好火候，火要慢慢烧，不能火大。一个人在灶前小心翼翼烧火，一个人在锅台旁小心翼翼地炒，因为锅后劲大，要适时停火。记忆中我家都是母亲炒苞米花，她用刷帚不停地炒，让锅中的苞米冲撞起来，响起哗哗的声音。炒一会儿就开始爆花了，那嘣嘣的声音连续不断，真有些像放爆竹的意思。那时满天繁星都像夜晚爆出的苞米花，让人感到有无边的美好。有一些没有成花的，我们叫哑巴豆子。炒好后用簸箕簸一簸，再放到外面凉一凉，然后才能放到小笸箩里。

我愿意吃有花的，当然也愿意吃哑巴豆子，嚼起来很香。冬天或初春上学的时候，一般是吃两顿饭，有一些同学衣兜里装着哑巴豆子，以解饥饿，有时还分给同学吃。不过有老师上课时是不能吃的，都是课间吃或上自习课时吃。和在家时不同，在学校吃总是很谨慎的，要慢慢咬，慢慢嚼，恐怕弄出声响，上自习课时尤其要注意，一般一次只放进嘴里一粒，试探着咬碎，这样不至于影响别人的学习。

父亲是一个很能干的人。退休后他弄了一个苞米花炉子，四处炒苞米花，以维持生计。那时弟弟上大学，家里需要钱。点上煤火，手摇的炉子在火中旋转，当一炉苞米花炒好的时候，砰的一声，炉中的苞米花就喷到一个铁网中，所有的苞米都成花了。父亲一生并不是所有的愿望都成花了，但他的四个孩子中有两个大学生，一个有了正式工作，这对于他来说已经很不错了。

我家附近有个小市场，小市场不远的一片废墟中有个爆苞米花的老者。每次从那里经过，我都注意他，看来生意还好。那里的民房扒掉了，他清理出一小块空地，来做爆苞米花的场地。为了生活，老者很不容易。冬天小超市卖苞米花的很多，其他季节很少有卖的。老者正是抓住了这个契机，来此爆苞米花来增加收入。看到他，我便想到了父亲当年的不容易。

怀念补丁

说起补丁，已经是很遥远的名词了，但在二十世纪六十年代和七十年代，衣服上有补丁是很普遍的事，不用说在更遥远的年代了。

那是贫穷的年代，什么色彩、时尚、休闲……这些都属于遥远的未来。由于生活水平所限，我们每年基本上是一两套衣服，磨损率高，缝补是对一件旧衣的挽救。

一般一个人家大人穿过的衣服稍加改造给孩子穿，孩子当中老大的衣服给老二穿，老二的衣服给老三穿……衣服真是得到充分利用了，有的衣服补丁都上摞。

补丁一般是在肘部、膝部和臀部，而且块儿大。臀部都是用缝纫机补，把补丁放在裤子里面，补丁上是一圈圈细密的针脚，像树木的年轮。那年代虽不富裕，但有缝纫机的家庭很多，谁家要是没有缝纫机，也可以求人缝纫，不用花钱。

肘部和膝部的补丁都是方形的，一方面能遮住破损处，一方面也显得好看。当然也有补在别处的补丁，比如肩部，说句笑话，那叫“肩章”，其实是贫困的标志。

衣服穿久已经很糟了，再加上繁重的劳动，衣服就常破损；孩子们玩起来什么都不顾，所以衣服坏是常有的事。缝缝连连就是一家的常态。没有一家会因此埋怨孩子，没有一家会把补补丁看成是为难的事情。主妇们信奉笑破不笑补，在补补丁这件事上，每个家庭的主妇都表现出极大的耐心，因为她们知道，这样才能最大程度地延长一件衣服的寿命。

多少个夜晚，煤油灯旁的劳作开始了。在破损处比量一下大小，用剪子裁剪补丁，全神贯注，顶针助推，针线起落，思绪悠远。每一个针脚的认真度就是那个年代的认真度，每一个疲惫的家庭主妇都在一针一线中凝聚了对一家人的深情。

不仅外衣需要补，衬衣衬裤也需要补，袜子也需要补，被褥也需要补。补袜子需要袜桩子（袜子板儿，又叫袜底托），要把袜子套到袜桩子上，就是把袜子撑起来，这样才能保证缝补的质量。袜子的补丁主要在脚跟和脚尖部位，一针一线，没有马虎。村姑学针线往往从补袜子开始。

补丁从何而来？原来做衣服时的布头留下来了，还有一些是从旧衣服上剪下来的还能用的布。

我们早已过了用补丁连缀衣服、袜子和被褥的年代，但我怀念补丁。怀念补丁不是怀念贫穷，而是怀念那个年代人们的坚忍，怀念人们认真的生活态度。

第四辑　遥想炉火

遥想炉火

记忆中并不是每个村子都有铁匠铺的，但至少几个村子能有一个。后来到小城生活，发现小城的铁匠铺不少，那是二十世纪八十年代初期，一直到九十年代初期还可看到铁匠铺。如今在我生活的区域，无论是小城还是乡下，都已看不到铁匠铺了。一位八十多岁的老人告诉我，他小时候曾来到小城，每到春季满耳都是叮叮当当的打铁声，而不是现在满耳的车声。

最近在网上看了一些有关打铁的小视频，知道在一些边远地区还有铁匠铺，打铁人用自己的手艺维持着生活，但也感叹自己的手艺后继乏人。还有一些打铁的小视频，已背离实用趋于表演，一定程度上满足了人们的怀旧意识。

但我们必须看到，随着生活的现代化，铁匠铺与绝大多数人的生活已渐行渐远。在距离感里怀念产生了，这种怀念让我们越来越逼近往日的生活场景，在追寻中找到漫长的历史。

遥想炉火，就想起风箱吹动的一刻。柴火把煤燃起，那最初的红光是打铁人的欣喜之光。火光与脸庞，最初是怎样实现了一种交流，只有打铁人才会有最深刻的感知。还有那大大小小的铁锤，它们要在打铁人的挥动中完成一次次的“锤语”，而这还有赖于铁砧。那铁砧下的木头墩子来自哪里？大地上的树墩在铁匠铺里为铁砧奠基，它留在地里的根须让我们追念。

遥想炉火，那叮叮当当的打铁声响在铁匠铺里，铁器一次次被伸进炉火中，那是一次次浴火重生的感觉。铁由硬变软，炉火功不可没。还有水的作用，铁器入水，增强了硬度和强度，我们管这个环节叫淬火。火与水的创造，再加上一次次的打制，一件铁器就诞生了。

遥想炉火，炉火是历史深处的细节，炉火是铁匠铺之魂。在一次次的锤打里，那烧红的铁器上迸溅的火花是铁器的灵感，看来炉火是多么重要，铁锤的锻打又是怎样的激发啊！打铁人也因此灵感迸发，他们挥动的铁锤也越发显出力量。看看委地的铁屑就会知道一件铁器的前世今生，看看铁匠铺内的尘土就会知道铁匠铺的过去和现在。尘与土中的铁匠铺，它既有火花的歌舞，也有一件铁器完成后短暂的平静；尘与土中的铁匠铺，它既有锤打下的归顺，也有被叮当声掩盖的歌哭；尘与土中的铁匠铺，它既有完成的铁器，也有未完成的。说到归顺和歌哭，是说被锻造的复杂情绪，这样的铁器已被人格化。

遥想炉火，遥想打制铁器的历史，这样的穿越很有必要。想象中我已穿越到某一时代，并且还创作了一首歌谣："要打一把锄头铲尽天下田野上的草，要打一把铁锨铲尽天下路不平，要打一把长剑给那行侠客，要打一根铁棍撬开拦路石，要打一把小镰刀割下春韭包饺子，要打一个个马蹄铁给辛苦行路的马穿上鞋……"

铁器的打制当然是以实用性为前提的。实用性与艺术性是相伴而生的，但我们常常注重铁器的实用性，从而忽视了铁器的艺术性，当然也就不会欣赏。一把铁镐，一把锄头，一把镰刀，甚至一个马掌钉，这里面都有艺术，只是劳作的辛苦让我们忽视了这一面，或者说我们没有欣赏美的眼睛。

刚刚知道一个叫蔡德全的人，他一九九一年从云南艺术学院美术系毕业，二〇一二年到北京通州宋庄东北的喇嘛庄村开铁匠铺。从一个画家到一个打铁人，他是在挽救这门濒临消失的手艺，他从一个旁观者成了一个打铁的实践者、一个救赎者。蔡德全是果敢的，是能不顾世俗的偏见而独立前行的人，太值得敬佩了。蔡德全是把打铁的手艺上升为更高的手艺，因为他是画家，他把画之美融进了一件件铁器。在蔡德全眼里，实用性已不重要，重要的是艺术性，在于工艺的继承和发扬光大，在于工艺的展示和由这展示带来的启发。可以说，蔡德全偏居一隅却心忧天下打铁艺术，这使他沉潜艺术的程度愈深。蔡德全在二〇一六年曾有一个艺术作品展，反响强烈。这些年来，他创作大大小小作品几千余件。从最早一件作品卖出六百元，到后来一件铁钵可以卖出上万元价格，蔡德全得到了非同一般的认可。二〇一二年，蔡德全率先在云南老家开始尝试兴办铁匠学校。二〇一八年，他开始将小小铁匠铺及“中国铁博物馆”进行落地产业化及品牌化。他是中华传统铁文化的传播者，也是铁文化发展的实践者，是热爱铁文化的人创业的引领者。蔡德全的铁匠铺可以说是传统铁匠铺的升级版，这给濒临消失的铁匠手艺以新的生机，让人重拾对这个行业的信心。这是一个多么好的开始，蔡德全不是将个人的爱好仅仅体现在一隅，而是在扩大中展现传统铁器艺术更新的魅力，将个人的行动变成群体的行动，变成铁锤更有力的合奏，变成超越铁器本身的有关拯救的思考。蔡德全是非凡的，他的行为令人感动。

十八到十九世纪西班牙宫廷画家戈雅有一幅画《铁匠铺》，画面表现的是他所处的年代三个打铁的人。一个人低着头双手紧握铁钳，铁钳夹着的是一块烧红的铁板，他的期待感明显；一个人穿着白衣，他在把铁锤高高举起，那种力量感让人想起他手臂和铁锤带起的雄风；另一人头发花白，似乎在帮助白衣壮汉调整角度。打铁的一瞬被定格了，这幅画表现的并不是一件铁器的完成式，这恰恰是画家的高明之处，画家给我们留下了很大的回味空间，这空间属于我们每个人永远的未来。优秀的艺术作品会超越特定的时代，给人以长久的感染力。人生的过程就是期待的过程，就是为打造理想不断奋斗的过程，而齐心协力就显得极为重要。那一刻，炉火退居到画面之外，或者说，那烧红的铁板就带着炉火，就带着三个人命运的造影，因为他们在锻造铁器中也锻造着自己。作为宫廷画家，戈雅如此接地气的画作，让人想到大地上无所不在的意蕴。

遥想炉火，遥想炉火。

播 种 者

播种者在春天的田野里播种，那些孩子看到了。大地开阔，天很蓝，不时有白云停在天上，还有远远近近的鸟叫声。土很湿润，那是湿润的黑。歌谣里说“插根筷子把芽抽”，极富夸张意味。

后来那些孩子长大了，他们中的大多数也成了田野上的播种者。在这片田野上，不仅是他们的父辈，他们祖辈的祖辈就在这里春种秋收，播种者的历史是播种希望的历史。

播种者种的最多的是苞米。一大帮人种完这片种那片，男的用刨茬锹刨坑，女的点种。女子的手就像一个漏斗，将一两颗种子准确地漏下来，每一粒脱手的种子都迫不及待地扑进大地的怀抱。正如刨坑的间距和深浅已被刨坑者熟练掌握一样，点种的准确度已在点种者的劳作中被把握得非常好，之后点种人还要把坑埋好。点种的女子头戴围巾，以防风吹黑面孔。不管男女，对土地虔敬的态度都表现在他们每个细微的动作中。

种高粱、谷子、黍子和种苞米不同，要用耲耙种。耲耙是个近似爬犁的东西，中间有个小犁铧，用来犁开泥土。人赶着马，马拉着耲耙，耲耙后就是用点葫芦点种的人。点葫芦下面是一节竹筒（也有木质的），出口插几根蒿秆以控制种子的流量，出口之下有用笤帚糜子或蒿草扎成的“胡子”，这样能使种子均匀撒下。播种时，拿点葫芦的人要不断用小棍敲打点葫芦。点葫芦也有用木头做的，上面有装种子的口袋与其相连。点种人后面是撒粪肥的人。再就是合垄的人，用一个V形（很像牛轭）叫“拉子”的东西（上面有手柄）把垄合上。再后面就是几个踩格子的女子，踩格子起到保墒的作用。这种播种要靠人与马合作，每个环节都马虎不得。这种传统的播种方式在我的故乡持续了好多年，直到二十世纪九十年代中期结束。

无论是种苞米，还是种高粱、谷子、黍子，人与马的辛苦自不待言。但在这样的过程中，人实现了与土地的深刻交流。在农具的使用上，可看出农人细腻的心思。

播种者在“布谷布谷”的鸟声中播种，有一种与鸟同步的骄傲。

播种者躺在地头休息的姿势像弓形，他们的梦境是箭，射向秋天的靶心。

播种者站在地头一边抽烟一边满意地看着种过的田地，仿佛烟圈都是喜悦的，像是要套住那匹丰收之马。

记忆中故乡的麦子都是拖拉机播种的，田野上的播种者以它高调的轰鸣开始每年的播种，那操控拖拉机的人是很得意的。

法国画家米勒有一幅画叫《播种者》。画面上的小伙子在一个缓坡上，他赭色的上衣与周围赭色的土壤形成了自然的呼应，人的喜爱之色与自然形成了融合关系。小伙子的裤子是蓝色的，与远天的蓝色是协调的，只是远天的蓝是轻微的蓝。小伙子身上的蓝是深透的蓝，这像他内心的晴朗，这晴朗让他播种的念头不会有任何改变。无论是怎样不理想的天气，只要不下雨，他就会播种下去，也许随着他的播种，天就可能彻底蓝了。小伙子的帽子下有一些阴影，这使我们看不清他的脸孔。他的腰间有个装种子的袋子，他的右手正把种子撒出，也还有一些种子停在掌心。他阔步向前的姿势像是一种信心的展示。尽管身后追随的鸟群要吃他的种子，但也会有随后到来的犁把土犁到种子上面。希望永远不会被啄去，它会变成绿色的麦苗，变成金色的麦浪。

荷兰画家梵高有一幅画《夕阳和播种者》（也叫《播种者》），其意境也颇值得玩味。在这幅画中，夕阳正放射出万道金光，金色的麦田在烘托着夕阳，两者又成为背景，一同烘托播种者。播种者正迈开大步向前，只是看不清他抛撒出的种子，但可以从跟随的鸟猜想种子的存在。梵高曾临摹过法国画家米勒的《播种者》，但这幅《夕阳和播种者》增加了不少元素，夕阳、麦田、远处的小房子以及树木。在耕翻过的土地上再一次播种，丰收已成为背景，成为再一次丰收的提示。这幅画体现了土地的厚重感，体现了人在土地之上前景的辽阔感，这种辽阔感是通过我们的想象才能体会到的。梵高还有画于这幅画之后的《播种者》。一个驼背的播种者正经过一棵老树之下，他略显弯曲的右手松开，种子正在下落。老树上有粗大的枯枝被截去后留下的断面，有细小的枯枝，有枝上开出的花朵。忧伤和美好并置的老树，与播种者的人生有着多么近似的意蕴。夕阳正以它全部的辉煌烘托这位播种者，就连晚云也受到了夕阳的感染。梵高偏爱金黄色，那是尽情的挥洒，把艺术表现和生命的昂扬推到了极致。金黄色以背景的形式出现，而把播种者推向前头，用画面的大半部分来凸显，让播种希望的韵味十足。

无论是回忆中的场景，还是画家的艺术表达，播种者所传达出的都是劳作感，都是希望的无垠感。生活与艺术是互渗的，生活影响了艺术，艺术又作用于生活，让人反观生活的美好。比之于收割，播种的诗意总是有悬念的诗意，是一种开头引领的诗意，是一种有奠基意味的诗意。

但必须强调的是，在世界的意义上，除了极为贫穷落后的国家和一些山区不适于机器播种外，播种的现代化早已是大趋势，但少了播种的韵味。

背景之眼

闭上眼睛想起童年的故乡，便想起故乡的老井。

那时村里至少有八口井，每个生产队的前面或后面都有井，再加上别处的井。

有一个盲人常常给生产队挑水，他能从生产队走到后面的井边，完成一次次挑水的过程。有时我很纳闷：生产队没让他挑水，他为什么挑得那样起劲呢？也许他是想证明自己的存在价值吧。我真为他担心，万一掉到井里呢？有人看他整个挑水的过程，尤其是他走到井边，把两个水桶放好，然后抓住辘轳把，一点点往上摇，抓住柳罐，把柳罐里的水倒到桶里……也许盲人与水井有一种心灵感应，或者说有一种默契，所以他挑起水来才不费力，并不输正常人。

最难忘中午或傍晚，那是马劳作归来的一刻。一匹匹马站在水槽前尽情饮水，那种场景至今依稀在眼前。

我家房后偏东方向就有一口水井，与我家一道之隔。认识它的时候，我只有七岁。此前我家在村里另一位置，离井稍远。除了位置不同，井与井不会有什么差别，都以它们清澈的水养育村人。自从高祖父领我们王家来到这个村庄，我们家在村庄的好几个位置住过，还在前面几百米远的勇家屯住过，可以说，村庄不同位置的水养育了我们几代人。

属于七岁孩子的水井，它的年龄说不上有多少个七岁，在深深的水井面前，是我好奇的童稚之脸。水质还不错，但春风来时会把苞米的枯叶和鸡毛等刮到井里，但这些东西会随着水被打上来。

井要定期淘，一般在春夏。淘井是一个很难干的活儿，要用绳子把人送到井中。由于井底温度很低且有污泥，淘井人要穿上棉衣，还要穿上水衩，要把井水淘干，要把那些污泥等放进水桶，然后上面有人拽上来。淘井一般需要一天时间，下井的人要轮换，因为时间长了会冷得受不了。淘过的井水很清，像一个人换了一种心境。挑水人把这样的井水挑到家中，心情也格外清爽。有的井还要更换井壁，坏一块就换一块。老井的四壁长满青苔，就是换了井壁的井，用不了多久还是这样，这是岁月的痕迹。

水桶的声音，打水的辘轳声，人们的说笑声，这是多么亲切的乡村一刻。

小孩子常偷偷玩井，被称为祸祸井。把辘轳把摇上几圈就松开，辘轳在无人把握的情况下失控，只听咕咚一声，柳罐落入水中激起一阵波澜。要是被大人看见了，就会被骂，小孩子就会一跑了之。这真是挺危险的事，不仅是辘轳的安全问题，更是小孩子的安全问题，要是碰着那事就大了。有时不懂事的孩子会趁着井边没人往里扔土块，还有一种得胜的快意。

从一个玩井的孩子到一个能挑水的小伙子，对老井的歉意表现在他郑重的把握中，表现在他维护井后的默默欣赏中，表现在多少年后的深情回望中。

冬天的老井冰越来越厚，剩下不大的窟窿，让人感到井艰难的呼吸，要是不往下推，柳罐都下不去。这时生产队会派人来镩冰，我们挑回的水中就有一个个晶莹的冰块。再坚硬的冰也会融化在灶火燃起的时刻，再冷的冬天也断不了我们与老井的联系。

冬天的井边有一些小冰块，是水结成冰被刨碎的。冷月照来的时候，这些冰块就与冷月相映。有时会找一块干净的冰块含在口中，冰块在口中越来越小，一个冬天也越来越小。

一个小媳妇和她丈夫打仗，把着柳罐绳下到井中，多亏了乡亲及时救助才转危为安。这不是我家后面的井，但这事却在我心里引起了波澜。小媳妇也许是为了吓唬她丈夫，但这太过分。

有柳罐掉到井里的时候，一般是井绳折了，就得找井钩子往上捞。井钩子近乎铁锚，但比锚小。一个人捞不上来，再换一个人捞，旁边的人也着急地看着。用绳子操纵铁钩子，在里面钩柳罐，游走的铁钩子终于钩住柳罐了。钩住并不意味着没问题，如果钩住的是柳罐帮儿而不是柳罐梁儿，柳罐就很容易滑落。柳罐上来了，人们松了一口气，赶紧把井绳牢牢系住。

井在村庄，井守着我们，我们也守着井，守着井水养育的日子。

二十世纪八十年代中期，随着水泥管井的普及，我故乡的老井都从人们的视野里消失了，但我们不能忘记那一口口老井，不能忘记那我们无数次握过的光滑的辘轳把，不能忘记那吱吱的辘轳声……我故乡多年前就有自来水了，但我却常常想起老井。我是有乡土背景的人，而这老井就是这背景里的重要部分，或者说是背景之眼。

前些天回到故乡，和父亲走在家后面的路上，说起那口井的位置，那是在一家园子的西南角。我说井都填死了，父亲说那不叫填，整个井得需要多少土啊，其实就是用水泥板盖上，上面再覆土。

我猜想这口井依旧清水盈盈，它于黑暗中是否想重见天空，是否盼望那个老柳罐重新投入怀抱……几十年过去了，我们与老井已隔了一个时代，但在我们心中却永远是亲近的。

扒炕抹墙时

每年麦秋之后，家家都要扒炕抹墙，为了使炕好烧，为了屋子更保暖。

首要的工作是去村子的黄土坑拉黄土，一般每家都要拉几车。之后便是和泥。打完麦子后，家家都分一些麦余子，它是和泥的必备材料。那时村子每年都种不少麦子，这样保证了麦余子的供应。

和泥是个累活儿，一般一个人挑水，一个人和泥，如果家里人手不够，那只能一个人干了。和泥要把土和麦余子拌好，但要注意麦余子适量。麦余子多了，不能保证泥的黏合度；麦余子少了，抹上的泥会开裂。用二齿子一遍遍搅拌，再穿上靴子一遍遍踩，就是我们常说的“搋泥”。和好之后还要浇上一两桶水，以保证滋润度。泥要闷一宿，第二天早上还要和，如果发现里面还有土块，就要捣碎，还要看稀干程度，用土和水适量调配。之后再闷一些时间。泥和好后，习惯上都会撒上一层麦余子，这既防止水分蒸发，也为使用提供方便。总之，和泥是扒炕抹墙的重要准备，需要细心，需要耐心。

扒炕首先要把炕上面的土坯起下来，土坯下面的炕油子很厚，那是烟火经过时留下的痕迹，是天长日久积下的黑黑的污垢。之后清理炕洞子里的灰，清理要细致，直到里面干干净净。干活儿时即使戴上手套和口罩，也难免手上和脸上乌黑。

接着换上新坯。也有人家利用完好的旧坯，刮掉下面的炕油子，一块块砌好。如果有的炕面坯不能使用了，就换上新的。在我的印象中，家家炕面土坯一块不坏的太少了，特别是有小孩子的人家，在火炕上蹦来跳去的时间多，有时不到秋天炕面坯就坏了，遇到无风天气烟囱抽力小，从坯坏处冒烟是常有的事。

接着就是上炕面泥，要抹得严丝合缝，要抹得很平。炕面泥要抹两遍，第一遍泥干了后再上第二遍。一铺炕完全干透，需要三四天的时间，这中间，就要勤烧炕，烧柴除了麦秸，就是苞米秆子。随着灶里的熊熊之火，炕面上的潮气在一点点升腾，干的炕面在一点点扩大。扒炕期间，一家人除了男女主人，其他人晚上睡觉是要出去找宿的。找宿一般是去亲戚家，事先跟亲戚说好了，两家错开扒炕时间，这样晚上睡觉的地方就解决了。而一家的男女主人则在屋里地上临时搭个铺，或者在地上铺上厚厚的麦秸，再铺上褥子。

扒完炕就是抹墙了，当然也有抹墙在先的。当年的茅草屋，每年必抹墙。年深日久，墙抹了好多遍，就有墙皮脱落的现象，这样就得抢下去几层，之后再抹新泥。有人说一层层墙皮是土屋的年轮，真是别致的表述。抢下的墙皮并不扔掉，用水泡软，然后再加些麦余子和成泥，用来查缺补漏。看到一家家抹的墙，不得不佩服那些行家里手，泥抹子被运用得恰到好处。哪些地方凹，哪些地方凸，抹墙人眼睛一扫便了如指掌，之后抹子便飞快地随泥而去，所有的不平被抹去了。因为墙底子酥软或过于干燥，为了保证粘牢固，抹墙前一般都会用笤帚蘸水浇一浇，或者用扫帚在墙上扫一扫。抹墙人的手感真好，他们的腕力非同寻常，有一种均匀的力作用于他们的涂抹之中，没有腕力作用不到的地方，可以说，墙上没有不实之处。毛躁的小伙子，抹墙的技术还不到家，他们是在遗憾和被笑话之后逐渐走向成熟的。由房檐到墙根，每一处都需要一丝不苟。抹山墙需要长而高的专用板凳，在我眼中，那是一个大木马。最高处需要搭梯子才能上去，拿着用旧脸盆装的泥，一步一步试探着上去，抹墙时也要小心翼翼。抹一面好墙是需要耐心和时间的，要让毛躁的心静下来，做到凝神定气，让手心并用，并在羡慕别人中不断努力。

正房抹好了，还要抹正房两边的烟囱和仓房。正房、烟囱、仓房，抹上两遍之后，都像穿上了一件新衣，不怕风吹雨淋。这时忙碌的人就完成了一件大事，内心的喜悦自不待言。而那些孩子就在房前屋后跑来跑去，他们还不会体味大人的辛苦，还不知道生活的辛苦正在远方等待着他们。

后来，那些孩子长大了，他们逐渐学会了分担，逐渐体会了那些辛苦。

几十年后，他们中的一个人回望故园，忽然想起那撒在泥堆上的麦余子，就像大面包上撒上的芝麻，那些生命中的辛苦变成了回望中的香甜。

场　院

小时候村里有几个场院，都在村边。它们共同的特点是四周都有大壕沟，以防止牲畜进入。

作为堆放谷物和打场的地方，场院的重要性是不言而喻的。

场院的入口并没有门，可能是考虑车马进出方便，这给管理带来了难度。场院入口的旁边是一座小茅草房，是供打更人住的，我们叫它更房子。

从麦秋开始，场院的作用日益凸显，一垛垛麦子垛在场院，就像垛在我们的心头。蓝天白云下，金色的麦垛显得特别有诗意，望去的时候就想象那垛顶在无限增高，去和太阳对话。我们这些小孩要是去场院藏猫猫，就会被老更倌儿禁止。谁能相信一帮孩子呢，万一引起火灾呢？

秋天，一车车扒好的苞米拉回来了，一车车谷子拉回来了，还有那些大豆和高粱。所有马的喘息都连着场院，所有人的劳作都是为了归场，丰收被人和车马推到了极致。场院里堆得满登登的，但满而不乱，在这丰收的集中地，金色成为主色调。

场院里的苞米被堆成了一面面墙，在墙与墙之间，有用悠荡槌子打苞米的人。在没有脱粒机的年代，都用悠荡槌子打苞米。悠荡槌子就是连枷，它与一般的连枷相同点是手柄都是木质的，不同点在于它拍打用的东西不是竹条或木条，而是用铁链子连接的一个木棒子。戴头巾的女子一次次挥动着悠荡槌子，直到把一粒粒苞米打下来。这原始的脱粒工具，手柄在无数次的把握之后已经光滑，木棒在无数次的拍打之后也是光滑的。

打谷子的时候天已比较冷，为了抢进度，晚上也不能停。马在人的呼喝里一圈圈奔跑，石磙子在吱吱扭扭的滚动中滚深了时间。晚上干活儿还是挺困的，远天的星星一闪一闪的，好像也在眨着疲惫的眼睛。用木杈翻动一下碾轧过的谷子，石磙子在短暂的停歇后再一次转动起来。夜深了，那吱吱扭扭的声音在村人的梦境旁响着。这是从遥远的历史里滚来的石磙子，尽管村庄的人马一代代更替，但是它们却碾过了一代代，吱吱扭扭声是它们没有倦意的歌唱。石磙子一圈圈，一圈圈，留下了乡村岁月的年轮，让我们永远铭记。

打场，扬场，经过一番忙碌后，场院寂静下来了。

冬天的场院剩下的是巨大的谷草垛，有一些老牛是场院的常客，还有一些拾粪的孩子有时会来到这里，更房子也没人了，这里可随便出入了。一场又一场雪使场院更寂静了，但看寂静的场院比看秋天的场院更有别样的意味。这时场院四周的壕沟几乎被大雪填平，场院的空白处与田野的空白是呼应的，或者说已浑然一体，田野把空白推向了天际……这空白是期待，是漫长的期待。

比起当年的大场院，现在的场院简直太小了，而且每家的小场院都是临时开辟出来的。

怀念当年的场院，怀念我们劳作过的场院，怀念让我们的快乐也显出大格局的场院。我常想象把现在那么多的小场院加起来就是一个大场院，我也常想象把无数的小快乐加起来就是大快乐。

烧　炕

在乡间生活中，烧炕是一项重要的内容，尤其是在冬天。

做饭自然就烧炕了。那时用来做饭的燃料就是苞米的秸秆。家家的柴火垛都在房前屋后，柴火垛一般用秫秸障子围着，只在一边留一个门，以便抱柴之用。柴火垛是乡间的一景，农人在秋收后把柴火拉回家，然后垛好。垛柴火是一个累活儿，需要两个人合作，一个人在上面垛，另一个人在下面用垛叉往上扔柴捆。如果垛得高扔不上去，还要借助梯子小心翼翼地送上去。垛垛是需要技术的，要垛得紧凑合理，以免漏雨。如果米粮不愁，再加上巨大的柴火垛，就觉得日子安稳了。冬天，柴垛顶上了雪冠，不时有麻雀落在上面，也落在周围的秫秸障子上。柴垛是一些麻雀的家，它们经常钻到里面夜宿。冬天的用柴量大，柴垛在一点点变小，这样柴垛旁就出现了一小片空地，麻雀经常落下来，寻找可食的东西。

烧火人蹲在灶边，把一根根秸秆添到灶里。火舌舔着锅底，火光映红了烧火人的脸。柴火有不好烧的时候，那是秋天涝的缘故，柴火湿不愿着。烧火人会跪在灶边，一遍遍吹火，那倒出的烟会呛得人喘不过气来，会呛出烧火人的眼泪，没办法只得房门大开。不管怎样，一顿饭总算将就着做成了，也起到了烧炕的作用。

烧火有时会遇到“打枪”的情况。由于天气的原因，无风时烟囱没有抽力，就造成了烟火被憋的情况，烟火的冲击力会顺着灶口倒返回来，蹲在灶边的人，有时因为躲闪不及，头发梢和眉毛会被燎着，有时炕面坯会被拱坏，弄得满屋烟灰。

冬天的时候，一般是两顿饭，这样不能使炕热得持久，所以睡觉前还要烧一遍炕。这回不在厨房的灶里烧，而是在卧室的“攮灶子”里烧，一般烧的是树叶和“搁挠”（细碎的苞米叶、豆叶、黄豆皮子等），这些东西燃烧得缓慢，给人以烟大于火的感觉，那是持久的暗火，或者说是我们看不见的“火眼”。有时灶里还有毕毕剥剥的声音，那是柴火爆裂的声音。那时烧柴紧张，弄到树叶也不容易，至于“搁挠”更是物尽其用了。树地里的树叶，被风刮到沟壑里的树叶，我们用筢子把它们搂到一起，然后装进麻袋背回家。“攮灶子”这个通俗的叫法，总让人想到可劲往里添柴，其实都是算计烧。灶口旁有一个立着的铁叉子，除了往里添柴，再就是烧火时用来翻动柴火。翻动柴火后，再用铁挡板挡住灶口。

烟火经过炕道，经过烟筒桥子，再爬上烟囱，飘出每一个日子。烧火是需要心情的。如果赌气烧火，做出的饭再香也会感到无味。烧火的过程是一个理顺秸秆的过程，也是理顺心情的过程。烧火人烧了几十年的火，会称自己是老烧火的。火的语言是说给岁月的，变成袅袅升起的炊烟，那炊烟像一家人合力拧起的绳子，那绳子像要拴住快乐的时光。

在火炕上做梦，在火炕上“坐福”，在火炕上生儿育女，在火炕上把带有水分的谷子炕干……火炕上还有谷草，那是炕席下的谷草，那是乡土上的铺垫，那炕席多是高粱篾编成的。那时我们多么贪睡啊，炕席花经常印在我们的脸上和身上。

我是家里的老大，晚上就睡在炕梢，也就是被垛板下面。少年时代的冬夜，从学校备课回来的父亲，会静静地看着被窝里露出小脑瓜的我们，如望着他心爱的小麻雀。母亲会在炕上打麻捻儿或纳着鞋底，直到三星偏西。母亲不干活儿的时候，会在我们的央求下给我们讲《聊斋志异》里的鬼狐故事。为了炕热得久些，父亲会爬上梯子，在烟囱上坐上一个旧盆子。虽然这样，但凌晨三四点钟炕就不热了，北风抽得实在紧，小小的身体抵不过天下的寒意。

那时我在村里的砖厂干活儿，因此结识了钱师傅，他是砖厂的技术指导。他是山东人，很小的时候跟父母到了黑龙江克山，那时他也就二十来岁，和我的年龄差不多。在砖厂干了几个月，他就要回家了，他说回家前要好好跟我唠一唠。我把他请到家中吃了一顿饭，并让他在我家住下。为了省柴，我家西屋的炕很久不烧了，于是我开始烧炕。烧了两三个小时，但最终也不是很热。没办法，我只能这样陪钱师傅住了一宿。现在想来，真对不起他。

借在乡村

借，在过去的乡村简直是太常见了，毕竟那是鸡犬之声相闻的地方。

就说借米吧。那时粮食产量不高，生产队除了送公粮，所剩的分给各家，而且数量有限。人口多的人家常常不够吃，因为这样的人家往往劳力多，吃的粮食当然要多些。借米的时候往往是在夏天，那时早熟的土豆刚刚下来，但不能总吃土豆啊。就这样东家一盆小米，西家一盆小米。借来的米往往都是平盆，这样还的时候好掌握。乡村里讲究好借好还。对于借米，几乎是有求必应，因为谁都知道，不是万不得已，谁都不会来借的。其实有的人家所余的米已不多，但人家张一回嘴，总得给个面子，谁没有个求借呢？有的人家在被借去了米后不久告罄，但宁可到有粮食的人家去借，也不后悔自己的借出。

再说借面。由于麦子产量低，加之种植面积有限，面粉在当时的乡村实在是太金贵了。如果不是逢年过节和来亲戚，人们是吃不到面的。那时东邻西舍偶尔会来我家借面，那准是家里来了亲戚而无面可做了。善解人意的母亲总会扤出几碗面来，让邻居女主人满意而归。当母亲说谁谁来借面了，我们家的每个人都惯于用沉默来肯定母亲的做法，哪怕我们正吃着粗糙的饭食。即便是时间很长，借面的邻居也还记着这件事，即便还了，多少年过去了，还会在闲谈中提起，就像那顿面条被挑得很长很长。

还有借自行车的。在我十几岁时的乡村，自行车是稀缺货。有的人家着急出外办事，就要借别人家的自行车。其实有自行车的人家一般是不大愿意借的，尤其是新自行车，怕万一给摔坏了。有的人家为了防止磨蹭，车架子用塑料带子缠上，连自己都这样怜惜车子，何况是借给别人呢？借出的自行车回来的时候往往出问题，不是辐条折了一根，就是车圈扭歪了。究其原因，可能是借车人的原因，乡村的路实在不好，也可能是骑到别人家被那家的小孩偷着骑了，小孩又不大会骑车，常常摔坏。因为这样的问题，自行车的主人在心疼中有些不快，但一般还装着若无其事，也有因此而弄得邻里关系不睦的。

小伙子要去邻村相亲而向别人借皮面帽子，有的还不是借一次。那时我们戴的一般是布面的狗皮帽子、羊皮帽子，而皮面帽子就是高一档次的了。相亲相妥了，皮帽子也算立了功。谁家办事碗碟不够就去借碗碟，凳子不够就去借凳子，仿佛这是全村人的仪式，隆重而自然。但如果邻里不睦，即使是斧子和钳子之类的小东西，也宁肯舍近求远。如果要写一部乡村心理录，这该是其中的一笔。

关于借钱的事情，该是最难的。借者难，被借者也难。借钱者事先会经过极为痛苦的挣扎，需要对自己做几番鼓励才忐忐忑忑地走向别人家，有时还要中途返回，犹豫半天咬着牙再一次往前走。借钱人要去借钱，常常要预热，就是先聊一点家长里短。如果看对方情绪不错，那就开口；如果看对方拉下的脸像结实的栅栏，那就得把语言的小羊紧紧牵在心里，不许出来。如果不被回绝，那就要在内心隆重庆贺了；如果希望被一句回绝的话溺死，还要装出对别人的理解。借钱人有时要选择夜黑人静的时候，借钱人是羞窘的，不安的灯焰旁是一颗忐忑的心。有一年的一个晚上，我还没有睡着，邻居的男人就来向我母亲借钱了。这是一个很苦的三十岁左右的男人，父母早逝，他领着弟弟妹妹辛苦度日，直到让他们有了自己的家。我知道他的羞窘，我就闭着眼睛装着睡着，不说一句话。父亲是老师，挣现钱的，所以母亲一般不会拒绝来借钱的人。

也有因为借东西但没有得到满足而结下仇怨的，从此连看对方的鸡鸭鹅狗都不顺眼，一个死结可能到死都没有解开。

求借是贫困中的无奈，借出是乡情里的善举。对财物的维护生长于小农意识，却有可以理解的原因，总之那时的日子不容易。

在借之中尽管会有不快，但在乡村求借的历史里更多的是心与心的理解。可以这样说，乡村的历史，一部分是求借的历史。因此，才构成了村人之间的守望相助，才有冷暖交织和亲疏远近。

鸡犬之声相闻的地方，现在求借之事少了，人与人之间似乎多了一些隔膜。

祖母的木柜

当年祖母出嫁时，娘家陪送了这口木柜。

在我很小的时候，木柜就给我留下了深刻的印象。一口黄颜色的大柜，是用黄波椤木做的。记忆中它有过一次更新，就是用刨子重新抢了一下，重新着色并刷了清油。柜子的木纹真好看，涟漪一样的木纹，像有风在吹，也像鱼游动带出的痕迹。

我十岁左右的时候，祖父和祖母去齐齐哈尔大姑家生活，这口大柜自然是留在家中。母亲每天吃完早饭都把家里的柜子擦一遍，当然少不了这口大柜，母亲擦柜子的动作总是很有力，那时年轻的母亲总有使不完的力气。

祖母的木柜放在南炕北靠东墙的位置上，多少个冬天的夜晚，我就站在地上在柜盖上写诗。家人进入了梦境，煤油灯熏黑了我的鼻孔，我依然不知倦意地写下去。

二十岁离开故乡上大学，毕业后在离家二百多里的小县城工作，每次回家都关注这口大柜。大柜是两个格的，里面装满了被褥和一年四季穿的衣服，还有棉帽子等。在乡人看来，日子过得好不好，就看柜子装得满不满。

有一次回故乡，发现屋里老祖母的木柜不见了，一问才知道，生活在县城的妹妹把她家的旧家具运回来了，祖母的木柜被搬到了仓房里。我立刻把家里原有的两个小柜调整出去，和父亲一起把大柜搬回屋中。那时母亲正为把大柜搬出去而心有不快，看我和父亲把它搬回屋中，她立时高兴了。

母亲阿尔茨海默病加重以后，她对柜子看得更紧了，因为右面的柜格里有她的钱盒子，那是一个铝制旧饭盒。在母亲一生的一半时间里，我们这个家庭都处于不宽裕的状态，有钱成了母亲的最大梦想，所以她很看重钱。就是经济条件改善了，母亲也很在意钱，恐怕有什么浪费，她总是会精打细算的。这让我想起祖母，她曾有过金钱梦，但柜子里却不曾有什么钱。如果说祖母的木柜是家的中心，那么钱盒子就是柜子的中心，就是母亲的中心。柜子的右面加了一把锁，但生命是无法加锁的，岁月偷走了母亲的青春，偷走了她的健康。

祖母木柜左面柜盖上有一个小洞，原来那里有一个木结，在我很小的时候就掉下了。谁会想到一个木结的掉落呢？木结如眼，看过了流逝的时间，而它也随时间的流逝而流逝了。小时候愿意透过小洞看柜子里面，本可以直接打开柜子，但总觉得这样做有趣。现在想来，我与柜子看似隔一层柜盖，其实隔着的是遥远的岁月，而越是这样，越让我的回溯感变得格外强烈。柜盖上的小洞不会给人空洞之感，因为我看到了柜子里的东西。有时我想，是否有一个神奇的小洞让我看到故乡的历史呢？在一个乡村之子的心中，乡村的历史永远都是内容充实的。

柜面底部贴着素雅的花布，我们叫它柜裙子，每隔一段时间都要洗干净，然后再用糨子粘上。柜裙子上的每个小花都在望着家人，望着每一天。

多年前我写过一首诗《祖母的木柜》，其中最后一段是这样的："一口木柜的前身/是一棵多么漂亮的树/想剖白心情的时候/树就不再是树了/就可能成为谁的嫁妆/就可能成为乡情里的意象。"如今读来，我仍有深深的感动。

母亲患病严重后，擦拭木柜的工作主要由乡下弟媳来做。我和妻子假期回家，都一遍遍擦拭祖母的木柜，那是擦拭乡村历史的感觉。

长条桌子

老家有一个褐色的长条桌子。这个长条桌子不是一般的桌子，而是在桌膛里面装餐具的，大抵相当于后来的碗橱。长条桌子四条腿，高出地面几尺，正面有两个拉门，拉门边缘从上往下渐渐短，呈弧形，最长处像鸟的尾巴，桌面很厚。

我很小的时候，它就在我家中了。关于它的来历，我问过父亲，父亲说这个条桌来自他姥姥家。土改时地主家的财产要交给农会，农会要把这些财产往下分，问我们家要啥，我们家就要了这个条桌。这是挺有戏剧性的传承故事。父亲说这个条桌差不多有百年的历史。

一个桌子，祖母擦拭过，母亲擦拭过，妻子假期跟我回老家时也擦拭过。拉门上木纹清晰，好像荡开的涟漪。岁月流逝，里面的盘碟碗筷不断更替。就说碗吧，最初是那种大大小小的粗瓷蓝边碗，然后是有粉色、蓝色、绿色等小花的细瓷碗。母亲很重视碗的更新，她每年春节前都和家人去城里买一些新碗，其他餐具也是一样。碗在每次清洗后都光洁如新，而清洗它们的手是粗糙的。它们一摞摞在桌子里等待，等待我们把它们端起。

桌面上放些坛坛罐罐，看一眼，就觉得日子是安稳的充实的。有时候我会把条桌作为写字桌，它厚重而开阔的桌面，总让我有无限的依赖感。我曾在桌子上写诗，只是那时我写得还不好。至今，它的厚重和开阔仍是我写诗的标准。有时两肘放在桌面支颐望远，桌面驮载了我人生最初的梦想。

不知这桌子的木料来自何处，不知制作这桌子的木匠是谁，榫与卯的结合堪称完美，经得住了岁月的考验。一棵几百年的红松，该会做成多少桌子。红松接受了多少来自大地的力量，我也感到了来自红松的力量。该有多少红松以献身的方式作用于这个世界，我们向红松致敬，我们向大地致敬，我们向久远的历史致敬。由红松到桌子，时光已走了很久，擦拭这桌子的祖母和母亲已经走远了，当年在桌子下钻来钻去的我也已在时光里变老。

从茅草房到砖房，屋子里的格局有变化，长条桌子也曾停在不同的位置。前几年，桌子所在的屋子里增加了一个双人床，它就被放在了仓房里，我对它的命运也有了担忧。根据正房的空间，放在挨着厨房的小方厅里比较合适，如果遮挡暖气片，冬天可放回到仓房里。但我没有说，我已经从这个家走出，毕竟不是这宅子的主人了。我觉得弟弟一家在对待长条桌的态度上与我有差别。

记得一次回家，我竟看到桌子上放了好几袋子化肥。桌子承受了不该承受的压力，我赶紧把化肥袋子搬下来。听父亲说有一次还有人想花几百元买去，问卖不卖。我告诉家里人，这个桌子无论给多少钱都不能卖。

就在几个小时前，我让妻子联系弟媳，让弟媳给发来条桌的照片，但迟迟没接到回复。这让我有些担心，真怕弟弟把桌子卖了。我给另一个县城里的妹妹打电话询问此事，她说她前几天回老家收拾仓房时还看到了呢。之后老家方面发来消息，说因停电，微信不能用，图片传不过来，我这才放心了。

关于这个长条桌子，我曾有把它带到城里的打算，但一想又感到不妥。它是属于乡村的东西，它不该到城里流浪。家园尚在，那就放到仓房里吧，反正没有离开老家的位置，有时我会这样安慰自己。其实正房再挤，也该有桌子的位置，在使用中证明它的价值，这是再好不过的事情。

在对老家的惦念中，长条桌子属于我惦念的一部分。在这个有缺失的世界，它以完好如初安慰了我。它让我想到已逝的祖母和母亲，让我想到一个家庭的饭碗，想到它负载的一个家庭的历史。至今我依然记得两个拉门开关的声音，想起饭菜飘香，余味悠长。

小时候在我的故乡，还有几家有这样的长条桌，如今不知是否保存下来。

摁嗓子

嗓子发炎了，要用手摁，如今是不可想象的。但在四五十年前的乡间，这是实实在在的治疗手段。

老叔小时候常常闹嗓子，祖母为了给他治嗓子，一次次坐马车往返在家和东面的村子之间。东面的村子有个老太太会摁嗓子，祖母从她那里学会了这一技艺，从而省去了奔波之苦，也因此有了为家人和乡亲治嗓子的经历。

由于气候的关系，东北人爱闹嗓子，严重者都说不出来话，那些悲苦的面孔纷纷涌向我家。不论春夏秋冬，我家常常有来摁嗓子的人，最多的时候差不多有半屋子的人。

祖母让患者坐在炕边，先检查嗓子的情况。完毕，祖母并不急于摁嗓子，她要跟患者说能不能受得了或者你真想摁嗓子吗这样的话，得到了肯定的回答后，祖母才动手。她先洗手，然后用小勺从荤油坛子里挖出一点荤油，接着把荤油蘸到食指上，然后摁到嗓子的发炎处。祖母很用力，那种被摁的感觉不仅是疼，还有荤油造成的恶心感。大人们总是懂事的，如遇到孩子，祖母的食指常常被咬坏，但她从未愤怒过，常常一边微笑着面对那些哭鼻子的孩子，一边哄他们。

祖母无偿地为村人服务，人们带着期待回家了，不久嗓子就好了。听说祖母会摁嗓子，邻村也有来找祖母的，但祖母并不感到多么荣耀，她总是说："你要觉得可以你就摁，要不你就不要摁了。"祖母总是以她的小心和诚实来完成她的工作。

还记得我嗓子疼的时候，祖母曾给我摁嗓子。一阵呕吐并漱过口之后，感觉摁过的嗓子轻松多了。

后来祖母去远在齐齐哈尔的姑姑家了，但到我家摁嗓子的人依然络绎不绝，因为祖母的技艺被母亲继承了。

这是离人心很近的工作。在那个缺医少药的年代，祖母和母亲的土办法为村人减轻了扁桃体发炎的痛苦，她们做了她们能做的。

姥姥蓝

曾在一篇写姥姥的文章中写到姥姥为我做的这个小裤子。原来这兜兜裤儿由母亲保存着，多年前被我拿到小城的家中珍藏至今。今天我从衣箱里拿出来，反反复复看，又是一番感慨。

这是一条蓝色平纹棉布做的兜兜裤儿。兜肚上绣的是一条鱼，鱼的头部朝左，鱼须清晰可见。整体图案由鱼、荷花、莲蓬组成，绣得极具立体感。这样的构图让我想到乐府诗《江南》中的“鱼戏莲叶东，鱼戏莲叶西，鱼戏莲叶南，鱼戏莲叶北”。莲蓬中有莲子，“莲子”谐音“连子”。整体构图寓意多子多福，连年有余。鱼图案上面是白色的麻花辫图案，再上面是白色镶边，鱼图案下面也是这样。两个裤腿上绣有吉祥结。吉祥结有深远的文化意蕴。吉祥结图案与汉代青铜鎏金中国结的造型是一样的，象征着生生不息，民间借此造型寄寓子孙延续、富贵吉祥的美好愿望。裤脚是红布镶边。有两条固定用的带子，最上面的一条绿色的，很细，下面的腰带是花布做的，是深蓝色底红中带白边的花，还接了一段，是红底粉白色花的。

姥姥给我做的这条兜兜裤儿还是挺有文化含量的。那时的乡间文化虽然落后，但裤子上的设计图案一定会有，并且家家相传。祥瑞文化从来没有停止过传播的脚步，在僻远的乡间也会看到它的踪影。民间文化的世代传承具有定型化的特点，这种特点恰恰说明这种文化被认可的程度，所以趋同就不难理解了，谁不希望生活吉祥美好呢？姥姥用白线在蓝色的小裤子上突显了她的希望，再加上其他元素与主体图案的搭配，使这条兜兜裤儿有了很深的内涵。

也许和姥姥给我做的这条蓝色兜兜裤儿有关，蓝色是我最喜欢的颜色，可以说这种颜色是我人生的基础之色，或曰底色。这颜色让我想起蓝天，想起蓝天的深邃。

姥姥一生命运多舛，她生命中很少有晴朗的时候。我的出生无疑给她的生命带来了晴朗，她做这条小兜兜裤儿也一定是在晴好的天气里，平展展的土炕上，飞针走线的姥姥神情专注。窗外传来声声鸟语，屋后的老榆树叶大根深。

遥想六十年前的乡间，没有多少文化的姥姥却做了一件有文化内涵的事，她手巧心细，在一条兜兜裤儿上融入了很深的情感。我猜想姥姥来送这条蓝色小裤子的情景，也应该是一个晴暖的日子，那时天空的蓝应该叫“姥姥蓝”。

姥姥为我做的小衣服

母亲去世后，妹妹在整理衣柜时发现了一件小衣服，她说母亲生前说过，这是姥姥给我做的。姥姥曾给我做过一件蓝色的小衣服，是衣裤连体的那种，至今我还珍藏着。

这件小衣服也是衣裤连体的，除了短袖是红色的，其他底色是白色的，上面有小红果、紫色的小花和蓝色的小圆圈，所有的小都与婴儿时期的我非常协调。姥姥是在哪里买的布料已不得而知，但可以知道的是姥姥的审美观，她注重朴素的美，她真会选布料。

整件衣服是姥姥用手针完成的。姥姥的活儿太好了，那细密的针脚简直就像缝纫机缝出来的。无论是领口还是裤口，都是用红布镶边，与红色的短袖相协调，从中看出姥姥的喜庆感，她要用这种喜庆感把她的外孙围绕。

由于特殊的家庭背景，姥姥一生遭受了很多痛苦，她一生内心平静的时候很少。我出生的时候，初为姥姥的她异常欣喜，这欣喜一定冲淡了她内心的痛苦。

我出生在农历正月，这件小衣服是在夏天穿的，估计是从正月到夏天的某一天或两天，那一定是晴好的天气，姥姥在这样的天气里完成了她的手工作品。可以想象姥姥做活儿的情景，那时她不会想从前由小康之家坠入困顿之家的痛苦，不会想从前只能用草帘子当被子的艰难，不会想遥远的冬夜里我姥爷咳喘不止的难挨，不会想带着病痛的自己……也许在我出生前，姥姥就开始做这件衣服了，那种期待感都在这一针一线中了。

看着细密的针脚，我想到带着顶针的姥姥，想到姥姥在激动中飞针走线的瞬间，想着她专注的眼神。细密的针脚就是姥姥细密的心思，姥姥以这样的细密让一秒秒的时间定格，以这样的细密让爱意绵绵。世界上最短的脚步也许就是细密的针脚了，这样的针脚没有捷径，这样的针脚需要扎实的功底。因为姥姥做的这件小衣服，我对针脚这个词有了特别的喜欢。针带动线留下了针脚，这是一个多么好的词，是一个有认真感、仪式感和使命感的词，而又是多么容易被我们忽略的词。单纯地理解它并不难，但放到历史的语境中理解却需要很长的时日。一个词并不仅仅是词本身，如果它带上了沧桑感，便具有了无穷的韵味。从这样的意义上说，姥姥给我做的这件小衣服便有了超越时间的意义。

那左边领子和右边领子，好像两个好看的花瓣。那衣服上所有的紫色小花都在望我，我也在望它们，还望那些小红果和那些蓝色的小圆圈，我是望婴儿时的自己。那时我穿着姥姥做的小衣服，衣服上我的气息带着婴儿的乳香。

姥姥无论如何都不会想到当年的一件小衣服会被她女儿留了几十年，而后会被她的外孙珍藏。在我的心中，这是乡村妇女中最完美的技艺，倾注了姥姥对我的一片深情。

斯人已远，唯爱永恒。

老 爷 家

老爷是我爷爷的亲弟弟。东北这疙瘩习惯把家中排行最小的称为“老”，如老儿子、老叔、老姑什么的。

刚记事的时候，老爷家住在村子一条南北道的西边，是两间茅草屋。

老爷家的孩子很多，一共八个，四男四女，后两个儿子在童年就因病夭折了。这两个儿子和我的年龄差不多，都曾是我的玩伴。

老爷会拉大锯，在没有电锯的时代，老爷的手艺是被人羡慕的。老爷拉大锯主要是在春天，因为春天盖房子的人家很多，要使用木料。老爷近视眼，他戴着眼镜站在下面，另一个人站在上面，我们这些小孩就站在不远处看热闹。木屑随大锯的上下而不断飘落下来，像纷纷的雪花，让我们闻到了木头的香气。真想捧一捧木屑，闻到更浓的木香。老爷的手艺连着一家人的生活。

童年和身边的几个玩伴经常讲起老爷夜里擒贼的故事，其中一个说老爷曾把那个小偷的手指砍断。童年对盗贼的愤恨变成了对制服小偷行为的夸张，这是显而易见的。老爷以一个英雄的形象出现在我们童年的谈论里，那时我们竟然没有向老爷核实事件的真实性，也许我们都不想把这个夸张的故事打破吧，也许我去老爷家是想感受一下老爷的英勇之气吧。多少年之后，我向老爷问及此事，他笑了笑，说一个小偷夜深时到他家来扛粮食袋子，被他发现了。小偷的阴谋没有得逞，老爷只是训斥了他一顿，让他一走了之，并没有发生其他事情。

后来老爷搬到了道东的一座草房里，住西屋的一间半。一道之隔并不能隔断从前，不知老爷面对从前住的屋子该会是怎样的感慨。丧子的悲伤在忙碌的间隙会涌出心中，让他在无言中发呆。

那时，我爷爷和我奶奶已去齐齐哈尔我大姑家，村中家族里辈分最大的就是我老爷了，所以外地亲属回来首先要到我老爷家，有的要住上几天。老爷家不富裕，但也要竭尽全力招待。有一个盲人亲戚，每次离开前老爷都让老奶给舀米舀面，老爷的善良和厚道可见一斑。

也许是爷爷不在身边的缘故吧，老爷就是我最大的依靠了，有时我还会把一些委屈当老爷老奶说。其实不光是我，村里不少人都愿意到老爷家来。那是一个寂寞的年代，在冬天的许多夜晚，在老爷家听别人唠嗑，听别人讲古书上的故事，直到很晚才回家。

后来老爷家搬到了村子的东北。那是三间草房，老爷家住西面一间半。那时冬天吃两顿饭。冬天的多少个傍晚，每当吃完饭，我必去老爷家坐一坐。有时唠闲嗑，有时是长久的沉默。柜子上座钟的钟摆在悠然地走着，我也会坐在炕边悠荡着腿，打发着寂寞的时光。老爷和老奶并不是善谈的人，但我在那里不听他们说什么，也感觉有种满足。东屋也姓王，那时有个女孩也经常在同一时间去东屋王家，她是男主人的侄女。女孩比我大两岁，她歌唱得好。当时我老爷老奶认为我和那个女孩互有好感了，这话后来传到我父母那里。父母的意思很明显，前途未知，不能考虑个人问题。我感觉父母的意见对，后来去老爷家的次数就逐渐减少了。

考上大学后，老爷家搬到了村中间一座两间的草房，是独门独院。假期回来曾到老爷家去过一两次。再过些年，老爷把房子卖了，他和老奶就住到了我家西屋，那时我已走出故乡多年。听父母说，家里有什么好吃的，都给老爷老奶送一些。假期回去，还曾和老爷老奶在一起吃过饭，老爷爱喝酒，有好菜总要饮上半杯。

后来老爷和老奶搬到大儿子所在的县城，直到去世。

每次回家，我都会在那个南北道旁停下来，看西面老爷家曾住过的地方，那也许不是老爷最初的家，但却是我最初去的老爷的家。老爷家当年的房子早已不在，就是后来别人家在那里盖的房子也早已破败不堪，无人居住。但记忆是个执拗的东西，它不会因为时间的改变而有什么改变，也不会有什么东西把它替换。

很难说清当年的老爷家对于我意味着什么。亲情是默默的东西，它是一种滋润。在寂寞和苦闷时，它是我们生命的一个去处。

善良的花束

说到世贤叔，我想起了小时候的一件事。那天，我已忘记是因为什么我在祖母面前大哭不止。这时候世贤叔来到我家，微笑着询问我为什么哭，这下我哭得更厉害了，一点都没给世贤叔面子。世贤叔见没哄好我，表现得很难为情，不一会儿他就走了。

在少年时代，他很少和同龄的孩子玩。世贤叔愿意读书，学习成绩也不错，只是没有赶上好年代，当然没有上大学的机会。二十世纪七十年代中期他去牡丹江当兵。印象最深刻的是他给我写的一封长信，信中无外乎对我的鼓励和与人相处方面的劝告。那时我在大队的宣传队，经常接触一些人，世贤叔的劝告其实也是我父母的意思。可能父母有些话不好直接跟我说，就委托世贤叔转达，父母知道我与世贤叔很对心思。世贤叔在部队利用业余时间搞些文艺创作，在部队报刊还发表了一些作品。记得他还从部队给我拿回一些刊物，我把它们锁在家中的柜子里，时常拿出来翻看。

世贤叔复员后到一个县城的供销部门工作。记得我刚参加工作时不够安心，曾想调到世贤叔所在的单位工作，那样离老家近些。这个想法当然很不成熟，但可见我和他走得很近。我从所在的县城回老家路过那个小城时去他的单位和他家看过他几次。世贤叔患有类风湿，是一种很难治愈的病。最初还不是很严重，他还可以骑自行车上班，后来就不能上班了。他身体不好，据说是当年当通信兵时蹲山洞子造成的。在我的印象中，世贤叔一直是一个瘦弱的人。

身体不好的世贤叔，也不忘把乡下的老爸老妈——我老爷老奶——接来同住。我老爷老奶去世后，他的病更重了。有几次我去看他，家人把他从床上扶起，他忍着疼痛站起来，之后拄着双拐来到客厅。其实我是很不忍的，但他非要这样与我见面。得知我的情况，他总是微笑着，很难想象一个缠绵病榻的人是如何度过那些难熬的时光的。一个收音机陪伴他好多年，给他带来不少安慰。他家的西面就是一条南北街，往北四十多里就是我们共同的老家，而他因行动不便已很少出门了。在一片市声中他一定会想到那个他童年和少年生活的所在，他思念老家的心会过滤掉那些市声，在梦中回家。思念老家，也是在思念自己一去不复返的美好时光，思念自己曾拥有的健康。

这些年我出过几本书，本想送给世贤叔，但始终没敢拿出来，原因是他得了眼疾，眼睛由最初的模糊到最后的失明，我送书倒会给他增加痛苦。也曾想如果送去，可让我婶给他读，但我知道我婶为了伺候世贤叔付出了太多的辛苦，该让她歇一歇，想来想去，还是作罢。

在王氏家族中，世贤叔是肚子里有墨水的，所以我们能谈得来。他与我说话的时候常带着笑容，说上一段还不时笑出声来，这微笑是对谈话的衬托，这笑声是一种总结，也开启了接下来的话题。我喜欢和他一起说话的氛围，那是难得的氛围。世贤叔最大的特点是他的善良。那微笑就源于他内心的善良，可以说微笑是他人生的名片，其实人生的痛苦都被他的微笑掩住了。比起世间那么多好事的人，他绝对是一个能包容的人，我敢说，他没有伤害过任何人。生活中的他不可能没有委屈，与别人也不可能没有一点龃龉，但他的宽容把这一切都化解了。作为健康人，我们有时在该给别人微笑时却拉下脸来，我们已经习惯了脸上的平淡，好像要有八抬大轿才能把微笑请出来似的。

世贤叔生命里的最后几年活得太苦了，尽管他只活了六十五个春秋，但死亡对他来说真的是一种解脱。当我返乡去墓园，看到那掩埋了他的一抔黄土，深深感到了人生短促的苍凉。

人生总有不可抗拒的，但也有我们可以把握的。还是要像世贤叔那样为人，在该微笑时微笑，让微笑成为善良的花束。

清明就要到了，其实我不是在清明才想起世贤叔的，只是在这个时候，我思念的情绪更强烈罢了。

邻居二姑家

一

二姑姓张，是我祖母的堂房侄女，她嫁给了周家，我习惯叫她周二姑。

周二姑生了八个孩子，她的儿女，远至逊克，近至望奎，还有邻村和村里的几个，现在她和村里的大儿子长奎一起生活。

由于孩子多，周二姑家这些年一直在贫困线上挣扎。她和大儿子长奎的住房已近五十年，到现在还没有翻盖。

记得小时候，周二姑父给生产队做豆腐，冬天的早晨我常听到他卖豆腐的吆喝声。后来生产队解散，周二姑父家里养了几匹马，用来耕种自己的土地。再后来二姑父得了肺心病，什么活儿都不能干了，直到前几年去世。

自从我们做了邻居，二姑就给我留下了深刻的印象。二姑每天起得非常早，尤其是在夏天的清晨，我几乎都能听到二姑高声说话。淘米做饭，喂鸡喂鸭，这些琐屑挤满了二姑人生的大部分时光。细细听来，二姑有时是与那些鸡鸭鹅狗说话。如果早晨听不到她说话的声音，那一定是二姑病了。病了她也起来完成早晨必做的工作，只是没了说话的力气。长年劳作，二姑经常有病，她经常靠镇痛片来支撑病体。

离开故乡几十年了，常常想起二姑。暑假回家，看到二姑家的土房子已有些歪斜，但窗子擦得依旧明亮。我走进二姑家的屋中，屋里都是老旧的气息，但老旧的电视依然在接收着来自外面的信息。前几年长奎为了给两个儿子娶媳妇拉了不少饥荒，现在两个儿子另过，他们都常年在外打工。长奎在外面打了一段工，但因膝盖有病而无法坚持下去，想打工盖房子的梦想又一次破灭了。二姑说长奎身体不好，有一次走出屋门就倒在了地上，还是近八十岁的二姑把她的儿子一点点扶起。长奎大夏天躺在炕上还盖着棉被，让他上医院去看他也不去，胡乱地吃一点药挨过去。由于经济的原因，长奎就这样一天天挺着，这使他的病越来越重。我跟二姑说，让在外打工的两个孙子帮助一下把房子盖起来，二姑说他们也不容易。

二姑这一生净为这个家操劳了，但也不乏对别人的关心，比如在和我见面的时候，总要问问我媳妇和孩子怎么样。我的还不到五岁的外孙女和二姑的重孙女这次暑假又一次相逢了。在二姑家老旧的炕上，两个孩子吃得正欢，原来二姑用大锅给她俩烙了喷喷香的土豆片。

二姑的重孙女吃点什么，二姑都把其中的一份给我的外孙女。

二姑依旧在这个她出生的村子生活着，老屋依旧在岁月的风霜雨雪中陪伴着她。她家炕上铺的地板革上的花朵依旧在开放，它们与窗外二姑家园中的花朵相映成趣。二姑家的马车还在院中，只是驾车的马和那个赶车人都已不在，但活着的人依然驮载着他们的梦想，艰难地前行。

二

前几年长奎得了脑出血，因抢救及时，治疗效果还不错，但长奎干不了重活儿了。每次回老家，我都看到长奎在房后溜达，问到他的身体，他说还可以。

在村里的帮助下，去年二姑家重盖了房子，是一座两间多的彩钢房。从草房到彩钢房，时光过去了几十年。如今二姑已经八十五岁，长奎也已过了六十。真的为二姑一家高兴，新房虽然小了些，但还够用，最重要的是风雨天气可以不用担心了。虽有村里的帮助，但盖房子还是拉了一点饥荒，长奎媳妇就去外地打工，在建筑工地干活儿。一个女性的坚韧，在生活的拼搏中突显，既让人感佩，又让人心有痛感。

四月份回老家，看到身体硬朗的二姑，我的心情格外好。问到家里的车还有没有了，二姑说卖掉了。二姑跟我谈到本家一些人的故去，那都是岁数比她小很多的人。二姑一生中过了很多苦日子，但二姑不把忧愁憋在心里，她在辛勤的劳作中把那些忧愁打发走了，在高声说话中把那些忧愁释放了。

走进二姑家院子，我看到仓房前堆着马鞍、夹板、肚带等马具。我让长奎在仓房里找到了二姑父从前使用的长鞭，有一种特别的亲切。长奎家还有一个旧犁杖被埋在木头堆中，由于时间关系，我没有看到它的模样，我打算再回来时好好看看。

当我离开周二姑家时，长奎正在翻动小园子里的泥土，看来他要为种园子做准备了，春天来了。

老　汪

老汪是我们前面的村庄勇家屯的，勇家屯离我们村很近。

老汪是山东人。认识他的时候，他五十多岁。老汪走路总给人嗖嗖的感觉，像一阵风刮过。

老汪是个认真的人，生产队就把看青的任务交给了他。每当玉米结棒的时候，老汪的工作就开始了，他拿着镰刀四处巡查。我多次看到老汪的老婆帮他看青，有一次雨后，我竟然看到老汪的老婆披着麻袋拿着鞭子站在庄稼地北面的树地里。老汪的老婆个子矮小，由于风吹日晒，她面孔黧黑，显得挺老，那如网的皱纹网住了她的脸，与头上发髻的网袋互相映衬。在我的记忆中，偷生产队苞米的几乎没有。老汪和他老婆主要是防止牲畜进庄稼地。

作为一个认真的人，老汪一定会得罪人。比如谁家牲口溜进庄稼地，老汪发现后会把牲口赶出来，顺牲口回家的方向跟到主人家，会生气地告诉主人今后要注意。有些主人会检讨自己，也有些不够通情达理，认为哑巴牲口偶尔进地不至于如此生气，难免白眼老汪。老汪会如何看待别人对他的态度呢？我想他一定会感到烦恼，内心也一定有过纠结，甚至深夜睡不着觉，但之后还会一如从前。老汪的认真是铁性的认真，不是装出来的。

听说屯子里谁家房子或柴垛着火了，老汪都抢先上。就是邻村有了这样的事，老汪也会火速前往。听说老汪有飞身上房的功夫，是一个值得信赖的灭火者。老汪年轻时在山东老家可能练过武术，所以他能够身轻如燕，飞身上房。老汪有这样的灭火功夫，自然会感动一些人。

当年我还是一个少年，遇到老汪总会多看几眼，想从他的脸上辨认他经历的春秋，想从他的眼中找到那种敏锐。我也曾偷偷跟随在他身后，想从他生风的脚步中猜想他走过的道路。我甚至想问一问他飞身上房的事情，并想跟他学习，体会身轻如燕的感觉。只是老汪并不知道我这样的想法，他也并不知道我是以这样的形式陪伴了他的孤独。

成年后读过一点有关看青方面的文字，无外乎是偷苞米的农妇巧施美人计让看青人无奈，或者看青人同情贫则下道的偷苞米者，后者在宽容里被“释放”等。也曾与人聊起看青人的话题，有人说看青人用镰刀把谁家的猪砍出了口子，谁家的人气得大骂，或者看青人为了防止狗吃苞米而在地里下致命的药等。以上种种，估计与当年老汪的看青生活会有一定的距离。

关于老汪，其实我所知甚少，听到的是不是都是真实的，也很难说。那是一个崇尚英雄的年代，伙伴们跟我说起老汪一定会有夸张的成分。那时我们太寂寞了，我们习惯站在夸大的影子里安慰寂寞的自己。

不知是什么原因，老汪一家后来搬离了勇家屯，从此不再知道老汪一家的消息。

打铁的人

一九七七年深秋，从山东来的一户人家搬到了我家西屋。

男主人姓张，是打铁的，中等身材。女主人梳齐耳短发，身材高大。他们带来两个孩子，男孩七八岁，叫小伟，女孩四五岁，叫小静。他们说大闺女没有随他们来。那时他们四十左右。男主人还把他的一个侄子带来了，他叫大中，十七八岁。

那一年我高考初试失利，听到消息后我哭了。男主人听到我的哭声，马上来到东屋看我。他紧紧握住我的手，直劲儿安慰我。那次，男主人给我留下了好印象。他们一家从山东来到遥远的异地，就是为了能够吃饱饭。寻找如意的人安慰失意的人，那时真有相逢何必曾相识的况味。

男主人带着他的侄子大中在村西开了一家铁匠铺维持生计。铁匠铺能打制一些农具和厨房用具，比如锄头、镰刀、菜刀、片刀等，还可以给马挂掌。张师傅是打铁高手，因为他的到来，村人方便不少。

张师傅为他们一家能有一个合适的住处而高兴，他特意打制了几把片刀送给我家，以表达对我们的谢意。

我曾到铁匠铺看热闹。那里炉火正旺，打铁中的张师傅专注而忘我，根本没注意周围人的存在。一件铁器的诞生，该需要多少锤打，属于我的能力也该需要这样的锤打。张师傅无意中启发了我。

张师傅喜欢喝酒，凡有邀请，概不拒绝。有几次他是被人抬回来的，真是逢酒必喝，喝了必醉。有一次酒后，他竟然没有理由地把大中打了，打得大中眼泪哗哗的，他气得不想干了，要回山东。第二天酒醒，张师傅特意把大中叫到屋外，他脸上挤出了不自然的笑。他告诉大中好好干，还有你听我话没错之类的话，这种鼓劲在大中看来是少有的。其实大中一直好好干了，他是那种老实巴交没有说道的人，何况是叔叔领自己来的，又是在异乡。也许是怕叔叔，大中的表情是僵硬的，好像是叔叔打制的铁器。他一边听着叔叔的话，一边点头。我一直以为张师傅是带着复杂的心绪来我们村的，他是把生活不如意带来的痛苦转嫁到自己侄子身上了。

张师傅有时谈笑风生，说话夸张的意味浓，这与他打铁时的严肃和严谨形成了鲜明的对比，这也许是一种情绪的放松，是随意的释放。闲暇时，张师傅会让我看他大闺女的照片，说她如何如何好。我知道他的用意，但对于我来说，前途未知，那还是不能谈起的事情。

张师傅一家在我家西屋住了一年多，之后就搬到村子中间的一处房子里，在那里又住了一年多。听说后来又搬到了通肯河西边的一个村庄，离我们村子几十里。

不知张师傅一家后来是否回山东了，我想应该回去，因为故乡的日子逐渐好过了。

感谢当年张师傅打铁给我的启发，也感谢当年他让我看他闺女的照片。我总把那张照片看成是希望的象征，而非恋爱的对象。这种希望的象征是以照片式的拉近，让我知道那个活生生的女孩远在山东，甚至超出那个地域，远在比山东更远的地方。要到达理想的境地，需要的是能力，就好比打铁的能力。

卖　葱

那已是好多年前的事了。

那一年，生产队种了一些葱，冬天的时候还放在仓库里。有一天，队长让我领两个人出去卖葱，以增加些副业收入。那两个人，一个是掌秤的，叫张文全，一个是赶车的，叫刘志双。

那个冬天很冷，仿佛要冻住所有的呼喊。我们三人坐一辆马车上路了。那时卖葱对于我们来说是件新鲜事，因为当时是不准做买卖的。我们抱着试试看的心情开始了最初的吆喝，这对于我们来说意味着不好意思的结束，吆喝也撕开了最初路上的寒气。邻村的孩子这回可有了热闹，他们围着我们，好像有看不尽的风光。不久，吆喝即见成果。最初的几毛钱落入我的大手闷子里，我把它们攥住，就好比攥住了好的兆头。头两天卖得还挺快，卖完了便可以回家。后来就不太容易了，路也越走越远，这样中午吃饭就成了问题。我们三个人都觉得没卖出多少葱还想吃饭是不好意思的事情，但我又一想，队长是让我领他俩出来卖葱，太苦了他俩实在不对劲儿。那时除了找亲属家吃饭别无其他地方可去，到那儿最多给人家两捆葱，淳朴的农家不讲什么等量交换。细细想来，我们在外面就吃了两顿饭。

有一天返回的途中，我们到离本村二十多里远的一个地方卖葱，还没叫卖几声，就见一个小伙子出来恐吓我们：“谁叫你们到这儿来卖？

我找人全给你们没收！”在他怒气冲冲找人的时候，我们很快离开。那时大气候对我们很不利，葱让他们扣下是很可能的，我们不想让队里的东西就这样落入别人的手中，所以我们躲避。马车把那个村子甩在了远远的地方，渐渐沉落的夕阳如同我们愈来愈惆怅的心情，和地平线上的冰雪融为一体。疲惫的老马艰难地前行，粗重的呼吸凝成霜花。车轮碾过崎岖的乡路，随着声声雪响，越来越浓的夜幕将我们包围成看似行进又像凝滞的冷风景。

之后我们又卖了几天葱，还好，没遇到什么麻烦，我们轻轻舒了口气。最后一天同每天一样，回到队里卸车后的第一件事便是到张文全家查钱。在煤油灯旁，我把手闷子里的钱掏出，还口朝下抖搂一下，恐怕还有一分钱留在里面。葱出库时不需要过秤，钱一分不少地交给队里，那个时代没有贪念。

老捎子

老捎子，这是女孩子玩耍时一个参与者的名称。比如五个女孩子玩，分成两组的话就多出一人，这一人就是老捎子。但谁是老捎子，一般要通过“单双”来决定，每个孩子都愿意当老捎子，因为每个组上场时都捎带她。

比如打口袋，一方抛出口袋，一方等待躲口袋，要是躲不开被打到，谁就下场，由老捎子顶上，直到所有人都挨了口袋，这个组就输了。另一组上场以此类推。

再比如跳格子。有种格子叫“苏联格子”，大方格里有一个小方格，小方格四角分别连大格子的四角，这样就形成了五个格子，最下边是第一个格子，其余按逆时针方向是二到四个格子，中间的小方格是第五个格子。首先要把口袋扔到离自己最近的第一个格子里，之后单脚把口袋依次踢到其余格中。跳到第五格里要用双脚把口袋夹到身后第一格外，右脚踏第一格出去，再双脚夹住口袋后抛右手接住。接着便从第二格跳起，以此类推，直至跳完。单脚跳跃，不许踩线，如果踩线或把口袋踢到线外，那就输了。一方跳格子，另一方等待，而老捎子和这组跳完又跟那组跳，玩得尽兴，心里美滋滋的。老捎子因为玩得多，玩得就更加熟练，让其他孩子羡慕。

如此说来，老捎子是这五个人中待遇最高的了，这样的角色决定了她有调节两组感情倾向的作用。

有时，老捎子可不通过“单双”来决定，而是通过口头推举，这说明这个人是技术最娴熟的人，是双方都愿意要的人，一会儿跟这组，一会儿跟那组，这个“香饽饽”满足了双方的需要，何乐而不为呢？

老捎子还真有点自由人的味道，不过这样的自由人不同于排球比赛中的自由人，因为她是在两组之间流动，游戏规则与其他孩子没有不同，而排球比赛中的自由人是在一方之中，而且受到这样那样的限定。

在学校操场，在农家院落，那个充当老捎子的孩子和其他孩子正玩得起劲儿，她们像一群活泼的麻雀，多少年后依然活跃在我们的乡村记忆里。

现在的孩子已很少玩这样的游戏了，老捎子这个词逐渐淹没在时光的河流中了。

看电影

电影这东西，如今多得数不清，几天推出一部新的，是常有的事，这种繁荣是几十年前无法想象的。

那是一个多么饥渴的岁月，《地道战》《地雷战》《南征北战》以及朝鲜、越南和阿尔巴尼亚的故事片，虽然看过多次，但每次都看得津津有味。

能看一次电影，在当时的村人看来简直是过一次节日。天还没有完全黑下来，大队的院子里便有一些孩子拿小板凳恭候，占据了最佳位置。每次最佳位置都给了孩子，大人们对位置并不计较，自动地站到了后面。女孩子大多擦一点胭脂，头发也做少许修饰。本村和邻村人相见，好像久别重逢的老朋友那般亲密，开演之前的那段时间嗑儿唠得最热烈。

电影要开演了，老旧的发电机（老百姓叫“电锅”）却出了毛病，焦急等待中的人都怕看不成电影，有的围在发电机旁伸着脖子看技术人员修理，连呼吸都透着焦灼的意味，直到它发出“突突突”的工作声才爆发出一阵欢呼。电影开演的前几秒钟，放映机调焦，强光直射银幕，有往头上扔帽子的，有做手影表演的，银幕上都一一映出来，这就算是“序幕”吧。

电影放映中间，渴了的出来喝水，夏夜的月光下，几个人轮番对着柳罐喝，月光星辉和人构成了一种境界，如果让画家看到，那纯然是一幅寓意深刻的写意画。喝完水的人是从未有过的畅快，而看的电影又解除了他们内心的干渴，两种畅快融在一起，成为乡村夏夜无以言表的幸福。原来幸福是需要提升的，就像从地下提升的水，因为看电影的夜晚，这样的水就融进了更深的东西。喝完水的人这才注意到，有的人怕拥挤，竟然在银幕的反面看，尽管清晰度较差，一样津津有味。原野上跑了一天的孩子们疲劳地盯着银幕，往往勉强坚持，他们困了又不想回家，而关键的情节就在他们的打盹儿中过去了，下次再看就成了他们的渴望。

有时还要到本村之外看电影，为了能及时地看到一场电影，一些孩子就在那青纱帐里的毛毛道上奔跑。那一次是无论如何不能忘记的。有一年冬天，听说公社所在地要放映一部据说是非常好的新片子《卖花姑娘》，附近各村人几乎倾村而出，而等了小半夜也不见片子取回来，只好带着失望返回各自的村庄。那该是怎样的场景，道路在本该寂静的时候接纳了杂沓的脚步，人们在本该进入梦境的时候在路上前行，天上的星月也对这突然出现的浩浩荡荡的大军感到惊讶。人们的这种渴望在第二天晚上终于得到了满足。

冬天放电影，那是常有的事，只是因为天气太冷，很少有坚持到最后的。我敬佩那几个最后的观众，他们在冬日的月光下对着银幕站定的姿势，常常引出我悠远的回味。

还有那看电影时所爆发出的欢笑及流出的眼泪，还有矮个子站在最后排的凳子上看电影时的得意，还有看电影时心不在焉的姑娘和小伙子……这许多许多，都在我的记忆里编辑成了另一部电影。

土电影的诱惑

知道土电影这个概念的时候，我七八岁。那时候大约一个月能看到一次电影，对于寂寞心幕渴望映照的孩子，这个间隔实在过于漫长。在这样的漫长中，曾祖父和母亲讲的故事曾一次次唤起我的激动，我的想象随着那跳跃的灯焰进入夜的深处。故事结束了，我的不满足又潜滋暗长起来，柳梢上的圆月，我把它望成了一块银幕。

冬日晚饭后，村路照例是孩子们的游乐场。不过那天的气氛有些异样，一群大孩子聚拢在一起嘁嘁喳喳议论，都一副神秘的样子，我终于从只言片语中了解到小石头家要演土电影了。土电影是什么东西？我立刻萌生了强烈的好奇心。看着小石头自得的样子，我的心第一次产生了讨好一个人的欲望。小石头和六七个人向他家走去，我不敢跟他说我要去，便静静尾随，想到时混在人群当中进去。他家的破房子近在眼前了，那时我却把它看成了宫殿，我走向它，是走向一次难得的机会，我的心情是喜忧参半的。小石头一看人要挤满他的屋子，便说土电影不演了，小孩子赶快出去。起先我没有动，在他再三再四下逐客令之后，我才极不情愿地迈出他家的门槛，却迟迟没有离开。我渴望的眼睛面对的是小石头关门之前探出的头，这一瞬间，我多希望他在我最后的希望里给我以希望。一个关门的动作多么无情，小石头的心真像石头那般硬。我徘徊在他家的门前，后来又悄悄走近他家窗前，期待从窗外看到演土电影的情景。我的希望最后落了空，看来小石头是用故意拖延时间的办法来达到撵人的目的。

走在回家的路上，我难过极了，没想到这个没了爹娘的孩子这样不理解我。我前方的月亮把我的影子映在白雪覆盖的村路上，我几步一回头看自己的影子。那情景，后来我才知道叫失落。

几年之后我才知道土电影原来就是幻灯，墙上贴一张大白纸，白纸上是从幻灯里投射出的一个个固定的影像。现在的孩子们不会怎么太感兴趣的东西，当年的我渴望而不得。多少年后我上大学了，隔两三天就能看一次电影，再后来我家的电视机由黑白变成彩色的，但这一切都无法补偿当年的遗憾。

土电影啊，只因一次拒绝，我童年的焦渴里便生满疼痛。

我还记得

我还记得村里手拿长烟袋的小脚老妪，还记得村里脚穿乌拉的高大男人。在村庄的道路上，他们已经走了很久很久。那时我只感到好奇，从未想到他们身世里的苦辣和风霜。

我还记得童年村子里大部分人家的所在位置，甚至哪家的什么地方有树。我还记得六七岁时村里还有几座马架子，那应该是村庄最初的造型。

我就是在这样的村庄背景里出生并且一点点长大的。

我还记得一个眼里有玻璃花儿（角膜白斑）的人在他家的门口问我是不是喜欢自行车。那是一个夏天夜幕降临的时刻，一个有眼疾的人，我不知道他能看多远，就像不知道他能否有一辆自己的自行车。

我还记得学骑自行车的时候我摔了又摔，手和腿都摔破了皮。我还记得我用自行车驮着弟弟，后座上幼小的弟弟脚伸进了车圈，弟弟的脚被绞掉了皮，大哭不止，而最终父母没有打我。记得更早的时候，我用火盆爆苞米花，苞米花从火盆里跳到被垛上，被子烧了，多亏母亲及时赶回，扑灭了火，母亲没有打我。后来我知道羞愧比挨打还可怕。

我还记得童年的夏天，我和几个伙伴争论韩家店大坑在哪里。我说在村子北面靠近村子的地方，而另一个孩子说在西北几里地之外的官道旁。我们几个伙伴走到了我说的村北那个小坑旁，我不得不承认我错了。童年的无知局限了我的认知，我要认知的哪里只是韩家店大坑的位置？

我还记得村里那些老井的具体位置，记得井壁上的青苔。我还记得有人说旱天打井打到二十米都没见水，我还看到旱天里有人从前面勇家屯往回挑水，水桶里有几根被截短的酱秆，据说那能防止水漾出来。那时我和大人们一样翘首盼雨。

我还记得乡间不骑瘦马的习惯，不是怕硌屁股，而是出于对瘦马的同情。应该说，这样的习惯奠定了我的善良观。

我还记得别人讲的故事，说一个女孩爱上了城里的小伙子，小伙子看报纸，她也在旁边装着看报纸。我还记得别人讲的故事，说一个中年人因家里需要钱而去县城蹲在街边卖自己的手表。前面故事里的女孩后来真的成了那个城里小伙子的妻子，后面故事里的那块手表没有如意卖出。

我还记得一个当兵的人回乡探亲，傍晚附近的乡亲都去看他，其中一位老奶奶坐在炕的正中，大家团团围坐，老奶奶就是村庄的中心。老奶奶问当兵的小伙子想不想家，其他人也都无限关切地看着当兵的小伙子，乡情围拢的时刻真的很动人。我还记得邻居一家搬到城里，几年后其中的两个孩子回到村里的亲戚家，亲戚家的房子正是他们家从前住的房子。傍晚村里的许多人都来看他们，那些岁数大的人都说两个孩子长大了，好像那两个孩子就是他们自己的孩子。在时间的长度上，我感到了村庄之亲，那种亲就像傍晚的火烧云。

从小黑到老黑

一

小黑是老家的一个狗崽。

春节后回家，小黑摇头摆尾地向我跑来。它是邻家男主人从邻村要来的，因为我家的小狗吃了他家药死的耗子而死去，邻家男主人抱歉，就要来了小狗送给我家。

小黑是个长毛狗。它来我家的时候，刚出生一个多月，父亲当时很担心它被冻死。父亲在狗窝里放一些豆秸，豆秸之上放一个圆筐，圆筐里是他穿旧的毛衣，小黑晚上就在这毛衣上睡觉。每天早晨，当小黑跑出窝，父亲就把它抱起来，赶忙拭去它身上的霜。

小黑跟我很不错。回家这几天，我每天都让它在屋里待一会儿。这小黑在地面上欢跳着，还用嘴竭力去咬自己的尾巴，把自己转成无数个圆圈。这是一个难度很高的动作，这是一个令它欲望不减的动作，愈是想咬到而愈是咬不到，小黑无意之中给我们来一场精彩的表演。我们给它一个花生，它左扒拉一下，右扒拉一下，如此的循环往复，玩得好不快乐。它还把拖鞋叼来叼去，或者直起身来要同我们握手。

它见人从远处的道上走过，也要“汪汪”地叫上几声，以显示它的存在。它经常在冬天的园子里跑，低着头像在寻找什么。有时也坐在园中，向远处呆呆地望着。有时我想：它不怕冷吗？它不寂寞吗？邻家的两个大狗经常来看它，在它身边嗅来嗅去，这种友善让小黑显得并不孤单。

小黑吃得不错，有时还能吃上几个饺子，它还可以啃骨头，只是吃剩的鱼不敢让它吃，怕鱼刺扎着它。小黑不愿意喝水，给它几次它都没喝。听说它愿意吃园子里的雪，这也好，能锻炼它的生存能力。

小黑很机敏，每当我们从门中走出来，它必跑到我们脚下跳来跳去。小黑也很懂事，我们要是不请它进屋，它不会主动进来。

已很难说清这是我家的第多少只狗了。童年和少年时代我最愿意养狗，也有许多关于狗的佳话。只是这些年我家的狗不够兴旺，一只狗养一两年就因吃了被毒死的耗子而死。我们这里的老鼠太多，人们总是想出各种方法灭之而后快。

生活总是要喂养出快乐的。如果说药死狗的是别人的毒药，如果说这里更多的是别人的无意，那么药死我们内心快乐的，更多的是我们自己的忧伤和我们的有意而为。当然，快乐并不总是在我们心里，它常常跑得很远。这正如一只奔波了很久而回到家的狗，喂养它的也有路上的风霜。

我希望小黑快快长大，然后用自己的智慧避开那些威胁它的东西。

二

八年过去了，小黑变成了老黑。在这八年中，世界该发生多大的变化，而一只狗还安然地活着。一条铁链子拴住了它，这使它不至于因为乱跑而误食被毒死的耗子，但这样的安全是以窝里窝外的囚禁生活为前提的，对于它来说，这是怎样的悲哀啊！

很难想象一只狗在窝里的情景，它要一点点地习惯孤独。白天还好，它可以看着家人出出进进，有时还可以面对家人撒一撒欢儿，但在夜里就不同了。刮春风的夜里，下暴雨的夜里，下大雪的夜里……就是在无数个这样的夜里，它长大了，它逐渐变老了。冬天早晨醒来的时候，它首先抖搂自己身上的霜，家人常常忘记用笤帚帮它扫去。无法选择自由，它只能与孤独为伴。它是一只母狗，它没有享受到同类的爱，没有享受到做母亲的快乐，这是最令人悲哀的，这是我们这个家最对不住它的地方。我向父亲问及此事，父亲说公狗不好找，再说母狗出去找公狗也是有危险的。

老黑特别熟悉家人的气息，每当我和弟弟妹妹从外地回去，它与我们熟悉得就像我们天天与它相伴一样。每当生人来了，它立即发声，但只要主人一吆喝，它立刻停止。

最近回老家待了几天。有一天妻子发现老黑在吃窝边的一棵草，还不停地叫唤，这才让我想起没有按时给老黑喂食喂水。赶紧给老黑喂食喂水，老黑就围在我身边跳来跳去。

从小黑到老黑，八年过去了，不敢想老黑再老下去是什么样子。一只狗守着一个家，它的世界就在那个屋檐下。

世界在变化着，不变的是一只狗对一个家的忠诚。

望中犹记

望奎，离我家只有四十多里地的一座县城，它是我童年的一个意象。

童年时的我，最向往那座小城。有一次我听说爷爷要赶生产队的马车去望奎，我愣是要跟他去。一个孩子搭生产队的马车去四十里地之外，那时还没有先例，何况还是在奇冷的冬天。凌晨醒来，我看爷爷不在家，就大哭起来，哭着嚷着要去望奎，奶奶只好领我到生产队看爷爷走没走。生产队的院子一片空旷，几辆马车肯定在去往望奎的半途上。我的泪水又涌出来了。那个起早做豆腐的人乐呵呵地看着我，他想用他的表情和一块大豆腐哄住我的哭泣，但我并不吃这一套，什么能比得上去望奎呢？奶奶牵着我的手领我回家，她的无奈和我的无奈都成了无言，无言地望从天上飘下来的雪花。走过那些马架子（小窝棚），那些马架子在贫困的背景上还无力望远，那闪着微光的煤油灯像它们的眼，只望到前面的村路和柴垛。泪眼中远方变得迷茫起来，但寒意中的童心正在幻想中穿越未来。牵着我的手的奶奶哪里知道，正有一只无形的大手牵着我奔向远方。回到家后，奶奶要为我烙我最爱吃的油饼，被满心委屈的我拒绝了。但睡醒后我又想吃，奶奶又起来为我忙活。油饼吃到口了，望奎却不如一张油饼这样切近。

当我成为一个少年的时候，我常和伙伴们骑自行车去望奎。其实并不买什么东西，只是为了看看它是什么样子。望奎有三层楼的商店，有飘着酒幌的饭店，还有新华书店……两只眼睛简直是看不够，我精神上的享受似乎就从那时开始。

我们那一带的年轻人，结婚前都坐车去望奎买东西。一辆自行车，一块手表，一套崭新的衣服，一条红色的围巾，都让他们想到新婚的幸福，而这幸福都和望奎这座小城有着密切的联系，所以当回望这座小城的时候，他们心中溢出的兴奋就像那金子般的阳光。

和我一样，弟弟也是一个向往小城的孩子，所以当我把他带到望奎的时候，十几岁的他简直像步入天堂一样兴奋。兴奋中的他简直不知怎样走路了，他五步一跌十步一倒地走在商店的楼梯上，还向我问这问那，要不是被我紧紧扯着，他也许会迷失在小城的热闹中。多少年后，弟弟成了一个见过世面的人，当年跨入望奎的那一步开阔了他的眼界，让他知道还有比望奎更远的地方，好像“望奎”这两个字是专门启示他去望远的。

后来我上了大学，每次往返，望奎都是我的必经之地。我感谢它对我的启迪，它的人流与脸孔、道路与门面、书店与影院，都让我不能忘记。昨天我最远的向往成了我的驿站，我走向了比它更远的地方。大学毕业后我领未婚妻回家，特地在望奎一家照相馆留个合影。几十年了，这张合影一直在我俩的钱夹里，成为白首后的回味。结婚前，我还特意在望奎买了两床毛巾被，那两床毛巾被跟随我们好多年，连同望奎小城的温情风貌一起包裹着我们。

今年春节后我从老家到望奎，买完车票后还要等四五个小时才能开车，这回我可以好好地看看望奎了。我走在望奎整齐的街道上，想着两个字：变化。但不变的是我对它的情感。当年它是如何让一个孩子的哭泣融入窗上的冰凌，如何让一个孩子的眺望意味深长啊！

我知道望奎这两个字也是意味深长的。作为黑龙江省的一个县城，它的“望”字有一种历史的深邃感和无尽的追寻感，而“奎”是卜奎，就是齐齐哈尔。一座城市对于一个小地方来说是重要的，而一个小地方对于一个人来说亦然。一个地名的来由让我想到一个人的望，那望总是从一个人的身世出发，穿过泪水，穿过晨昏，穿过风霜雨雪，穿过花的陨落和叶的凋零，而去眺望前程。多少年后，一个人在回望中还会记得那些与远方有关的旧事，他的心中怎能没有感恩之情?

一个人不是一座小城，但他站在那里如能给人小城般的感觉，那就好了。那些景仰的目光会让他有不再往前走的感觉，他就会想，就站立成一座深情的小城吧，为了那些远望中的热切，为了别人走到更远的地方，也为了自己和别人还有那么多的好时光。

第五辑　蓝边碗

在冬天的故土上行走

这是一个少雪的冬天。沿着一条细路走，看垄沟里那少许的雪。在我的记忆里，这是雪最少的冬天。每年雪一场一场地下，雪被下的大地进入了深度睡眠。那时我就在那雪上走，在大地的梦之上留下印痕。有时还会带上快乐的狗，一串大脚印和一串小脚印，深深浅浅都是爱意。

而今田野上庄稼收割后的茬口依然清晰，无论是玉米茬还是豆茬，都让人想象秋收的繁忙。这样的茬口是农人留下的，它连着我们许多人的履历，连着年年的生长。那些豆茬矮矮的，突出的是那些玉米茬，像羊角，有着自己的锋利。其实记忆也是锋利的，有时一不小心就割破了自己。在这片田野上，谁的锄下是锄不尽的草，谁的草帽遮不住命运的炎热，谁的小调绕来绕去找不到前途？

有的秸秆站立着，一种呆愣的情绪，除了我，没有人去理睬。风刮来，有一种唰唰的声音，像古怪的歌没人听懂。一个躺在地上的葵盘，里面已经没有种子，时光在葵盘里的成长和消失，就像一个人转身的瞬间。缺少雪的季节，我看到了土地的裂缝。

走进南沟子，沟里还有些雪。这就是我故乡的小河，这就是我在见到许多大河之后依然挚爱的小河。冬天的小河更显枯瘦了，在这枯瘦之中是谁镩出的冰窟窿呢？冰窟窿像笛孔，吹奏它的是冬天，吹出来的是北风的孤独和寂寞。小河是无私的，在献出了一切之后，它唯有期待了，期待春天的流淌，期待夏雨让它壮大起来，期待再有鱼游来……如此冰冷的季节，河岸上的一些玉米秆被点燃了，那些在旷野上放牛放羊的人寒冷而寂寞，这一堆火暂时为他们驱除了寒凉，这样的火在冬天显得势单力薄，但它和家中的火炉遥相呼应，这就是意蕴。在生活的节奏里不能缺少火苗的音符，太多的凉意等待它们驱散。

从小河里出来，我走向那片松林。太多的松树消失了，留下来的只能是稍许的安慰。此时的松树下堆积着枯枝，松树之上有一些鸟巢。我希望有喜鹊飞来把那些枯枝衔去，或者去充实那些鸟巢，或者再另建一个个家，这样喜鹊就完成了一个个提升。把那些鸟巢拍下来，把探求的树梢拍下来。这不是松树生长的季节，它们无论如何要挨过这段荒凉的时光。

迈过一条条田垄往村庄走去，我看到有两头奶牛在田野上吃着谁家剩下的玉米秸秆。我反复给它们拍照，但那头老一些的总是不大配合，总是把它的头扭了又扭。牛不认识我，但我却对它们没有陌生感，只有亲切，甚至想和它们说话。牛依然埋首吃那些秸秆，善于反刍命运的牛，常常只是一声牛哞，因为这片土地太厚重了。

这注定是一个无法超越的季节。萧索和寂寞，等待和盼望，以如此的真实在我的眼里和心中。在冬天的故土上行走，我同样感到了来自土地的力量。在世界上我是渺小的，但我有渺小的强大。感觉在故乡的土地上走过，无论走向哪里都不再惶恐。

在冬天的故土上行走，习惯了被人忘记，习惯了离热闹很远，习惯了一个人思考。

这片土地所给予我的，我很难说出来。那么就这样走下去吧，在喜鹊吉祥的叫声里，在村庄望我时窗子的明亮里，在一条小狗摇头摆尾的欢迎里……

回到故乡

回到故乡，看不少房子锁头把门，那些打工者已经远走他乡，剩下的多是老人和孩子。

回到故乡，看傍晚的村路上几个老人正伴随着播放器传出的喇叭声扭秧歌，其他一些老人聚在一边，目不转睛地欣赏。也有蹲在路边的孤独的欣赏者，他在抽一个烟斗，那袅袅的烟雾正一点点地飘向夕阳。

一个老人独守家中，陪伴他的是一只老山羊。多年前他妻子去世了，如今他儿子儿媳都在远方打工，他家的大房子装满了他的孤独。他指着一家的房子跟我说，他们夫妇都出去打工了，男的在俄罗斯，女的在上海，为的是给他们大学毕业后留在省城工作的儿子还房贷。不知那家的园子是谁种的，园子外所有盛开的花朵都像是盼望。

还有一位老人，他与自己的几头牛为伴，每天领着它们去寻找草地，牛吃饱了，他再领回来，拴在槽头。他全然不知外面的世界是什么样子，只知道不断地吆喝他的牛，他便因此少了一些迷茫和惆怅。

回到故乡，看一些园子荒了，好像是谁的心境，再也无法拔去那些荒草。更有一些荒芜的院落，蒿草从砖缝里长出，长了一人高，这与漂亮的房子一点也不匹配。打工者去远方淘金，扔下一座座房子，但扔不下的是生存的希望。

回到故乡，看剩下的几座旧草房，看房顶阴面那岁月的青苔。那房子早已没人居住，上年纪的人，谁没住过那样的房子呢？也许不久它们将被扒掉，但我心中依然会保留对它们的记忆。情感是个执拗的东西，它会在我心中把已经消失的草房找回来，把破旧的草房加以修缮，给自己一个永远的安慰。

有人告诉我，一对夫妇逝世多年，留下的房子无人住了。听说黑天棚里还住进了山狸子，山狸子还繁殖了后代。听说夹子夹住过山狸子，听说山狸子还吃小鸡。这是怎样的荒凉啊！没有人住的地方，连空气都是恐怖的。

回到故乡，看黄昏时那一道火烧云染红了西边的天空，电线杆、房子、菜园都处在一片静谧里，路边的花朵陆续进入梦境。

看老柴垛上升起了一轮圆圆的月亮，想巢里的燕子此时也闭上了眼睛。白天它们蹲在电线上音符一样可爱，雨后电线上的它们身体上还有晶莹的水珠，它们还常贴着水面和地皮捉虫。不知有多少人像我一样看着快乐的燕子，它们年年飞来，生儿育女，从不爽约。

在深夜醒来看漫天的星星，看一道银河横过天空。如此明朗的天空，这在城市里是看不到的。就是在这样的夜里，我回到了童年，我的眼睛重又明澈起来。这时园子里偶有虫儿的鸣叫声，也会有狗的一两声吠叫，但转眼又恢复了宁静，这宁静是一只杯子里的水沉淀后的宁静。一只老鼠与我的手电光对视了一会儿后跑掉了，缺少猫的地方，老鼠滴溜溜的眼睛里都是大胆。躺在床上我睡不着，想又有多少老鼠在这时出洞。

第二天早晨，会有农民拎着鼠笼子展示他的战果，他把笼子放到了水沟里，让这个俘虏逐渐溺亡。看到这样的情景，我就想孤独也是一只只老鼠，永远无法消灭干净。

回到故乡，看到一个从前拉胡琴的人。问起他还拉不拉琴，他说很少拉了。他跟我提起他的姐姐——一位我熟悉的善于舞蹈的人，他说他姐姐去年在异乡去世了，只有六十七岁。接着是我们的沉默，沉默中的无奈都交给了忧伤的晚风。还有一个熟人，走路已经踉踉跄跄，他已认不出我。

我看到了一位耄耋老人，他主动与我搭话，我没有猜出他是谁，后来他告诉我他的姓名。原来他就是村里的柳编专家，会编簸箕、大笸箩等，他是我在异乡多次想起的人。他说现在没有柳条子，也不编这些东西了。我问村里还有谁会编这些东西，他说他儿子会，可是他已经死了。

有一个老者，跟我说多年前他曾在报纸上读过我的诗，这让我感到惊讶，也让我感动。在注重物质和利益的年代，一位故乡的农民竟然与我谈到诗歌。故乡给予我的激情是一生的，它的日月里有我的日月，它的阴晴里有我的阴晴。

回到故乡，我告诉妻子什么地方是我从前的小学校，而如今那地方是房子和菜园。其实在故乡消失的哪里只是我的小学校，还有一片片松树林和杨树林，还有一张张我熟悉的面孔……

走在田野小路上，我想起南岗子、十八条垄、北二节等地块的名字，多么熟悉多么亲切，这就是祖祖辈辈耕耘的故乡之地。有时，我会在路边的牛蒡、刺儿菜、苍耳、薤白、车轱辘菜等植物旁发呆，它们是具体而微的故乡，告诉我什么是生生不息。

故乡还有河流和池塘可看，有栅栏和柴扉可倚，有鸡鸣和鹅叫可闻，有土香和花香可嗅……

从远行者的角度上说，故乡永远是具有召唤意义的。从故乡的角度上说，它早已习惯于等待，它以土地的全部内涵等待那些荣归的人，也等待那些失意的人。

我不是一个荣归的人，也不是一个失意的人。说到底，我是一个赤子。

比起那些无故乡可回的人，我是幸福的。

故乡土

这是牛马踏过的土，如今很少见到牛马。我踏在这样的土路上，回想着从前牛马的气息。

这是山羊踩过的土，如今很少见到山羊。我走在这样的土路上，想山羊咩咩的叫声。

这是追思的土，这是追思中有些寂寞的土。

这是被阳光照过还将永远照耀的土，是给蚯蚓盖被的土，是给野兔以掩护的土，是在沟壑中被落叶覆盖的土。

这是被月光照过还将永远照耀的土，是闪开缝隙让蟋蟀居住的土，是恩泽无边的夜露滴下倾情滋润的土，是夜空下向日葵低头致敬的土。

这是映过我们童年身影的土，是我们玩累了躺下来亲近的土，是我们睡在地头最贴近我们梦境的土，是用手抓来抓去不愿松开的土，是无意中进入我们鞋窠的土，是我们跌倒了爬起来粘在膝盖上的土，是风刮到嘴里的土，是哭的时候泪水滴湿的土。

这是雨滴过的土，酥软的土有着醇酒的芳香。这是生长春韭、生长樱桃、生长五谷的泥土，是让柳丝细长的泥土，是让土豆做梦的泥土，是让马莲开花的泥土，是让步登高一天比一天高的泥土。

这是雪覆盖过的土，冻土中有草芽的梦，冻土上有茅屋的梦，那绿绿的灯焰也像草芽，两种草芽一起迎接春天。

雨雪融入泥土，蒸腾后还会以云朵的方式望泥土，并再次融入泥土。也有干旱的时候，板结和皲裂的土地上是可怜的小苗，我们望去的时候自然向天空祈祷。

这是风来来去去的土，嚎叫的北风，骀荡的春风，让土有不一样的境遇，但这就是世界。土的沉默中有一种特别的坚忍，土的沉默中有一种特别的期待。

这是培在庄稼根上的土，是被庄稼的根子狠狠抓住的土，是让锄头探求让镰刀擦过的土。

承接落下来的松果，感知杂沓的脚步，落过大雁和鹧鸟，跑过野狼和红狐。

冻土热土厚土，黑土黄土，松软的土黏黏的土，高高低低的土……一盆黑土在冬天的屋中长出绿绿的葱，一把黄泥弥补了墙上的缝隙，一块黄泥还捏出了惟妙惟肖的泥人，一抔黄土安慰了逝去的生命……故乡的土总让人想到许多旧事。

从故乡回来，鞋底带回了故乡的一些泥土，我把它们放进了花盆。从故乡带回的土豆，吃完后袋子里剩下一些泥土，我依然把这些泥土放到花盆里，期待花朵里也有故乡泥土的芳香。那花盆里的花，会和我一同回望故乡。

从故乡开始的文学创作

我的文学创作是从故乡开始的。

说到海伦永乐，那曾是文艺创作很有名的地方。二十世纪七十年代中期，在文艺创作方面永乐有著名的“三剑客”——曲国栋、吕长河和王尧。曲国栋侧重于小说创作，吕长河侧重于诗歌创作，而王尧则侧重于曲艺作品的创作。

曲国栋是我的中学老师。记得我曾写过一个顺口溜，经曲老师修改，发表在学校玄关的黑板报上。从给曲老师稿子到发表差不多有一周的时间，这期间，我盼望的心情很强烈，当中还夹杂着不安，因为我知道自己写得不成样子。现在想来，曲老师是多么了解我，他看重的是对学生的鼓励。

吕长河老师当时是公社中心校的辅导教师。我经常把稿子拿给他看，他会很快写出较为详细的评语，然后找我面谈。他的单位与我们中学相邻，他会坐在学校的操场上给我一句一句分析。有时他也会把他的诗拿给我看，我们一同交流。吕老师当时在《文汇报》发表过许多诗。

王尧当时负责公社的文艺创作。他是一个幽默乐观的人，曲艺作品的创作在当时的省里很有名。记得他在一个文学创作会上还鼓励过我，说我有创作热情。

中学毕业后，我多次参加县里的文艺创作学习班，至少有两次参加了省里在公社所在地和伦河举办的文学创作学习班，也有作品在相关刊物上发表。

后来王尧老师调走，吕长河老师调到公社文化站工作。一九七八年我要到《北方文学》杂志社学习，是吕长河老师与当时公社的有关领导沟通，去学习的愿望才得以实现。吕老师后来调到了望奎文化馆，创作方面我主要向曲国栋老师请教。参加工作后的第一个寒假，我曾冒雪步行二三里到曲国栋老师家请教，记得那天曲老师特意让他的家人为我扫去身上的雪。曲老师问我参加工作后的情况，还指导我写叙事诗，甚至还为我搭建了一首叙事诗的故事框架。虽然那首叙事诗没能发表，但我也很感谢曲老师。曲老师曾来过我家，我们在我家东面的白杨树下畅谈了很久，他和我谈的多是文学，给我很多鼓励。

现在想来，当年我的文学创作是十分幼稚的，但却得到了几位老师的鼓励和呵护，对此我感到很幸运。如果我不在永乐那样的创作氛围里，如果没有几位老师的关心，我不一定能搞文学创作。我深知那个年代的局限，我也深知偏远乡村的局限。起步意味着进步，也意味着失败，但正因为如此，我对文学创作的体会才会越发深刻。

坦率地说，我最初的创作带有功利性。在那个还没有高考的时代，我想通过文学创作给自己闯出一条出路。参加高考使我认识到自己的局限，许多方面尚待提高，觉得光靠诗歌创作还无法为自己找到生路。在我看来，诗歌是一种精神上的东西，要想写好它，需要一生不断努力。

在文学创作这条路上，我有赖于故乡给予我的一切。故乡生活，尤其是童年那段生活，是源源不断的创作之泉。故乡的人和事，故乡的原野和河流，故乡的蓝天和云朵，故乡的日月星辰风雨晨昏，故乡的草屋和柴垛，故乡的麦秸和红萝卜，故乡的狗吠与鸡鸣……这一切的一切都让我的创作充满了底气。我的回忆是执拗的，无论欣喜与苦痛，无论轻盈与沉重，无论简单还是复杂，故乡的许许多多都让我的思想日益强大起来，在观照世界的路上充满信心。我的许多诗歌和散文写的是我的故乡，有的虽是故乡之外的内容，但我是以一颗赤子之心来静思我们这个世界的。故乡给予我很多，它给了我艰辛中的努力，给了我黑土地一样的淳朴，也给了我草一样的坚韧，也给了我白雪一样甘于宁静的心。

这些年回乡，我总要到乌龙沟看一看，它是我家乡的小河，它的全称是三道乌龙沟。即便是在冬天，我也会去看它。这条河给予我的，就像故乡给予我的全部，因为它融入的是我二十年的美好时光，是不尽的恩泽。我不会忘记我曾是一个在河边放羊的孩子，不会忘记我曾一手牵着羊绳，一手拿着书本，偶尔还像羊一样眺望远方。一条河与我的牵连就是情感的牵连，这种牵连让我时刻不忘那个叫故乡的地方。我不是那种竭力掩饰自己出生地而想抬高自己的人，我是一个经常在城市里手足无措的人。好在故乡给予我的底气不会让我迷失，我记住故乡的唯一方式就是不断推出结实的作品。我写的人有的早已埋在故乡的山岗，有的还在故乡的土地上辛勤劳作，有的为生存的理想而在异乡漂泊，生存的心态也在发生这样那样的变化。

近四十年的文学创作，让我成为一个愿意思想的人，创作成了我的一种活法。在这个许多人看重物质和利益的时代，我除了在作品中表现我的故乡，没有给故乡带来切实的东西。我没有衣锦还乡的荣耀，但我却有拥抱故乡的幸福。可以告诉故乡的是，当年的那个孩子，他也在时光中一点点变老了，但他的真诚没有变，他正怀抱着这种真诚走在世界的路上。我常常告诉我的学生，不能忘记自己的故乡。我教我的学生鉴赏诗歌和写诗，虽然所教与当年我的老师教我的有很大的不同，但循循善诱这一点是相同的。我要把当年几位老师对我的好延续下去，让生命有足可回味的东西。

就像生命是一种自然的展示，创作也不值得炫耀，只要内心满足比什么都重要，只要在心里有一个故乡。童年的故乡离我越来越远了，当下的故乡正在发生前所未有的变化。面对这种变化，我的情感是复杂的。我不会回避当下的故乡，但我愿意追溯从前的美好。这种美好是对缺损了的现实的一种修补，也是对自己无奈中丢失的一种找回。文学创作永远应与创造联系在一起，而这需要创作者付出百倍的艰辛。我会以我的故乡为依托继续写下去，而不愧对故乡的倾情付出。

我知道故乡的一切是我一生也写不尽的。真希望多少年后，在我的故乡会有一个像当年的我一样的孩子，他会拿起自己的笔来讴歌他的故乡，他会在深思中一天天长大，他也会知道，在故乡的汲取是他一生最重要的财富。他也许会知道从前有一个叫王立宪的人，那是一个以故乡为骄傲的人。他也许会读到我的诗和散文，我的赤子情怀，但愿他能知道。

面　板

记得我老家的一个面板是用旧课桌板打的。父亲请来了村里的木匠，他的技术并不突出。我曾问父亲为什么不请一个技术过硬的木匠，他说人家不来。我第一次知道还有这么牛气的木匠，可能是活儿小，人家不屑于干。事实证明父亲是请对了，因为这位木匠好求，干活儿认真。

那天在这位木匠身边，我第一次看到了一个面板的制作过程。用刨子把旧课桌板翻新，刨子抢木头的声音是唰唰的声音，落到脚下的刨花卷曲着，好像头发卷。木匠耳朵上夹一根铅笔头，那是为方便画尺寸。有些木匠的耳朵上常夹一根烟卷儿，铅笔头要比烟卷儿风趣，有了这截铅笔头，他似乎更像匠人了。把旧课桌板改造成面板不是一件容易事，有的地方还有虫眼，那就只好放到反面。要把两块长方形的木头固定在面板背面的凹槽里，称为“穿带”。凹槽上窄下宽，这样就能把面板牢牢固定，严丝合缝。那天除了给工钱，我家还请木匠吃了一顿饭。

后来这块面板就成了我结婚后使用的面板，还是父亲坐客车从二百里之外拿来的。

一块面板，总让我想起故乡的人和事。面板之上的面团，在我们的揉动中变得格外柔软，再加上醒，做成的面食总是很可口。说到醒，就是指和好面团后放一会儿，使面团软硬均匀。这涉及耐心的等待，面板上有生活的哲学。

那时我们很年轻，似乎没太在意一块面板的老去。不知什么时候它背面闪开了小小的缝隙，让时间之风从那里经过，也许裂开时还有一丝声响，暗夜里梦境中的我们无从感知。只好把报纸裁成条儿糊上几层，但报纸条儿也会有翘起的时候，揉面时面粉就会从这些地方漏下去。面板背面，蛀虫以自己的速度扩大着根据地，并将继续扩大。

这块面板在我家用了挺多年，后来它被一块实木面板代替了，后来竹质面板又代替了实木面板。

这块竹质面板已用了十几年。一块竹质面板的做成，有着不为我们所知的工艺。竹子是如何被剖开，如何被弄平，如何被拼接得了无痕迹，我们只能猜想了。

前两天揉面的时候，我听到了一种声音，是面板与饭桌在压力作用下发出的声音，但我愿意把它想象成从面板里发出的声音。我让外孙女仔细听是什么声音，她说像鸟叫，这和我的认识一样。这让我想到竹林，鸟叫声已深入每一根竹子的内部，当我揉动面团的时候，那鸟叫声就从面板的内部传来。

这当然是我的瞎想，在生活中我已习惯做这样的瞎想。

面板再也回不到课桌，课桌再也回不到树木，竹面板再也回不到竹子，我们再也回不到从前。当然，我们与树木和竹子的不同，在于我们在人本身的变化中，我们就在这样的变化中一点点回望。

雪地与红苹果

从三轮摩托上下来的时候，我揭开编织袋里盖苹果的棉衣，摸了摸苹果，心里说一声：没冻。

早上从家里出来走不远，编织袋的一处便绽裂了。由于时间早，街上还看不见修袋子的人，为了赶上汽车，我便对付着走到车站。由于交通不便，加之临近春节人多车挤，车到离老家四十多里的一个县城天已擦黑儿，已没有去往老家的客车。等坐上雇的三轮摩托到老家西边的大道时，已是月上东天了。

四十多里地，苹果竟然没冻，我暗自庆幸。赶紧把四五十斤重的苹果扛在肩上，准备走完最后二里的路程。大约走了一里路，在老北风的呼啸里，我突然感到苹果落在雪路上的声音。慢慢地放下袋子，我看到至少有五六只苹果滚落到路边的雪地上。在冬天的月光里，我捡拾着一只只苹果，就像捡拾着我不能丢失的心情。苹果是春节前单位发的福利，以我几十元的工资还不能一下子买这么多，乡下的父母活了半辈子，吃到的水果却极其有限。想到此，我的目光变得格外明亮起来，我搜寻着遗落的红苹果，想如果它留在雪地上该是怎样的寂寞，想如果它被冻坏该是怎样的可惜，想如果它不出现在父母面前该是怎样的遗憾……当我很快确信雪地上再也没有苹果的时候，我便抓住袋子的缝隙，把它放在我的肩膀上。

老月亮看到了这一切。突然一丝快慰爬出心坎，在父母粗糙的手掌上，红苹果将是一种诉说、一种安慰、一个圆满的梦境。

想想刚才拾苹果的地方，明天谁从那里走过，不会知道一个雪地与红苹果的故事。而雪会再次降落，老北风会一次次地刮，但在我心里，这个夜晚的故事不会被雪覆盖，不会被风刮走。

家门已经很近很近了，红苹果就要靠近亲切的笑脸，我并不疲惫的脚步在夜的雪路上留下了激动的声音。

怀恋异乡

怀恋异乡，怀恋那个没有上学只为村里放猪的女孩。我曾经想：为什么放猪的不是一个男孩呢？端午节的早上，当那些猪纷纷从各家涌到她的鞭子下，家家都为她送上了煮好的香香的鸡蛋。端午风俗里的女孩就这样渐行渐远，在一片青草地上，她简直无法体味哪是鸡蛋本有的温暖，哪是我们的手温。

怀恋异乡，怀恋那个猪圈。从那里搬回故乡后，父亲曾回去办此前没办完的事。他回来特意跟母亲说，他如何凝望那个空空的所在。那个猪圈如何连着我们的生活，那铺着的金黄麦秸空有冬天阳光的温暖。

怀恋异乡，怀恋门口的那眼老井。父亲忙于学校工作，母亲常到井边挑水。那是我无法为母亲分担劳作的年龄，那吱吱呀呀的扁担声就像是扁担喊累的声音。

怀恋异乡，怀恋那个班级里学习最好的同学。我常常去他家，那个村东头离学校很近的家。他母亲头发掉去很多，常常扎一条白毛巾，在屋里屋外忙碌。

怀恋异乡，怀恋那个小学校，怀恋那位教我们的梳短发的女老师。当下课的钟声想起，我们是操场上欢跳的小麻雀。夜晚，当我和要备课的父亲来到学校，我会跑到操场上仰望星空，望着南面老家的方向。有时，我会提前独自欢跳着回家，望着那一家家信封一样的屋门，闻着家家园中花的芬芳。

怀恋异乡，怀恋那个冬夜，村中最难管的学生，以最懂事的话语和父亲聊天。多少年后我才知道，最让人服气的教育是入心的教育。那晚，我家煤油灯的灯焰一次次舞动腰身，仿佛为这样的谈话而一次次激动。

怀恋异乡，怀恋一个人探险般在青纱帐中奔跑。那是一条我不熟悉的毛毛道，我沿着毛毛道跑，似乎那路的尽头有什么要我去发现。突然有一棵大杨树在风中摇出很大的声音，原来那是一块墓地。我在害怕中掉转头来，在怒发般摇动的庄稼中间跑远。那时大人们常说有“拍花”的，要是被拍了，你就会不由自主地跟着他走，最后被摘掉身体器官。到底有没有“拍花”的，不得而知，也许是大人们怕我们到处乱跑而编出的恐怖故事吧？跑出青纱帐，我吓得直劲儿捂自己的头，心像个小兔子就要跳出胸口。

怀恋异乡，怀恋犯过错误后的那种后悔。我和童年的伙伴去高粱地里寻找我们愿意吃的乌米（高粱生黑穗病的部分），因为没有经验，就把不是乌米而是高粱穗的部分扒开了，一遍遍地责备自己，而又一遍遍地犯错，一遍遍地后悔。

怀恋异乡，怀恋在水瘦的扎音河上一个人仰躺在水上，看白云游在蓝天的湖中。浅水正好浮起我的童年，我的遐思迩想也被浮起。那时，大人们正在田野里劳作，汗水正滑过脸庞和臂膀。

怀恋异乡，怀恋我们曾有过的寂寞。当我和妹妹在家中，她会去屋北面的粮囤旁找出落入粮囤的粉条头，然后放到火盆里看它们蚯蚓一般在扭曲变大中被烧熟。再也没有粉条头可找的时候，妹妹仍出溜到炕下去找，我就说老虎妈子来了，妹妹就笑着跑回炕上。

怀恋异乡，怀恋我们搬家前收拾东西的那个夜晚。房东家叫桂芬的姑娘，她曾在葵园里和其他同龄的女孩一起憧憬未来心上的太阳。那晚，倚在门框上的桂芬问我们何时来串门，那时她的辫子细又长。

怀恋异乡，怀恋房东一家人。那个脊背弯曲的小伙子在冬天的凌晨起来拾粪，一个刚强的人，我应该躬身向他致敬。那个美丽的姑娘桂甜，听说在我们走后将近十年的时候死于脑炎，而她本来是在煤油灯旁排练节目而后登台演出给别人带来快乐的人。还有常常在病痛中呻吟的桂娴，听说她后来病愈了，我真真为她高兴，尽管她并不知道一个曾经在她家住过的孩子多少年后还在想着她。

怀恋异乡，就是怀恋我们在异乡中流逝的岁月。不要说我们怀恋的就是故乡，异乡也大有可怀恋之处。怀恋异乡，有时是在离开异乡很短的时间，有时则需要很长很长的岁月。当我们一天天地变老，那异乡走过的小路就像年轮一样在我们的心上盘绕，并且像涟漪一样渐渐扩大。

种园记

我和妻子种的这片地比以前好多了。这片地依然在路边，两边都有树木，东边是白杨树，西边是紫叶李，土质好，不像以前有板结的情况。

我们不是最初的播种者，最初的播种者是一对老夫妇，他们不种了，就把它让给了我们。当然，他们不是地主，我们来这里种地，事先是和地主打了招呼的，我们先前种的地就是他们家的。这是我们第二年在这里种地。

首先是整地。我们把茄子秧和倭瓜秧等收拾出去，然后是用刨茬锹刨玉米茬子。由于两边是树地，刮到地里的落叶很多，就用铁耙子把落叶搂出去。耙子齿常常贯穿落叶，得一次次地把它们撸下来，有时也用翻地的四股叉把落叶一点一点地划拉出去。整地的过程也是整理心境的过程，土地以最好的面貌准备迎接种子的到来，我们以最好的心境迎接这个播种的季节。

由于冬天的雪挺大，雪化后地里很湿，晒过好多天才能起垄。旧有的垄是不可以直接用的，因为那样效果不好，何况我们又不是懒人。起垄是个力气活儿，需要埋首的耐性，但也要不时地喘口气，让力量复苏。起垄的过程中来了地主家的一些小鸡，它们是来这里找虫子和蚯蚓的。起垄时倒是无意中翻出一些蚯蚓，我都迅速把它们埋起来，觉得这样才对得起它们。前后去过几次，总算把垄弄好了，黑得发亮的田垄，好像被梳子梳过一样。

地里栽种最多的是茄子。茄子秧是在附近农民家买的。本来妻子培育了一些茄子秧，但始终长不起来，和农民培育的差多了。茄子秧长得不错，后来天旱，妻子便让我用自行车一遍遍地往地里驮水。妻子一棵棵地浇，让每棵婴儿般的小苗都喝上水。其次是苞米。苞米苗出得一般，没出的地方又补种了一下。至于没出的原因，可能是天旱，也可能种子被耗子偷吃了。苞米苗长出来之后，又在苞米苗中间种上豆角。地里还种了一些看豆、土豆、倭瓜、小白菜、香菜和葱等。

如果不是有乐趣，这个园子是不能种下去的。草是园子里的不速之客，它们总是无止无休地欺负小苗，所以就得不厌其烦地铲。虽然戴上了草帽，但在烈日下锄地还是挺辛苦的，最深刻地体会了“汗滴禾下土”的辛苦。为了保证小园子的食品是绿色的，我们没有喷洒除草剂，这就意味着我们要时刻与草作战。除了用锄头铲，有时为了不伤及小苗，还要蹲下来用手薅草。其实也有不小心用锄头伤害小苗的时候，那时候就“哎呀”一声，真是惋惜啊，还在心里责备自己。

铲得差不多了，还要背垄，这是培土的过程，我们的心思就是伴着那土，护住了茄子和土豆等植物的根。

当土豆花、茄子花、豆角花、看豆花开放的时候，我会站在地里静静欣赏和拍照，这是我们和职业农民的区别。土豆花和看豆花，它们或白或红，把地里的生机展示在夏天的美好里，它们因此成了夏天里美好的一部分，被我们铭记，我们因此成了这美好的核心。在这样的时刻，所有的期待都有充分的理由，土地所给予的自信像根一样愈扎愈深。还有那些倭瓜花在蔓上开放，只是由于如伞的叶子的遮挡，很容易被我们忽略。

七八月份正是雨季，今年的雨太大了，小园子受到了威胁，靠东面的倭瓜全被泡死了。有的秧穿越茄子地爬到了西边，但长到一定程度的倭瓜最后都烂了。栽在紫叶李地里的冬瓜，它们最终爬到了紫叶李上，结出了很大的瓜。在这之前，我们真的没有注意冬瓜爬到树上，真是惊喜呀！茄子倒是结了不少，但由于雨水大，烂的多。倒是看豆和苞米地之外的豆角因为处在稍高的地方而获得了大丰收。因为苞米地里有豆角，耗子借豆角秧爬到上面，把苞米吃了不少。我们把那些好的苞米掰回了家，烀了几次，不上化肥的黏苞米很香。

由于没喷洒农药，春天种的小白菜，长出来多被虫子吃了，剩下残缺不全的叶子，在秋天竟又长出了完整的叶子。季节让虫子退去，白菜才得以展示自己的修复功能。

有一次，我和妻子在摘完菜后遇雨，正好附近有养牛人家的草垛，妻子撩开覆盖草垛的塑料布，先于我钻了进去，还喊着我快进来。长方形的草捆，一捆捆摞起来，正好还有我们坐着的地方。我在与妻子隔着一个草捆的位置上坐下来。如果恋爱中的我们，在这个地方一定会显得很亲密。我在心里想着，对老妻笑了，老妻最能破解我狡黠的笑，可惜青春不像身边的白杨和紫叶李，再无返青的可能。

还有一次，我抢收完看豆从地里出来，正好遇上两位村妇，其中一位面对被刚才的微雨淋湿的我，说了一句："扯这个干啥？"我知道这是对我的不理解，但我还会"扯"下去。这个世界上的乐趣不少，但我们的乐趣需要不少付出，且只有自己最能体会。

白露后的第二天，我们又把葱地整理了一下。由于葱地南边疏于管理，成了蜇麻子的领地。我们把蜇麻子收拾到一边，看到了露出来的几棵茄子秧。这是初夏栽上的，由于蜇麻子的遮挡，几个月都没开花。这是我们的错，没能及时清除蜇麻子。明知道那几棵茄子秧已不可能开花了，我们还是把它们留下来了。我们薅去了旧有的葱，又用锄头划出一道道沟，把葱子撒上，然后培土。白露前后种葱，称为白露葱。过些天，葱出来了，纤细如发，待到明春，它们会逐渐长大。

由于雨水的浸泡，土豆烂了不少，最后收回家的也就十多斤，这十多斤当然包括糊在土豆上的泥。但这是我们的收获，我们当宝贝一样把它们带回了家。

看　豆

在乡间生活中，我没有看豆的概念，也许我的故乡本来就没有这种豆子。

我是前几年从妻子口中知道看豆的，她还想办法通过她的同学在乡间要到了看豆的种子。

真羡慕妻子在小时候就熟悉看豆，她说看豆在她的故乡多有种植。

看豆的豆粒大，紫中带有粉色的花纹，开出的红花很好看，这就是看豆名称的来历。其实看豆不仅花好看，还很好吃，只是这种豆子的种植从来都不是大面积的，不少人不知道它就很自然了。

妻子要来了种子，她高兴，我也高兴。妻子在回望童年中找到了她熟悉的东西，而我也认识了一种豆子。

我们在郊外的小园子种上了看豆，因为种子很有限，再加上夏秋之际雨水大，成熟的并不多。还记得我们去摘看豆的时候，已有人先于我们把看豆摘去了一些，喜爱使然，我的内心瞬间滋生出宽容。我们把余下的都摘下来了，就是掉到地上的豆子我们也一粒一粒捡起来。

第二年春天依然种看豆，收获了二三斤。我放在塑料袋里，又把塑料袋放在了南阳台的一个纸箱子里。妻子建议做大楂粥的时候放一些，而我更多的是用普通饭豆，只象征性地放上几粒看豆。妻子对我的做法很不解，她说："来年不是还种吗？你留那么多干啥？"在我心中，二三斤的看豆实在不多，种子的意义远远大于食用的意义。这似乎很难理解，对种子的保留成了我的一个执念。我知道，在民间，一定有人保留着一些稀缺的种子，包括看豆。但我也担心它们会逐渐减少，所以保存种子就成了要务。我曾问妻子国家是否有保存种子的机构，她说一定会有。现在随处可见的种子公司是卖种子的，一定有超越它们的机构，把保存种子作为第一要务，不让珍贵的种子绝迹。看豆是否在列，不得而知。因为现在的人们追求高产，追求好吃，一些古老的品种正逐渐退出视野。想不到我这个当老师的，竟然干起了保存种子的工作，怪有意思的。

看豆继续种，还是在郊外的小园子，这回我们扩大了种植面积。说到扩大种植面积，其实也就多种了不长的几垄。我们是种别人的土地，本来就不大，但就是这巴掌大的地方，我们可以种下自己的心事，对于我们这样的“贫农”亦聊以自慰。

不用说大热天锄地薅草，也不用说汗珠子如何滴落，单是架条方面就用了功夫。以往种看豆，随便割点杨树枝当架条，影响看豆的长势。这回我特意到生产资料商店买了一大捆竹子架条，用自行车驮着，一步一步走到了郊外的小园子。架条架起来了，看豆真的没辜负我们的希望，它们的蔓顺着架条直劲儿往上攀爬。由南方的竹子变成北方的架条，它们走了多远的路，而后被两个热爱土地的人插入土中，再交叉捆绑，那是一种献身的姿态。架条凝然不动，看豆的蔓不停地生长，这静动的结合构成了夏天的意蕴。由于看豆逐渐增多，架条的压力也逐渐增大，这样就得用另外的架条加固。看那看豆红色的花吧，它们在夏天的阳光下无比美丽。还有一种开白花的看豆，种子是妻子从我的故乡要来的。种子在民间传递，种植者的梦想在土地上开花。无论是红色的看豆花，还是白色的看豆花，都在土地上展示自己的个性，都互为映衬，成为土地上的风景。看到这些花朵，会想到看豆种到土地里的情景，会想到做梦的看豆一点点抽出芽来，像甩动尾巴的小蝌蚪。花开之后，便是看豆角一点点地生长，那一嘟噜一嘟噜的豆角煞是可爱，像一群群打着秋千的顽童。当我们站着或蹲下来看着这些看豆角，它们似乎也在通过叶隙看着我们，让我们的内心充满期待。

我们的小园子就在一个村庄道路的西边。有一次道东那家的女主人问我地里种的是啥，我说是看豆。她又问看豆好不好吃，我说当然好吃。我说如果想种，可以给她种子，她说不要。她家是养牛的，女主人总是忙忙碌碌的，她没有那个闲情逸致。由此，我知道了世界上的许多人被生存所累，他们无心做我和妻子这样的事情。我还想，看豆是不被很多人认识的植物，虽然没有大范围种植，但它的特色在那里呢，它是豆类家族的大个儿，让人想起朴实和憨厚。

让我们没有想到的是，今年的雨水太大了。由于假期回老家，本该在七月下旬去收先成熟的看豆而没能去收，这样导致一些看豆发芽，这让我意识到必须抓紧收看豆了。一次又一次去收，有时是冒着被雨浇的危险。看豆地的边上长满了荨麻，就是我们俗称的蜇麻子，有不少爬到了杨树上和紫叶李上。因为我是过敏体质，每次进地前都要穿长袖衣服，恐怕它们茎叶上的细毛蜇到我。我用镰刀割断它们的茎，感觉它们的花粉都有毒性，如果躲闪不及，就会落到手上或脖颈子上。就是这样，我几乎每次都被蜇麻子蜇，皮肤起包发红，好几天才能好。收看豆的脚步不会被阻挡，成熟的看豆被带回了家。

一个个豆子被扒出来，如同一个个谜被揭开。豆角大小不一，最大的里面有五个豆子，最小的里面就一个豆子。豆子也是大小不一，但就是最小的，也是成熟的。豆荚是豆子的房子，看豆是这房子里的居民，由小到大，由幼稚变成熟。豆子没有辜负岁月，我们也没有辜负自己的希望。但我们也有歉疚，感觉对不起那些最先成熟而因雨水浸泡发芽的看豆。

今年最后一次去小园子收看豆，是在下霜之后。我摘下了那些成熟的看豆，也摘下了一些接近成熟的看豆。打开接近成熟的看豆的豆荚，除了白色的看豆，其余竟然全是粉色的，在阳光的照耀下逐渐变成了紫中带粉的样子，只是总体颜色比完全成熟的稍淡。如果说看豆和普通的饭豆有什么不同，除了它们体积大，还有开花的时间不一，这就造成了后开花的无法成熟。饭豆开花的时间大体一致，它们成熟的时间也大体相同。我为那些远离成熟还留在蔓上的看豆惋惜，它们是我的遗憾，在愈来愈重的霜里，它们成了我的叹惋，无法改变。

今年我们收获了十多斤看豆。我和妻子商量好了，明年至少要保持今年的种植面积。我们是有看豆可种的人，有看豆花可欣赏的人，尽管在喧嚷的世界上，我们的小园子只如一个小小的缝隙。那些看豆已被我们装好，它们的等待就是我们的等待，它们的花纹就是我们的笑纹。我们和看豆一样，注定要经过一个白雪飘落的季节，走向春天。

一片树林

这里本来是一片庄稼地，后来被人栽种了紫叶李。

地主的家就在紫叶李的尽头，地主说，树的主人每年都按时送来租地的钱。

紫叶李栽种挺多年了，卖出的却很少。开始的两年还精心侍弄，但未见什么效益，租地的人逐渐忽视了这片树林，也许意识到了此举是很不划算的事。当年是谁鼓动他栽种的树呢？也可能是他自己头脑发热使然。

紫叶李的西面就是苞米地，东面隔一条道也是苞米地。由于农药的广泛使用，加之疏于管理，紫叶李受到了严重的影响，有五分之一的树已经枯死。那些没有枯死的，春天开白色的花，之后还能看到一些果实。

毕竟是一片树林，所以总会引来各种各样的鸟。这样一来，就有人张网捕鸟。由于在树林东面种一小块园子，我有时会去看那张粘网。我曾先后救助了几只伯劳（虎不拉）。有一次我费了很大劲儿才将那伯劳从网上摘下来，鸟在惊恐中疲倦至极，放在地上已经发蒙。好在它一会儿精神一些了，一会儿歇着，一会儿往前出溜，就这样重复了好几次。最后我把它抓住，放在草丛的隐蔽处，还把水倒进瓶盖里，放在它的身边。当第二天再去看它的时候，不见了踪影，猜想它是安全飞走了。还有一些伯劳死在了网上面，从被网住到拼死挣扎，鸟的命运令人痛心。后来我干了一件不惜得罪人的事，用锄头把那张鸟网砍碎了。但不知何时谁还会下上一张新的网，鸟的命运还是令人担忧。

随着树林里的草一点点长高，我竟然听到树林里野雉的叫声。整个夏天野雉是安全的，但谁敢保证它们在其他季节的安全呢？劳作的间隙我就想，这里成了鸟的栖息地，但却是危险的栖息地，因为总有人打鸟的主意。

我和妻子有时会坐下来听鸟的叫声，我们在鸟的叫声中猜想是什么鸟，那种叫声像车老板子赶车声的是车豁子，那种叫声简短而清脆的是柳粪球子（柳莺），那种叫声粗嗄的是伯劳……在这样的鸟叫声中，我们有重回童年的感觉。有一次和妻子去小园子，妻子微信提示音居然和不远处树林里布谷的叫声完全一样，让她分不清哪个是哪个。她从劳作中抬起身来，一边和同事讨论课程，一边听着真假布谷的啼鸣……

这片树林也在一定意义上成全了我们。比如豆角的蔓爬上了树的枝条，一嘟噜一嘟噜的豆角煞是喜人；比如冬瓜的蔓爬上了树，结的冬瓜很大很大，它就那样骑在树杈上，像在和人躲猫猫。

租地的人损失了自己，却无意中成全了这些鸟。总有一天这些树会被卖出去，树林的消失已是必然。但我们不会忘记这片树林，不会忘记曾经对鸟的救助和我们的担忧，也不会忘记听鸟叫时片刻的快乐。

高铁匠的鸡

高铁匠，这是一个以一位铁匠的姓氏加职业命名的村庄。

高铁匠的鸡在公鸡的带领下来到了村边。看我们在村边起垄，它们赶紧向我们凑近，没有丝毫的害怕。它们趁机寻找土里的小虫子，很想大吃一番。

高铁匠的鸡是自由的，不像有的村庄的鸡被圈在一个小圈子里。那些村庄的鸡吃喝不愁，但生活单调，缺少游动性，精神萎靡，偶尔跳出了障子的包围，也要被赶回去。高铁匠的公鸡高视阔步，母鸡也从容跟随，它们已习惯了这样的自由。走出了院子才知道村庄之大，走出了村庄才知道外面之大。

这些鸡就是冲着村西这片紫叶李来的。高铁匠的公鸡要不时叫上几声。公鸡为什么在白天打鸣，是在表达它们的兴奋，还是在宣示它们的领地，是在召唤那些母鸡，还是在公开表示自己是母鸡的保护神，不得而知。公鸡红冠子的一个个锯齿简直像剪出来的一样，很像一件艺术品。

鸡们三个一群两个一伙，在树林里寻找虫子吃。这时树林里还有干枯的蒿草，新草刚刚冒出头，在旧与新之间，鸡们的寻找很耐心。新草会变成枯草，树上的叶子会变成落叶，但鸡们的寻找永远如新。

天上有飞机飞过，拉出两道清晰的白线。在这样的天空下，谁都免不了要望上几眼。倭瓜的蔓爬上了树，长出了很大的倭瓜。别说深远的天空中的飞机，就是头上的倭瓜，这些鸡都不感兴趣。近在眼前的可食之物，就是它们最大的幸福。由此看来，鸡是现实主义者，即便是引吭高歌的公鸡，它们的声音都发自坚实的地面。

这片树林里有几只野鸡，每次我和妻子去都能听到它们的叫声，但几乎没有看到过它们的影子。野鸡的警觉性很高，只要你循声找去，它们便飞走或跑出很远。这片树林能留住野鸡，除了树林本身，更重要的是没人打扰它们，没人好奇野鸡的蛋下到哪里，没人有意寻找它们的身影。林子里安全了，也不见有人用粘网捕鸟。我和高铁匠这个村庄的人似乎都有一致的想法，愿意在野鸡的叫声中度过安好的每一天。不知高铁匠的鸡是否见过它们，与这些善于游走的野鸡不同，高铁匠的鸡常显出慢节奏，除了遇雨赶紧往家跑，平时都是不慌不忙，该停下就停下来。

高铁匠的鸡，吃饱了还待在树林里。有时我向它们望去，它们也在望我，望我时总像在判断我的想法。它们很多时候在发呆，似乎在对着自己的影子出神。它们对我种出的小白菜和刚刚冒出地面的鲜嫩的玉米苗一概不感兴趣，也许那些土里的虫儿完全能够填饱它们的胃，所以我们相安无事。

高铁匠的鸡从家里走出一二百米，会按时回家补充饮水，至于吃的，在家里补充的只是很少的一部分。高铁匠的鸡下出的蛋质量上乘。

现在不少村庄边都没有树林，鸡即便是自由活动，也没有理想的觅食之地。看来高铁匠的鸡是有福的，不过那片树林已消失了一半，剩下的不知还能存在多长时间。

小城里的小园子

说到小园子，首先得说一下大园子。在我生活的小城，曾经有几个大园子，是集体生产时代菜社的园子。二十年以来，随着楼群的增长，这些大园子逐渐萎缩，直至消失。我所在的小区，原来就是一片大园子。

闲暇时在小区溜达，最愿意去某栋楼的前面，那里有一个小方场，有姹紫嫣红的花，有一棵棵果树，有茄子、辣椒、豆角、白菜等蔬菜。也许种蔬菜并不符合小区物业的要求，但在花朵和果树的间隙种一点蔬菜，又有什么不可以的呢？要知道，花朵和果树都是附近楼里的人自发种植的，这使环境得到了美化，而一点蔬菜算是对他们劳作的一种补偿吧。

榆叶梅、细粉莲、步登高，还有一些我不认识的花，它们把蜜蜂引来，好不热闹。有一个中年男子扶着有病的母亲散步，他特意停下来，望着自己栽种的果树，说这果树已经栽种十多年了。由树干一直望到树顶，男子的目光里有种自豪感，也许还有我们无法猜想的东西融入了蓝天的遥远。楼前的地方本来就不大，种蔬菜的地方就更小了。其实种的那一点蔬菜根本不够吃，关键是种菜的乐趣。小区的居民有的来自农村，有的本来就是小城的住户，不管怎样，农耕文明的基因深入骨髓，种园子的习惯与生俱来。种地的大多是老人，点种、锄地、浇水，他们在这样的过程中舒展了筋骨，找到了乐趣。我注意到，有些人家的酱缸就放在楼前，在和小园子的映衬中有种田园感，尽管这种田园感与以前的田园感有着太大的不同。

有一次，我遇见了一位正在园子里忙碌的老妪，她已年过八十，说待着没事，就种点地。生命在土地上得到安慰，通过植物，人与土地实现了特别的交流。

不知是谁制作的风车，每次来到这个小园子，我都会站在风车旁看风车旋转，感受风一样的时间从身边流逝。

还有一处小园子更特别了，那是送接外孙女上学放学常路过的地方。其实我们可以选择另一条路，但外孙女愿意在这土路上走。这是一条雨天就不能走的路，它的边上就是小园子。几个种园子的人都是附近楼里的居民，他们种园子的地方就是他们从前住的地方。他们清除瓦砾，露出泥土，起垄播种。两边高楼耸起，大有一种时时逼近的架势，这样的园子不好种啊！

最初我看到园田高低不平，最高处有一米，而种田人就是顺势种的，篱笆也是随意插的。如果说世界上最简陋的园子在哪里，我说就在这里。这里种了葱、小白菜、臭菜、茄子、豆角，还有苞米。

园子被主人经管了几年，但今年却发生了一些变化。春天附近建了一个小市场，是一个露天市场。在建市场的过程中，我们常走的这条路也被推土机推得平了些，旁边的园子也被推平了，眼瞅平整好的土地，不见了往日的样子。经过时我在猜想，也许公家会利用这块土地吧？在几天的平静之后，几个人又开始在这里忙碌了，他们捡推土机推过来的砖头瓦块，看来还是要种园子。这无疑是受累的活儿，但几个人却干得很起劲儿。砖头瓦块运出来，堆成了一面墙，正好起到遮挡的作用。他们并不满足于这样的墙，于是很郑重地围起了木栅栏和铁丝网。说实话，这块地已经不属于他们，但他们执拗地留恋自己曾生活过的地方，不愿意让它荒芜。据我所知，这几个种田人都是不大富裕的人，有一个还是妻子的熟人。园子种的东西够他们在夏秋之间吃了，这既缓解了他们经济的紧张，又环保绿色。今年他们种的除了上面提到的，还有矮棵的高粱。妻子的熟人有一次非要给我掰苞米，还要给我摘豆角，被我拒绝了。种园子的人不容易，我们怎能轻易享受这样的艰辛换来的劳动成果呢？

当所有该收的都收回去的时候，已是十月中下旬了，小园子唯见苞米茬和高粱茬。苞米和高粱的根子在土地里，这几个种地人的根子在哪里呢？在这个小城，绝大多数的人都是有家无园的人，故园只在他们的回忆里。

在即将到来的冬天，白雪会覆盖这片小园子，它会在一个梦境里，而种园人的梦境会是怎样的呢？

人生之梦本来就是短暂的，何况几个人经管的这片小园子呢？都说土地是坚实的，但在城市梦里，这一小块土地又是多么脆弱啊！也许不会等多长时间，它就会被推土机重新推过，或者被挖掘机挖掘，成为道路或别的什么。

我不敢想象小园子消失后，那几个种园人的空虚和失落。

郊外老屋

这是三十多年前盖的房子，一共五间，砖木结构，铁皮屋顶。原来这五间都是岳父岳母家的，后来他们把东面的两间半卖了，自己住西面的两间半。岳母去世之后，岳父和姨（妻子继母）曾在这里住过几年，后来住楼后改为夏天小住，再后来就不住在这里了，两位老人偶尔会来看看园子。

当年这房子盖起时房西还是田野，但几年后西面就建起了一所中学，两年前又变成了一家私立医院，医院又盖起了几栋楼，再加上东邻在两年前盖起的仓房和鸽子笼，小院子就显得逼仄了，屋子也阴暗不少。这家不是最初买房子的一家，最初买房子的一家把房子又卖给了他们。

当年的院子真大，园子里的菜蔬应有尽有，还为孩子们种了甜秆。那时的日子真像甜秆一样甜，我和妻子带着女儿常常在星期天赶来，在小园子里摘黄瓜和柿子，那时岳母的身体还很健康，一家人在一起吃饭的日子好不快哉！如今，人去屋空。

在严寒到来之前，我们会把秋天买的白菜从院子里挪到屋里，之后用棉被把它们盖好，这些白菜就够我们一冬天用的了。那些晾晒后捆好的葱，就放在院子的墙根旁。我会隔一段时间来取一些白菜和葱，有时来正是雪后。雪后的院子里有动物造访的踪迹，有狗的，有猫的，有鼠子的。我有时会简单地扫一扫，但一场雪后又是大大小小的动物的踪迹。

春天的时候，我和妻子来这里起垄。钟情于土地的妻子，对父亲交给她的这块地奉若珍宝，身体不怎么好的她，竟然连起了好几条垄。

园子靠东的位置有一口储水浇地用的大缸。原有的小井两家用，后来的这一家根本不用了，因为他们家安上了自来水。鸽子笼边上的小井，这一小空间是后来的这家给留出的，其实井是在他们家的位置上。我一罐罐地往上打水，但打不尽的是里面的浑浊。由于长期不用，井水的浑浊就成为常态，里面还刮进了一些泡沫塑料。井盖是一个用来盖锅的铝盖子，上面压一块砖，但盖得不严。井西面是一道木栅栏，木栅栏中间是一个就要散架子的木门，我用钉子钉一钉，用铁丝拢一拢，将就着用。

夏天的园子长势喜人，里面最多的是柿子，其次是辣椒、老桑芹、韭菜和苦瓜等。园子四周有我们没有铲去的婆婆丁，在夏天它们开着金黄的花，分外显眼。园子南面靠东的位置还有一些艾蒿，是岳父和姨从呼兰河边移植过来的。园子北面有不少菇蒗儿，到秋天那些成熟的果实会像一盏盏红灯笼。

园子里有两棵樱桃树，六月樱桃熟了，那满树的鲜红总会让我们感到诗意。樱桃很甜，我一次能吃不少，但总有一些剩下的，它们落到树下，如红红的眼泪，或默默枯萎成无望的等待。想一想我们不在这里的时候，樱桃树默默地开花结果，好像就是为了迎接我们的到来，而我们看它们多少眼都不多呀，总觉得有些对不住它们。

正房的前墙根旁和西面仓房的墙根旁，甚至过道的砖缝里都长满了草，铲了这茬长那茬，因为根还没有弄掉。我曾用手薅，但大多一薅就断，根子留在了地下。就连正房门前脚踏垫下面的水泥缝隙里都长出了草，透过脚踏垫的圆孔一点点长高。不住人的地方，真是荒凉啊！

院子南面有两棵丁香树，是岳父栽种的。在一个破罐子里竟然长出了一棵丁香树苗。破罐子里的土是风刮进去的，多么少的土啊，丁香种子落到了里面，然后长出一棵幼苗。我曾试图把那棵丁香移植到土地上，但根子扎得紧，没有薅动。眼看那棵丁香幼苗就要旱死了，我赶快浇水，但不见起色，便不再理会，后来它竟然活过来了。顽强的种子，顽强的丁香树苗！

仓房里堆满了农具，我们会拿着它们去另外一片小园子。锄头也好，镰刀也罢，都是在与荒草作战。其实人一生都在与荒芜作战，稍不留意，荒草就会出现在我们身边，甚至思想里。

正房铁皮包的木门有朽坏的地方，仓房的木门朽得更厉害，我找来了木匠把正房的门修好了，而仓房中的一个木门被换掉了。尽管如此，正房和仓房依然不会改变老的结局。

闲暇时我和妻子收拾了正房的各个房间，把一些无用的东西扔掉了。现在这老屋里还有旧电视、旧写字台、旧梳妆台和老扣箱等，好像在等待老主人随时住进来。我和妻子一年来的次数是有限的，无法排除老屋孤独的气息。

我每次来的时候，邻家小狗都狂吠不止，我赶紧拿起柳条子壮胆。有一次邻家女人对我说："怎么就咬你呢？你给它拿一根香肠不就不咬你了？"我能说什么呢？如果说是不懂事的小狗在咬我，倒不如说是现实的纷扰在咬我，但我不在乎，妻子也不在乎，因为我们都是喜欢宁静向往田园的人，我们会在这里梳理好心情。

妻子说如果有一天把老屋卖了，她会哭的。

残缺的胆瓶

妻子父母家的老屋里有一瓶颈残缺的胆瓶。四十多年前，胆瓶随她家从乡下到了城里。

妻子说胆瓶是她奶奶的姥姥姥爷买的，她奶奶的姥姥姥爷送给了她奶奶的母亲，她奶奶的母亲又送给了她奶奶。本来是一对，那一个被打碎了，剩下的这一个也残缺了。

胆瓶上面题了两句诗："花落家童未曾扫，莺啼山客旦犹眠。"源自王维组诗《田园乐》第六首中的后两句"花落家童未扫，莺啼山客犹眠"，题字者加上了"曾"和"旦"两个字。诗后面有"于珠山之西轩客次"和"制属丙寅之初夏日"以及"合义记出品"的字样。珠山就是现在的景德镇，客次就是在珠山的外地瓷绘家住的地方。当年许多瓷绘家来自外地，他们在瓷器上留下了自己的绘画和文字，让这些绘画和文字居住在欣赏者的心里，也就是说，这些欣赏者的内心就是他们绘画和书法作品的另一个家。从这个意义上说，那些瓷绘家的绘画和书法作品超越了那个年代，他们的生命以另一种形式得到了延长。"合义记"是天津堂号的标志。

从"丙寅"二字可知瓷瓶于一九二六年制造。那一年妻子的奶奶刚刚八岁，在那个蹦蹦跳跳的年龄，她还无法想象自己的未来，她不会想到那对胆瓶会成为她新婚的陪嫁。

过去在人家的正屋，八仙桌上或柜子上往往摆上一对胆瓶，里面放上鸡毛掸子，还可插入画轴或干花。那对胆瓶很可能摆在家中的柜子上，妻子的奶奶有意无意望去的时候，那上面的花鸟都像在望她。从江西珠山到关东农家，胆瓶经过了多么遥远的路，遥远的路上是多少细心的呵护啊！胆瓶落户于农家，无疑增添了高雅的情趣。也许有人会说农人劳累贫苦的生活与高雅格格不入，这种观点是不对的。高雅是一种心境，这种心境需要培养。民间有通俗，但向来不缺高雅。

妻子的奶奶是世界上最善良的人，但她的善良有时会成为发泄的对象，于是那与她紧密相连的胆瓶就遭到了伤害，一个粉碎了，一个残缺了。

妻子说她小时候看到的就是这个残缺的胆瓶，也就是说，那令人伤心的一幕在她出生前就发生了，她说那时她家就用这个残缺的胆瓶腌鸭蛋。

我是在妻子父母家的仓房里发现这个胆瓶的，也就是说，它在仓房的角落里已经待了几十年，那是蒙尘的几十年。妻子小心翼翼地把它抱到正房里，擦拭了一番。这是民国时期典型的婚庆饰品和正屋的成对摆件。细细看上面的图案，瓷绘者的匠心都在其中。这是富贵长寿瓶上的粉彩写意画。上面主体位置是一个鱼头鸟身的动物，上方有几条小鱼，显然起衬托作用，这里“余”的意义不言而喻。那鱼头鸟身的动物后面是两只丹顶鹤，寓意吉祥富贵。丹顶鹤后面是古松，寓意长寿不老。画面下方的牡丹花，每个花瓣都在向花心靠拢，展示着富贵的气象，仿佛芬芳都溢出了胆瓶，溢出了那个时代。下方鸳鸯戏水，寓意新人成双。

妻子想把胆瓶拿回我们所住的楼里，但想来想去不知放在何处合适，那就暂时放在她父母的老屋里了，这个有沧桑感的胆瓶，与有沧桑感的老屋还是挺和谐的。

看来器物的传承不是一件容易的事。本来就是易碎的物件，它如何防得了击打呢？

残缺的胆瓶，我注定在遗憾里望它，它再也回不到最初的完整。但比起那个彻底碎了的胆瓶，这个胆瓶还是有些幸运。我和妻子要好好保存它。

因为胆瓶上的两个字无法确认念什么，我先后请教了我的几个学生和同学，其中我的一个在北京的同学是文物鉴定专家，他告诉我其中的两个字是“制属”，“制”是制作的意思，“属”同“嘱”。此前我曾怀疑我的一个学生的意见，其实他与专家的意见不谋而合了。我的北京同学还给我介绍了与胆瓶有关的知识，这篇文章也因此写成。这篇完整的文章，书写的却是胆瓶的残缺之憾。

蓝边碗

妻子跟我说起家里的一个蓝边大碗，她说这只碗是她家的老碗，来自她十六岁之前的故乡，算来已有四十多年的历史。

这只碗做工稍显粗糙，个别处还有疵点，但四十多年的历史已使它成为碗的前辈，任何对它的挑剔都已毫无意义。四十多年的盛装，足以使它成为碗中的功臣。

那些蓝边碗在使用中不慎被打碎了，唯一的蓝边碗来到了小城，来到了我们这个小家，转眼几十年过去了。几十年间，妻子的祖母、祖父和母亲相继去世了，但一个家的许多东西还在，包括这只碗。

这是碗的单传，它的珍贵不言而喻。不知这只碗出自哪里，它经过哪一双手才有了雏形，又经过了怎样的烧制才诞生。手的稚嫩，手的粗糙，尤其是那粗糙的手贴近它，让一个家庭的饭餐充满了况味。多少劳作的辛苦才有这碗中的米饭，吃饭的人把纵横的阡陌装在心中，把田野的风霜雨雪都装在心中。碗用它的温度温暖了一双冰凉的手，它的温度和手的温度已密不可分。想那碗中袅袅升腾的热气，想那吃饭的人鼻尖上可能汗津津。

这是怎样的手捧，捧着乡间的四季，捧着生存最基本的保障，捧着生命中最真的真。还捧着女人盛饭的眼神，还捧着自己吃饭的专注，还捧着干与稀，还捧着香与甜，还捧着苦与辣……

手捧饭碗捧出了日出，这是日子里的幸福；手捧饭碗捧出了中午，这是日子里的过渡时刻；手捧饭碗捧出了暮云，这是最令人回味的时分。

一只朴素的蓝边碗，像从天空中蘸就的蓝描上了碗边，那蓝天的深邃靠近了我们的幻想；一只蓝边碗，像从大海中蘸就的蓝绘上了碗边，那大海的深广贴近了我们的生存。

由一碗而见天下，由一碗而见风云，由一碗而见道路，由一碗而见自信，由一碗而见辛苦，由一碗而见一个个捧碗的人。

如今，我们就是捧碗人，小心翼翼地捧起，小心翼翼地放下，小心翼翼地洗刷，小心翼翼地看，纵横驰骋地想。

一只朴实的老碗，在充分利用中显出了价值；一只朴实的老碗，每天装着新饭，就如旧瓶装着新酒；一只朴实的老碗，无论怎样的新碗都无法替代。沧桑感是财富，能意识到这一点的人已经不多。

碗的历史就是乡间的历史，太多碗之外的往事，都是为了碗的盛装。碗的深度是乡间历史的深度，让筷子的每一次触及都充满深情。

这只蓝边碗总是放在一摞碗的底部，这就是妻子故乡的味道，也如我故乡的味道。上边那些小碗都像孩子，被它抱着。

一把镢头的前世今生

从前它属于货车上的一块铁，跟随货车辗转四方。后来货车报废了，这块铁得以重新利用。

有一天三个人把这块铁送到了铁匠铺，铁匠是三个人的朋友。三个人轮番锤打，铁匠用大钳子夹住铁块指导，不断地用炉火加热，不断地锤打，还要淬火，就这样一把镢头诞生了。

这把镢头虽属于一个人，但它却凝聚了三个人的力量。那时受过不公正待遇的他已从乡下到城里工作，按理说用到镢头的地方不多。那两个人，一个是他妻子的哥哥，一个是他的朋友。

年轻时有的是力气，这力气在镢头的挥动中得以释放，那些因不公正待遇而带来的压力也在这挥动中被释放了。在乡下时曾在村东开一小片荒地，那时镢头就派上了用场。

为什么要亲自打制一把镢头，而不是到铁匠铺买一把，这是一个问题，我想家里也未必缺少镢头。如果说这把镢头是一个新的开始，那象征的意味居多。他和亲戚朋友到铁匠铺，与铁匠一起打制了这把镢头。亲戚和朋友对他有这样那样的帮助，又见证了他获得新生的最佳时刻，这次又陪他去打制这把镢头，这是多么好的纪念。从乡下到城里，从受到不公正待遇到获得新生，总之，该结束的结束了，该开始的开始了。

一把镢头能否开辟未来？那手握镢头把儿的不像是一个人，而像是一个时代，或者是那个时代把这把镢头交给了一个人。那时他才四十来岁，还有不少气力和智慧把命运的镢头握在手中。他仿佛看见了一片开阔的土地，黎明的万道金光如金矢正射向土地的胸怀，他的内心也有了一种迷醉，他的未来还很开阔。

一把镢头成了对一个历史时期的最好见证，也成了一个人命运的象形。这把镢头极具收藏价值，它让人生的旅途有了很深的况味。

热爱草原

妻子深爱草原，但至今她还未去过一次真正的大草原。

在大学读书时，作为我同学的她就与众不同。别人订阅的刊物都是北京、上海、南京等地的，而她偏偏订阅《草原》《西藏文艺》《甘肃文艺》《山丹》等偏远地区的文学杂志，她还有个至今也没实现的梦想——去边疆。当年她是想从那些刊物中嗅到草原的气息，由此我知道了一位爱草原的女孩。

有一天吃罢晚饭去教室，刚走到楼梯口，就听到她和另外一位女同学正很投入地唱一首关于草原的歌。刚想听下去，她们却停下来，可能是听到了我的脚步声。待推开门，她俩便朝我笑，她还赶紧去擦黑板上写的字。我急忙望上面的歌词："美丽的草原我的家，风吹绿草遍地花……"可能是因为我跟她说过"罗曼蒂克"之类的话，所以在我到来之后她和那位同学匆匆收场。早知这样，我就不该走进教室。我的后悔在歌的余韵里产生，那时我只能在想象里去追逐她们歌的翅膀。她几次跟我说毕业后要到有草原的地方工作，而毕业分配的局限未能使她的理想成为现实。七月的一个日子，她回到了她家所在的小城，随她回到她家乡的还有我。

"美丽的草原我的家，风吹绿草遍地花……"真的没想到几年后我在她的家乡捕捉到了她歌的翅膀。当年订阅的刊物，她整整齐齐地放在书箱里，它们在记忆的位置上注释幻想的人生。她爱草原的兴趣始终不减，只要电视上一出现美丽的大草原，妻子就高兴得想变成一只小羊。妻子出生在一个叫黑喇嘛屯的地方，那里有一片草甸子。很小的她，曾尽情地在那里玩耍，直到十六岁才离开那个地方。妻子写过一篇散文《芳甸》，写那草甸子上的花草和鸟，写那芳甸上的雾，写热爱生活的人们在芳甸上赛马的情景。由此我知道她为什么那样向往大草原。妻子常和我讲起她故乡的人和事，那时她的眼神是一个悠远的回味。有一年因为看直播的足球赛，我未能和她一起去看她久别的出生地，和她同去的那时只有五岁的女儿还不愿意从车上下来，这些都使她颇为伤心。事后，我很后悔，我真想解释我不是不爱她的故乡，我真想说下一次去我一定随她前往。但这些话似都无必要，在她爱故乡、爱草甸子的情感面前，我真的羞愧难当。

作为从那片草甸子上走出的人，妻子极为关注那些从故乡到县高中学习的孩子。她不止一次跟我讲起一个女孩，说那个女孩学习如何刻苦，那个女孩能有大出息。她在课堂上经常提问她，课后还问寒问暖。那个女孩后来考上了大学。妻子笑了，她说从芳甸走出的女孩是好样的。

妻子爱大草原却始终未走进大草原，这更加深了她对草原的向往，在这种距离感里，一种境界产生了。故乡的草甸子就是具体而微的草原，她念念不忘地爱，她能够不仅在梦里走进故乡，她能够为故乡的欣慰而欣慰，有时还为故乡人的悲伤而悲伤，这就够了。

前几天她跟我讲起一件事。小时上学总要和伙伴们一起唱歌。有一天她提议唱一首关于草原的歌，有个叫李小蕙的偏偏不唱，她还和小蕙打了几句嘴仗。小时候的一个小插曲，竟然是一首关于草原的歌引起的呀！

这是草生长的季节，我家窗前的一棵蒿草已远远地高过窗台。不知蒿草的种子是从哪里飞来的，它在我家落脚是不是天意使然？记住蒿草，就记住了妻子故乡的那片芳甸，就记住了大地上所有的绿色。

在大地的恩泽之上，在共同的憧憬里，我们是点缀生活的草。

看草原

秋草黄了的时候，我和妻子去看草原。说是草原，离我们生活的小城不过几十里。

那里是四方山草原的边缘地带，是盐碱地草原。接近那里的时候，首先看到了一些碱沟。

草原之大还是超乎我们的想象，说一望无边毫不夸张。离我们最近的一片草长得不太高，还没有收割。走进草原，深感人的渺小。所有脚步的丈量似乎都不够有效，因为走了很远，草原还是不见尽头。在这片草原上，高高低低的草没有高低贵贱之分，只有生长的本能。枯黄是草原的主色调，细细看，一些矮的草还保留着一些绿色。在牧草之中还有刺儿菜，上面有带着绒毛的种子，妻子采了一束，要把它们带回家。

草原边上是一个叫西北天的村庄，当年这里是一个荒僻的所在，从我所在县城的方向看，它在远远的西北，所以有了这样的村名。

我们向村庄走去。村边的碱沟旁有芦苇，有牛的蹄窝，有鸭子和鸡在觅食。村庄西南有八九座旧房子，有土房，有土砖结合的房子，这些老房子都被弃用了，与村里的新房子形成了鲜明的对比。在一座旧土房里有丢弃的木柜，有一眼水泥管小井，还有一群鸡在休息。在一片废墟中竟然有被半埋在土里的破旧的自行车，不知曾经骑自行车的人现在去了哪里。就在那破旧的自行车附近，十多头牛正在吃苞米叶子，有的牛偶尔抬头望望我们这些陌生客，让我们感到乡村的日子还在前行。

妻子正在拍一棵老树，那上面有一个巨大的马蜂窝，不细看还以为是鸟巢，马蜂窝犹如乡村的胎记。

我和妻子向草原深处行去，这里的草已经收割了。看一个个巨大的干草垛，那种喜悦感难以用言语形容。对于妻子来说，这不是她第一次近距离看到干草垛，因为她的故乡就有一片草甸子。我曾在旅途的车上远距离看草原上的干草垛，今天是我第一次和干草垛亲密接触。真的愿意闻干草的气息，在这气息里想五月的云雀在草原上空鸣叫，想狼和狐狸在草丛中出没，想风吹出的草浪……我和妻子都在草垛前留影，这一刻对于我们来说就是经典一刻。以草垛为背景，让季节成为我们的依托，让岁月成为我们的财富。

狼窝是一个村庄的名字，它是四方山草原边上的村庄，因早年狼多而得名。现在有不少村庄改名了，狼窝这一富于历史感的名称能够保留下来，真是太好了。我们在村庄转了一圈，想村庄最初的样子，想那些狼曾如何侵扰村庄，而如今它们的后代在哪里呢？

四方山草原是辽阔的，就连喜鹊都在路边电线杆旁的一圈电线上筑了窝，以便于欣赏草原。这当然是我的想象。草原能够培养一个人的想象力，这想象力像奔驰的骏马，是坚实的草原给马提供了动力。以辽阔让目光放远，以丰茂让心留恋，以不断的喂养来哺育信念，这就是四方山草原带给我的感觉，也适用于所有的草原。

后来我跟一个朋友提起四方山草原，他的老家就在离四方山草原不远的地方。他说四方山草原原来有个军马场。当年他父亲和许多乡亲都为四方山军马场打过草，而作为回报，军马场会提供打麦机为村里打麦子。他说打草不像现在用机器，那时用的都是钐刀。前前后后要打十多天，在草原上搭个窝棚，吃住都在草原。我曾看到托尔斯泰在《安娜·卡列尼娜》中有关打草的描写，也看过同名电影中的画面，感觉那是一种诗意的劳动。把钐刀抡起来，随着唰唰的声音，草一片片倒下了。当然，那也一定是疲惫的劳动，烈日暴晒，蚊虫叮咬，没有一定的耐力是干不了这个活儿的。诗意和疲惫的双重性，决定了这样的劳动是难忘的，这不就是人生吗？这位朋友还讲到当年在草原上用大筢搂草的情景。他说那时太缺柴火了，趁冬天没下雪时出去搂几天草。几个人出去搂草，晚上回来后要抓阄儿来决定这一天草的归属，这样才能调动每个人劳动的积极性。如果早晨抓阄儿，就有偷懒的。这是生活的真实，我惊叹这样的细节。

高家围子分东高家围子和西高家围子，是妻子在小说《荒原狼》中重点描写的地方。我们去了这两个村庄，还到附近的草原看了看。草原辽阔，巨大的草捆分散在其中。一个围着头巾的老女人正在近处放羊，我和她简单聊了几句，之后她便赶着羊群向家的方向走去。从一个小姑娘到老妪，天上多少云来云走，大地上多少草荣草枯。望着她赶着羊群远去的背影，我想着人间与草相依的不死的希望。正午的草原很安静，安静中想到草原的变化，但愿辽阔的草原不萎缩。

其实，我和妻子主要是陪两位老人——她父亲和她继母——看草原。老父亲曾给她讲四方山和高家围子一带狼的故事，这才有了她的小说《荒原狼》。走了自己小说写过的地方，妻子很高兴，我也喜不自禁。与我们相比，两位老人更有资格看秋日的草原。

我和妻子年龄都不小了，这个时候来看秋日草原特别合适，更能很好地体会秋日草原的韵味。看过了草原就觉得内心的辽阔是最重要的，辽阔可以让我们的内心装得下日月风霜。

这一片草原

这是紧邻拉哈山的一片草原，在拉哈山之东。这片草原有些小沟子和小水塘，可谓水草丰美，尤其近日雨水丰沛，沟塘水满，草很嫩。不时有水鸟在沟塘之上盘旋，沟塘边有密集的蒲草和一丛丛薹草。草原上有小黄花，惹人怜爱。

让我想不到的是草原上有很多马在吃草，最多的是枣红马，其次是黑马，还有一匹是黑白相间的马。由于各种机动车的大量使用，如今在乡间很少看到马，它们不再有用，它们的族群理所当然地不再兴旺，对马来说我不知道是幸还是不幸。所以这次看到这么多的马，实在惊喜。马大多三三两两在一起，唯有那匹黑白相间的马单独在一边吃草，很少挪动地方。

我在一条小沟子的东面停下来，这时恰好有一匹枣红马和一匹黑马来到沟子西边喝水。枣红马两只前蹄踏入水中，黑马的尾巴微微翘起，随着马嘴贴近水面，水中的涟漪逐渐扩散。这时后面来了一匹马，它不是急于来到水边，而是在沟子后面的一个土堆上躺了下来，左右翻滚蹭痒。

两匹枣红马在我不远的地方交颈相摩，时间之长令我惊讶。是为了解除奇痒，还是为了表示亲近，还是为了安慰？《庄子·马蹄》中有“喜则交颈相靡，怒则分背相踶”的句子，其中“靡”通“摩”，“踶”

是“踢”的意思。庄子谙习马的性情，其语言的概括性令人叫绝。这是其乐融融的场景，在几千年后的今天与庄子的表达遥相呼应，诠释了庄子的表达。

看那一匹匹母马，后面跟着一个个马驹，有的马驹额头上还有菱形的白毛，这似乎是马独有的标志，让人想到几十年前乡村的马驹。

老马的一大步，是马驹的几小步，为什么马驹喜欢小跑，它们是怕跟不上母亲。在无数次的小跑中，马驹长成了大马。此刻，我真希望马驹不要长大，就像我们幼年的样子，永远那么可爱，永远不被使役。刚才的喜悦突然变成了怅惘，这怅惘像逐渐扩大的风。

同来的那些女士早已不再年轻，她们为来到这草原而显得格外兴奋，她们的打扮是刻意的，似乎不这样就不能与美丽的草原相配。她们一会儿站着，一会儿蹲着，一会儿趴下，似乎只有这样照相才可以表达最大的喜悦。但我不知道她们离开草原的一刻心情是什么样子，我猜想她们可能是怅惘的，就像我的怅惘一样。离开前，我特意看了一眼那些小黄花，它们在微风中有一点摇曳，似乎与我们说再见。其实我们早已与它们说再见，这次遇见，只像梦中相逢。

七月看荷

七月的一个上午，我和妻子同两位朋友去一个村庄看荷花。

荷塘在那个村庄的西边，来到塘边，塘中的荷一下子把我们征服了。

荷花的花瓣是有层次的，一个花瓣围着一个花瓣，还有那些含苞待放的，似娇羞，似微语。花茎细长，极力把花朵上举，让人想起“一一风荷举”的佳句。荷塘中可见少许的莲蓬，就是荷花开过后的花托，里面有种子。此时种子尚未成熟，它们像在闭门修炼。

荷叶并不是平铺着的，叶子稍稍斜挺，形成一个小窝，荷露团团，露珠在这样的叶子上是不会掉落的，可以想象微风中露珠滚来滚去的情景。有些嫩小的荷叶则内卷，期待在生长中完全打开。荷叶叶脉非常清晰，每条大叶脉向上分出两条小叶脉，两条小叶脉再分出更小的叶脉，就像一次次出现的“丫”字，或曰一次次分岔的路，一片荷叶就像一个世界。荷叶高低错落，颜色也不一，有的是浅绿，有的是深绿。

塘中有不少睡莲，圆圆的叶子紧贴水面，像有什么秘密要护住似的，与高出水面的荷叶和荷花相映成趣。荷中间偶有蒲草和黑三棱。

这时不知是谁家的八只白鸭子游进了荷塘，自由自在，身后留下一道道涟漪。有一只白鸭子游在队伍的后面，不时回头啄自己的羽毛。小小的泳者，为荷塘增添了几分灵动和神韵。

随着音乐响起，一队白衣红裙的舞女正沿着小木桥向荷塘中心舞去，她们手中红色的伞向右侧倾斜不断旋转，那舞步很柔很轻。那是一首与江南有关的歌曲，听着歌，再看那些舞女，真有塞北江南的感觉。她们就这样在小木桥上来来回回地舞，她们在尽情表达生命的欢悦。不一会儿又来了几个舞女，打扮不像前面的舞女那样一致，穿着花衣花裙，她们手中的伞颜色是蓝绿粉黄。两伙舞女演绎着高贵典雅，颇有江南古韵。

仔细看两伙跳舞的，都是五六十岁的人。她们在音乐里起舞，仿佛回到了年轻的时候，而这个上午多么适合她们的心境。荷这时也是观众，荷花吐露着芬芳，而那些含苞待放的，也在慢慢张开花瓣，荷叶也受到了感染，在轻风中翩翩起舞……

这些舞者走了多远的路才来到这里，她们为了这快乐的一刻已准备了好久。人在路上，总有美好在远方等待着我们追寻，一如这荷塘。

多么美好的时刻，沿着小木桥，我们几个人由荷塘边走到了荷塘中心的凉亭。如果说荷塘是一朵巨大的荷花，我们几个人和其他人就是这巨大荷花的花心部分。

听这里的人说，荷花是自然生长的。这里属于呼兰河流域，沟塘众多，适合荷的生长。附近有一个村庄就叫荷花村，可见这一带荷的生长史是很漫长的。很难想象莲蓬是如何顺水漂流在这里安家的，植物生长史中的自然选择该有多少神秘，该有多少流浪的况味啊！美丽的荷安慰了我们，我们这些从远处赶来的人是否都能从荷身上看到曾经四处奔波的自己？

荷美，舞者之舞美，欣赏这些美的人内心里也一定是美的，而这种种的美都是不简单的。

陪妻子去看她的村庄

妻子出生的村庄离县城二十多里，这个村庄叫黑喇嘛屯。早些年因有三个蒙古喇嘛居住，村庄因此得名。三个蒙古喇嘛的庙宇之地早已变成耕地，现在还可找到碎砖瓦砾。

多次和妻子回她的老家，无论是端午还是其他时候，我总能在妻子先于我的脚步中感受到这个村庄对她的强大吸引。

黑喇嘛屯人最多的时候有几十户人家，而现在只有十几户了。当年在这里的外省人主要是河北和山东人，他们早已返回自己的故乡，而本地人也因为这样那样的原因，搬到邻村或比邻村远一些的地方。村庄虽小，但在妻子内心里却永远是大的，这种大是征服力之大。故乡对离开故乡的人的吸引力不仅在故乡本身，更在于离开故乡的人曾经在这里的生活。十六年的乡居生活，给了妻子太多太多。

村庄东面是一望无边的大草甸子，她的童年粘满了这里的草香，还有那一飞冲天的云雀，把草的芳香带到了天上。她节假日来此替父亲放羊，常常边唱歌边望草甸子上马莲花次第开放。妻子的第一本散文集就命名《芳甸》，可见她对这片草原爱之真切。近些年由于过度放牧，这里的草长不起来，加之开垦，草原面积已有些缩小。当年的马莲花不见了，当年的云雀也很少看见了。

妻子家从前的房子原来还有点痕迹，前几年别人在那里盖起了房子。让她高兴的是，她童年的一个玩伴小蕙还在这里生活，每次见面她们都聊个没完，妻子打听每一个熟人和村子的每一个微小的变化，仿佛这一切都和她有莫大的关系。小蕙家原来是一座土平房，前几年盖起了漂亮的大砖房。

村里是一如既往的静，让我们这些从喧闹之地来的人感到了莫大的享受，仿佛能听见草木呼吸和它们生长的声音。我跟妻子说，真想在这里租两间屋子住下来，呼吸新鲜的空气，安静地写作。有一家的狗从半掩的门中探出头来，但并不朝我们叫，它也许从妻子身上嗅到了与村人相同的气息。这里的狗早已习惯了宁静，正如我们也喜欢宁静一样。我们向那只可爱的狗致敬。

放鹅的老女人，她手中的鞭子竟然是用塑料袋拴成的。老女人看着我们这些陌生客，我们也看着这个似乎从遥远年代走来的人。一根过于简陋的鞭子，让我想到她简单的生活和近在眼前的生活目标。关键是她握着鞭子，握着此刻，关键是她的鹅吃着近处最新鲜的草。老女人看着她的鹅，目光单纯。

村后有棵老榆树苍劲挺拔，它与村中那些茁壮生长的杨树共同守护着小村。小蕙丈夫这些年在村周围栽了不少树，这些蓬勃生长的树木陪伴着小蕙夫妇，也陪伴着村人。

妻子遇到了一个远亲，她七十多岁，头发花白。自然是一番寒暄，一番对望。锅碗瓢盆，柴米油盐，鸡鸭鹅狗，是如何陪伴老女人的岁月？老女人又是如何抱朴守真，过着平淡的日子？也许老女人都很少望远方的云，她在村庄的屋檐下一天天变老，她是被村庄的风吹老的。谈起很多旧事，互通了很多人的信息，妻子与老女人谈兴甚欢，似乎有无边的话题被微风扯远，又被扯回来。旁边的两个女孩是她的孙女，她们哪里会知道，当年一个像她们一样花朵般的女孩，也曾在这路上蹦蹦跳跳。

如今妻子的村庄已修上了水泥路，这是这个小村最大的变化。我问妻子当年上学走的毛道的大致方向，她用手一指，几十年就过去了。

每次离开，妻子都会痴痴地向背后望一眼，都会想下次何时来。这就是妻子的村庄，这就是给她创作源泉的村庄，是教给她热爱美与自然的地方，是她永远回味不尽的地方。回到家，说不上哪个晚上她还要做回乡的梦，梦自己家的老屋，梦童年的伙伴，梦芳甸……

过　桥

这年夏天，乡下的袁家女子接到县城未婚夫的一封信。信中说家里被褥做好了，豆芽生好了，一切准备好了，让她家也赶快准备。信中确定了结婚的日期，如没有意见就定下来了，还说近日雨很大，路不好走，家里来几个人送亲就行了。

袁家女子读罢信，就和家里准备婚事，还招待了附近的亲友。

结婚那天早晨，刚刚下了一场大雨，定下的婚期不能改变，所以袁家女子就在几位家人和亲友的陪伴下出嫁了。四匹马拉的车，袁家女子坐在车上。大哥赶车，二哥跟车，车上还有袁家女子的外甥女等几人。

走了一段路，就接近他们熟悉的北沟子了，其实它真正的名称是头道乌龙沟，是一条小河。

雨后的乌龙沟真像一条乌龙在翻滚，还发出哗哗的吼声，翻滚的大水漫过桥面，已经过膝深。

车停下来。见此情景，大哥二哥赶紧下车，他们商量着是往前走，还是原路返回。返回不可能，老亲少友都招待了，回去成何体统。但往前走又有危险，最后决定还是往前走。

大哥和二哥在前面牵着马，一点点稳步前行。空气紧张，车上的人大气不敢出，手心里都捏着一把汗。他们都有一种发晕的感觉，但却装着没事似的不发一言，唯恐一句话让马受惊。终于过了桥，大哥二哥重新回到车上，一车人庆幸过桥成功。

袁家女子回头看了一眼汹涌的小河，终于松了一口气。

再汹涌的小河也阻挡不了迈向婚姻的脚步。过了桥就意味着袁家女子将成为别人的妇人，她将拉着那个人的手走向未来。

大车到了城里的刘家，但不见迎亲的人。袁家女子的大哥下了车，他打开房门告诉妹妹的婆婆：“婶啊，我给你送来了。”

“什么？你说什么？”

袁家女子大哥把接到信后的情况向袁家女子的婆婆说了一遍，袁家女子的婆婆像一个木桩被钉在了那里，她急了。她马上联系儿子，刘家儿子说最近并没有给对象家写信。这真是丈二和尚——摸不着头脑。就在大家如坠五里雾中的时候，刘家儿子单位一个姓郑的爱捉弄人的人说出了事情的原委。原来他和刘家是亲戚，也是媒人。前些天他以刘家儿子的名义给袁家女子写了一封信，这封信刘家儿子并不知道。他本来是开玩笑的，没承想弄假成真了。袁家接到信后没与刘家联系，没想到这是别人开的玩笑。

事情既然如此，那就办吧。刘家一番张罗，当天就在刘家儿子单位礼堂举办了最仓促最简单的婚礼。

当年的袁家女子如今已八十多岁。她想起那封信，想起那天雨后汹涌的小河，想起那座河水漫过的小桥。

那封信不也是一座桥吗？它让本是年底举办的婚礼提前到七月举行，也许命中注定让那天的出嫁接受了大水的考验。

这桥一过，转眼六十多年就过去了。六十多年，从黑发女子到白发老妪，时间就是这样无情。闲着的时候，老妪会想起当年出嫁的时候，想起娘家越来越远的村庄，想起望向小桥时路两边庄稼的气息，想起马铃声中她对未来的憧憬……

收拾记忆

当那把锁头已生锈，请及时打开它，否则可能锈死。岁月的雨下得越来越急，那把锁头时时面临着考验。当锁头开启，那记忆的铁门终于打开了。真的已经好久了，已经好久了，我们在远路上奔波，已经忘记把这记忆之门开启。

记忆也是有院落的，它的进深多少，需要思想的丈量。由于各种各样的原因，我们忽略了这个院落，致使里面长满了荒草，甚至小路上也不可避免。要是这样荒下去，我们还有记忆吗？我们还能走进记忆吗？所以我们要收拾记忆，我们要铲去或薅去那些荒草。

终于看到了煤屑路的本色，终于看清了红砖路的本色，原来这就是记忆的本色。尘土曾经覆盖煤屑路和红砖路，这给荒草提供了机会。

记忆也是有大小之分的，比之于正房，仓房就显得小一些，但里面还装着不少东西。譬如麻袋，需要辨识里面装着什么东西，可能装着无用，也可能只有空虚。收拾记忆，把该扔掉的扔掉。记忆的仓房里还有一些杂乱的线要理出头绪，还有一些漏洞需要堵住。

记忆的正房之锁要打开，关键是要找到那把追索的钥匙。正房里面还有蛰伏的意志，就像久已不用的自行车，要好好擦拭和打气，让意志不断前行；正房里还有一面镜子，要把它擦亮来照自己；正房里有美好，就像一件带花的瓷瓶，要不断擦拭方显出它的美丽。

收拾记忆，让找到的重新归位，让零散的重新变得集中，让蒙尘的重现它们的真面目，让有用的重新体现它们的作用。

收拾记忆，让我们重新找到生活的力量，就像在一个小盒子里找到一把保存好多年的种子，而种子也已在盒子里等待了我们好多年。

后　记

这是我的第四本散文集。

这本散文集的绝大部分文字写于2020年3月到6月间，可算是一气呵成。少数旧作，编入本书时都做了不同程度的修改。

这是一本回望乡土之作。这一内容的写作从未中断过，但在短期内成集原来并未想过。我原打算把这一内容的写作和其他内容的写作结合起来，而且在创作上已经有所体现。

众所周知的疫情打破了我平静的心态，可以说我已经寝食难安了。关注疫情是我每天必做的，但总觉得还应该做点事情，以缓解内心的焦虑，于是想到了散文创作。我先试着写了几篇有关乡土的散文，感觉还不错，就考虑能不能将这一内容的写作继续下去。有关乡土的散文我已写了不少，再写无疑是有难度的，弄不好容易给人重复之感。细细想来，能开掘的还有很多，这就是我继续写下去的缘由。

乡土散文不计其数。写什么和如何写，这是所有写作者永远面对的课题。如果满足于一般的表达，如果没有新的思考，这样的写作毫无意义。

在当今之中国，乡土散文的创作给我们留下了许多经验，但我们不能固守这些经验，我们要不断创新，这一创新的过程就是经验重构的过程。从写什么到怎样写，必须给人以启示。这涉及写作的方向问题，大到一篇文章，小到一个段落和词语。这就决定了这样的写作是有难度的写作，必须独辟蹊径。

这本散文集的定位是故乡。二十年的故乡生活是我创作的源泉，故乡的天空、土地、人生等都给了我太多太多，故乡的恩泽是我一生都受用不尽的。在这个大步向前的时代，我希望用我的文字留住那个我日思夜想的村庄，留住那个年代人们的生存状态，留住无数人与物命运的造影。作为一个乡村之子，我有责任来写我的故乡，我要尽我最大的努力来表现我的故乡。

在写作中，我有深深的陶醉感。有时我就在文章之中，有时我有意跳出来，不管怎样，我都是以适度的方式观照我的童年、我的故乡。写作的过程中我一直在想，什么是我没写到的，我该如何把这些表现出来。我在努力把零碎的变成一个整体，我也在努力把一个小小的点逐步延展开来，使之有开阔的意境。故乡是一个大的点，而无数的小点就显得特别重要，没有这些小点，故乡就显得空洞。这些小点必须充分体现文学的韵味，从小中看出大来，从小中看出深来，从小中看出自己，也看出别人。

虽说在农村生活了二十年，但对农村生活也不是什么都知道，比如犁杖和某些播种工具的结构等，我还有空白。好在我及时请教并研究了相关资料，好在我的散文并不是以介绍这些为目的，关键还是借此表达情感，相信读者能看出我的侧重点。不过，我在这里还是要检讨一下自己，过去有些农活儿没干过，所以我还不是真正意义上的农民。在这里我提醒自己向故乡学习，向还健在的老一辈学习。我现在很后悔小时候没有向曾祖父问一问家史，我也很后悔祖父和祖母在世时没有询问家里更多的事情，以至于很多珍贵的家族史料流失了。

我相信时间的力量。离开故乡已经四十多年，在这四十多年的时间里，我对文学的理解逐步加深，我日益相信长久的沉淀对文学创作的重要性。现在写几十年前的事情和早一些写是不一样的，时间历练了我，我也在时间的流逝中认识了生活的沧桑，所以这样的写作就有了无穷的况味，能把流逝的岁月用文字留下来就有了非同寻常的意义。写作中我有紧迫感，回想故乡的人与事，有一种抢救和发掘的感觉，但这种紧迫感并不意味着我会仓促写作。写作不是一件仓促的事情，看似写得比较快的文字，其实是经过了漫长的积累，经过了静思。文章无论长短，都经过了反复的修改，希望有一个好的呈现。写作者的写作主张要通过写作实践体现出来，否则这些写作主张就是空洞而没有说服力的。我在写作中经常这样告诫自己，所以丝毫不放松努力。

需要说明的是，我是以对故乡的热爱之心来看待其他乡村的，包括妻子的故乡。从这样的意义上说，我的爱并不偏执，它与许多人的爱都是连通的，它能唤起一种普遍的情感。

这本书是我献给故乡的礼物，是我对已逝亲人的最好纪念，是我鼓励自己的最好方式。回溯的力量是巨大的，这种力量仍将鼓舞我奋然前行。

王立宪

2020 年 7 月 18 日于兰西家中

图书在版编目(CIP)数据

雪地与红苹果 / 王立宪著. -- 北京 : 中国文史出版社, 2021.2

(跨度新美文书系)

ISBN 978-7-5205-2585-5

Ⅰ. ①雪… Ⅱ. ①王… Ⅲ. ①散文集-中国-当代 Ⅳ. ①I267

中国版本图书馆 CIP 数据核字(2020)第 232318 号

责任编辑：卢祥秋

出版发行：中国文史出版社

社　　址：北京市海淀区西八里庄路 69 号院　邮编：100142

电　　话：010-81136606　81136602　81136603（发行部）

传　　真：010-81136655

印　　装：廊坊市海涛印刷有限公司

经　　销：全国新华书店

开　　本：720×1020　1/16

印　　张：18　　　　字数：229 千字

版　　次：2021 年 2 月第 1 版

印　　次：2021 年 2 月第 1 次印刷

定　　价：58.00 元